Karel G. van Loon
Passionsfrucht

Karel G. van Loon

Passionsfrucht

Roman

Aus dem Niederländischen
von Arne Braun

Gustav Kiepenheuer Verlag

Originaltitel: De passievrucht, Uitgeverij L. J. Veen,
Amsterdam/Antwerpen 1999

Die Übersetzung wurde gefördert
vom Nederlands Literair Produktie- en Vertalingenfonds,
Amsterdam

ISBN 3-378-00631-5

1. Auflage 2000

Einbandgestaltung atelier: [doppelpunkt]
Satz Dörlemann Satz, Lemförde
Druck und Binden Clausen & Bosse, Leck
Printed in Germany

Für Karin

From the start
Most every heart
That's ever broken
Was because
There always was
A man to blame

Dolly Parton,
It Wasn't God Who Made Honkytonk Angels

EINS

Wir fahren schweigend ins Krankenhaus. Ellen sitzt am Steuer, ich zähle die Streifen auf der Fahrbahn. Die Straße ist voll, Autos auf dem Kriegspfad. Ellen fährt erst zu schnell, dann zu langsam. Sie blinkt nicht. Ich sage nichts.

Am Straßenrand wachsen Werbetafeln.

THE FUTURE IS HERE.

WAS MACHT EINEN UNTERNEHMER GLÜCKLICH?

»Geld«, sage ich.

»Was?«

»Ach nichts.«

Wir parken im Betonbauch der Krankenhausstadt. Gehen durch überdachte Straßen voller Menschen in Jogginganzügen, die Rollstühle vor sich her schieben. Auf einem Platz, über dem der Geruch von Fritieröl und verwelkten Blumen hängt, spielt eine Zigeunerkapelle.

»Hier nach links«, sage ich.

»Da ist der Aufzug«, sagt Ellen.

Ich betrachte ihr Spiegelbild in einer Glasscheibe. Ihre Lippen sind bleich vor Anspannung.

»Ich kann nicht für mich garantieren ...«, hatte sie gesagt. »Wenn sie das sagen, was ich befürchte, dann ...«

Seit Wochen schon beendet sie ihre Sätze nicht mehr.

»Nehmen Sie Platz«, sagt der Arzt. Und als wir sitzen: »Ich habe keine guten Nachrichten für Sie.«

Ich sehe, wie Ellen erstarrt. Sie drückt das Kinn auf die Brust und blickt zu Boden.

»Vor allem für Sie nicht, Herr Minderhout.«

Ihr Rücken streckt sich, das Kinn schnellt hoch. Ich sehe es aus den Augenwinkeln. Für einen Moment wendet sie mir das Gesicht zu. Plötzlich wird mir bewußt, daß ich heftig geschwitzt habe, die Kleider kleben mir naß und kalt am Leib.

»Sie sind unfruchtbar. Dagegen läßt sich nichts machen. Und nicht nur das, Sie sind es außerdem – und mir ist klar, daß das jetzt ein Schock für Sie ist – immer schon gewesen.«

Das erste, was ich empfinde, als er ausgeredet hat, ist Erleichterung. Es handelt sich hier um einen grotesken Irrtum. Unterlagen sind verwechselt, Untersuchungsergebnisse falsch eingetragen worden, es gibt jemanden mit demselben Namen, jemanden, der in diesem Moment in einem anderen Sprechzimmer die Ergebnisse *meiner* Untersuchung erfährt: »Ihnen fehlt überhaupt nichts. Ihr Sperma ist völlig in Ordnung.«

»Aber das ist unmöglich«, sage ich. »Ich habe ein Kind, einen dreizehnjährigen Sohn!«

Es bleibt lange still im Raum. Nichts bewegt sich. Niemand bewegt sich. Die ganze Krankenhausstadt aus Beton und Stahl und Glas, die Fahrstuhlschächte, die Flure, die düsteren Zwischengeschosse voller tickender, summender, ächzender Rohre, die Säle mit den Betten der Genesenden und Sterbenden, die Besucher und Ärzte, die Studenten und Praktikanten, alle halten den Atem an. Die Gegenwart steht still, weil unmittelbar hinter ihr die Vergangenheit zerplatzt.

Ellen schaut den Arzt an. Der Arzt schaut mich an. Ich schaue auf ein gerahmtes Foto hinter seinem Kopf: ein Junge und ein Mädchen auf Skiern vor verschneiten Berggipfeln unter einem strahlend blauen Himmel.

Ich weiß, daß die Dinge danach wieder ihren gewohnten Lauf genommen haben. Daß wir uns wie erwachsene Leute weiter unterhalten haben. Und daß wir anschließend nach Hause gefahren sind, Ellen und ich, durch dieselben Straßen, an denselben Schildern vorbei, durch denselben mörderischen Verkehr.

Ich weiß es, aber ich kann mich nicht erinnern. Nur noch daran, was sie mich fragte, als wir in unsere Straße einbogen.

Sie fragte: »Wirst du es Bo sagen?«

Werde ich es Bo sagen?

Ich will nur eins: daß nicht gesagt worden wäre, was gesagt worden ist, und nicht geschehen wäre, was geschehen ist. Es ist ein sinnloses Wollen, und doch kann ich nicht damit aufhören. Aufhören wäre schlimmer. Also widerrufe ich alte Beschlüsse, komme auf früher Gesagtes zurück. Ich rekonstruiere die jüngste Vergangenheit, um eine ältere Vergangenheit zu retten. Wo ich »ja« sagte, sage ich nun »nein«. Wo ich mich zum Handeln entschloß, entschließe ich mich nun zum Nichtstun. Wo ich ihrem Wunsch nachgab, weil ich dachte, es sei auch mein Wunsch, weise ich sie nun ab.

»Nein, ich will kein Kind mit dir. Ich habe ein Kind, und dieses Kind genügt mir. Begnüge auch du dich damit.«

Ich weiß, daß ich damit unsere Liebe aufs Spiel setze, daß es für uns keine Zukunft geben wird, wenn ich so weitermache, und doch tue ich es. Denn noch schwieriger, als ohne Zukunft zu leben, ist es, ohne Vergangenheit zu leben.

ZWEI

Bo ist also nicht in einer naßkalten Sommernacht auf dem Beifahrersitz eines gelben Renault 5 gezeugt worden. Er hat sein leicht vorspringendes Kinn – es sieht aus, als wäre sein Unterkiefer falsch montiert – nicht von mir. Seine Augen haben zwar dieselbe Farbe wie die von Monika, jedoch nicht die Form von meinen, wie jeder sagt, der Monika gekannt hat. Daß sein linker Fuß eine halbe Schuhgröße kleiner ist als der rechte, genau wie bei mir – Zufall!

Im apokryphen Philippus-Evangelium stehen Sätze, an die ich in letzter Zeit oft denken muß. »Wen eine Frau liebt, dem sind die Kinder, die sie hervorbringen wird, ähnlich. Wenn ihren Gatten, sind sie ihrem Gatten ähnlich. Wenn es ein Ehebrecher ist, sind sie dem Ehebrecher ähnlich.«

Einmal, es muß jetzt etwa sechs Jahre her sein, habe ich Bo diesen Text vorgelesen. Wir saßen mit großen Zeichenblättern und gespitzten Bleistiften am Küchentisch, in einer Pyramide aus Licht. Ich zeichnete für Bo das Haus des Wissens. Erst den Grundriß, danach Vorder- und Seitenansicht.

»Das vordere Zimmer im Haus des Wissens«, sagte ich zu Bo, »ist das Zimmer des Faktischen Wissens. Darin findest du alles, was du jetzt weißt. Dahinter liegt ein viel größeres Zimmer: das Zimmer des Möglichen, mit allem, was du noch erfahren kannst, wenn du nur lang genug lebst und neugierig bleibst.«

Bo rollte einen Bleistift über die Tischplatte.

Neben Vorder- und Hinterzimmer lag ein Raum, dessen Außenwand ich nicht eingezeichnet hatte.

»Das ist das Dunkle Zimmer von Gott«, sagte ich. »Niemand weiß, wie groß dieses Zimmer ist. Jedes Licht, das man hineinträgt, wird sofort gelöscht. Man sieht nur dann etwas, wenn man sich Zeit läßt und sich an die Dunkelheit gewöhnt. Dann nimmt man manchmal, für einen Moment nur, Dinge wahr, die man nicht für möglich gehalten hätte.«

»Es gibt Menschen«, sagte ich, »die so erschrecken über das, was sie da sehen, daß sie die Tür schnell zuschlagen und nie wieder dort hineingehen. Und es gibt Menschen, die süchtig danach werden und nur noch sehr selten herauskommen. Das Dunkle Zimmer von Gott ist das schönste, aber auch das gefährlichste Zimmer des Hauses.«

Das Haus des Wissens hatte einen großen Dachboden, die Rumpelkammer des Wissens nannte ich ihn. »Dort findet man die sonderbarsten Dinge. Lustige und nutzlose wie die Theorie von der Erde als Scheibe oder die Zehn Goldenen Regeln für Bürgertöchter. Aber auch so wunderbare und nützliche Dinge wie die Heilige Geometrie und das Philippus-Evangelium.«

»Was steht da drin?« hatte Bo gefragt. Und ich war zum Bücherschrank gegangen und hatte das schmale Bändchen voller Unterstreichungen und Ausrufezeichen herausgenommen. Ich hatte ganz willkürlich eine angestrichene Passage ausgewählt und Bo vorgelesen. Es war der Text über den Ehebrecher.

»Was ist ein Ehebrecher?« fragte Bo.

»Das ist einer, der einbricht, in die Ehe«, sagte ich.

»Was ist das, die Ehe?«

Ich tat, als hätte ich ihn nicht gehört. Die simpelsten Fragen sind oft am schwersten zu beantworten. Ich zeichnete noch ein letztes Zimmer: ein winziges Kämmerchen in einem toten Winkel des Grundrisses.

»Es ist ein Zimmer ohne Fenster«, sagte ich, »das von einer nackten, an der Decke hängenden Glühlampe beleuchtet wird. Es ist das Zimmer der Dinge, die man lieber nicht wissen sollte. Ich nenne es die Folterkammer.«

Und Bo hatte sich über den Tisch gebeugt, um besser sehen zu können.

»Bist du da manchmal?«

»Ja«, sagte ich, »da bin ich manchmal.«

Wer ist der Ehebrecher, dem Bo ähnelt? Die einzige, von der ich genau weiß, daß sie diese Frage hätte beantworten können, ist Monika. Monika ist seit zehn Jahren tot.

Ich hätte dem Haus des Wissens noch ein Zimmer hinzufügen sollen, denke ich jetzt: das Zimmer ohne Hoffnung.

Was ist da drin, in diesem Zimmer? hätte Bo dann fragen können. Und ich hätte geantwortet: Nichts, das ist es ja gerade. Es ist ein Zimmer aus einem bösen Traum, in dem man ein Leben lang nach etwas suchen kann, von dem man weiß, daß es da sein muß, das einem aber immer wieder entgleitet, wenn man glaubt, es gefunden zu haben. Es ist das Zimmer, in dem alles Wissen lagert, über das man gern verfügen würde, das aber aus irgendeinem Grund nicht mehr greifbar ist.

Möchte ich Bo mitnehmen in dieses Zimmer?

DREI

Ich habe einen Karton voller Fotos aus der Zeit, als Monika noch lebte. Wir hatten vor, sie irgendwann in die drei schwarzen Kunstlederalben zu kleben, die Monika am Königinnentag gekauft hatte. Aber es ist nie etwas daraus geworden. In die Alben hat Ellen später andere Fotos geklebt – Fotos von ihr und mir und Bo. Die Fotos von Monika liegen immer noch in dem Karton. Er stand seit Jahren unten in einem Schrank, ich hatte nie mehr hineingesehen. Doch jetzt habe ich ihn hervorgeholt. Vom Fußboden meines Arbeitszimmers schaut mich Monika dutzendfach an, fünf Jahre meines Lebens in Kodak-Farben auf dem Boden.

Monika in einem Hotelzimmer an der bretonischen Küste. Sie ist im dritten Monat schwanger, es ist Morgen, fahles Licht fällt ins Zimmer. Sie trägt ein hellblaues Herrenoberhemd, zerknittert von der Nacht, die Knöpfe offen. Ihre Hände ruhen auf ihrem nackten Bauch, als wollten sie das Kind beschützen. Ihre weißen Beine baumeln über den Rand des hohen gußeisernen Bettes. Während der gesamten Schwangerschaft hatte sie morgens große Schwierigkeiten, auch als ihr beim Wachwerden nicht mehr übel war. In der Bretagne gingen wir jeden Nachmittag an den Strand, atmeten die Seeluft tief ein, um unsere Stadtlungen zu reinigen, beobachteten die Seevögel, suchten nach Muscheln und Seesternen zwischen den algenbewachsenen Felsen, die bei Ebbe trockenfielen. Einmal fanden wir ein totes Schaf, das von Fischen und Vögeln angefressen war. Das verstümmelte

Tier starrte uns aus leeren Augenhöhlen an. Wie ein mittelalterlicher Fluch. Wir eilten zurück ins Hotel.

Monika am Strand bei Noordwijk. Sie ist in ein großes rot-weißes Badetuch gehüllt, das sie vom Hals bis zu den Knöcheln bedeckt. Ihre Nase glänzt vom Sonnenöl. Unser erster gemeinsamer Sommer. Sie vertrug die Sonne nicht. Ihr rotes Haar wurde gelb. Ihre weiße Haut wurde rot. Es war meine Idee gewesen, nach Noordwijk zu fahren, an einem warmen Julitag mit strahlend blauem Himmel. Monika hatte zugestimmt, weil wir uns noch nicht so lange kannten und sie kein Spielverderber sein wollte, wie sie mir später gestand.

»Wie lange hältst du es aus in der Sonne?« fragte sie, als wir auf der Suche nach einem ruhigen Fleckchen durch den heißen Sand stapften.

»Stundenlang«, sagte ich. »Und du?«

»Nicht so lange.«

Ich fand ihren weißen Körper bezaubernd schön, doch an diesem Tag wurde mir klar, daß sie für diese Schönheit einen hohen Preis zahlte. Wir blieben nicht lange, und wenn wir nicht im Wasser waren, wo wir einander naß spritzten, wo ich sie in der Brandung in die Arme nahm und ihr das Salz vom Gesicht küßte, wo wir mit Hingabe das Liebespaar aus einem zweitklassigen Film spielten – wenn wir nicht im Wasser waren, war sie fast immer in das große Badetuch gehüllt. Und trotzdem war sie am Abend verbrannt. In den folgenden Jahren sind wir noch oft zusammen am Strand gewesen, jedoch nie mehr an einem sonnigen Julitag.

Es gibt ein paar Fotos von uns beiden. Auf dem lustigsten sitzen wir auf einem großen Herrenrad, Monika vorn. Sie muß ihre Füße ziemlich strecken, um die Pedale zu erreichen. Ich sitze auf dem Gepäckträger, einen Arm um ihre Taille gelegt. Mit dem anderen winke ich dem Fotografen. Ich frage mich, wer das Foto gemacht hat und wann genau. Nach Monikas Haar zu urteilen, muß es vor Bos Geburt gewesen sein. Danach ließ sie es wachsen. Gerade als sie beschlossen hatte, es wieder abzuschneiden, wurde sie krank. Sie ist mit langem Haar begraben worden. Jetzt fällt mir auch wieder ein, wer das Foto gemacht hat: mein Vater. Es ist das Fahrrad meines Vaters, auf dem wir sitzen. Monika hat Farbspritzer auf der Hose. Die Aufnahme ist auf der Ceintuurbaan gemacht worden, in Höhe des Sarphatiparks. Wir hatten gerade eine Wohnung schräg gegenüber dem Park bekommen. Mein Vater half uns beim Renovieren.

In den ersten beiden Wochen nahm die Menge der Arbeiten, die noch verrichtet werden mußten, täglich zu statt ab. Als wir die Tapete abrissen, bröckelte uns der Putz entgegen. Hinter der Deckenverkleidung kamen schimmelnde Balken zum Vorschein. Im Mauerwerk des Schornsteins klaffte ein riesiger Riß. Der Holzfußboden unter den Küchenschränken war vermodert.

»Das hättest du doch vorher sehen müssen«, murrte mein Vater, mehr zu sich selbst als zu mir. »Wo guckst du in Gottes Namen hin, wenn du dir eine Wohnung ansiehst?«

»Aus dem Fenster«, sagte ich. »Ich gucke vor allem aus dem Fenster.«

Außer auf den Park schauten wir auch auf ein Elsternnest. Als ich zum ersten Mal in der Wohnung war, besserten die Vögel gerade emsig das Dach aus. In den Tagen davor hatte es stark gestürmt, und das geräumige Nest hatte sichtbar Schaden genommen. Die beiden Elstern flogen mit Zweigen hin und her. Es muß im April oder Mai gewesen sein. Das Foto ist zwei Monate später entstanden. Hinter den parkenden Autos sieht man die letzten Blüten eines Weißdorns. Die Wohnung mußte nur noch gestrichen werden. Nicht lange danach zogen wir ein – erst Monika, einen Tag später ich.

Die Elstern zogen in jenem Sommer drei Junge groß.

Und Monika wurde schwanger.

VIER

Es war ein Sommer der ersten Male. Zum ersten Mal lebte ich mit jemandem zusammen. Zum ersten Mal las ich die Worte *Dexamethason*, *Vasopressin* und *Glykogenolyse*. Zum ersten Mal hatte ich Sex in einem Auto. Zum ersten Mal schwängerte ich eine Frau, so dachte ich. Zum ersten Mal sah ich in Amsterdam einen Hausrotschwanz, in der Gerard Doustraat. Zum ersten Mal dachte ich nach über die Worte: »Es wäre töricht, über den Romantiker zu lachen. Auch der Romantiker hat recht.« – Ortega y Gasset. Zum ersten und letzten Mal schlief ich mit zwei Frauen zugleich. Zum ersten Mal in meinem Leben sah ich in meinem Vater einen Ebenbürtigen, weil mein Vater in mir einen Ebenbürtigen sah. Es war eine Veränderung, die ich in keiner Weise erahnt hatte und die mich fast ebenso rührte wie die Veränderung von Monikas Körper. Schon lange bevor ihr Bauch zu wachsen anfing, veränderten sich die Form ihres Gesichts, die Spannkraft ihres Haars, die Weichheit ihrer Brüste. Es war mir unbegreiflich, daß so viele Leute so lange nichts bemerkten. Sah sie denn niemand richtig an? Nicht einmal ihre eigene Mutter? Nein, gerade ihre eigene Mutter nicht.

Mein Vater ist ein Selfmademan – so sagte er von sich selbst. Er hatte einen schwierigen Start im Leben, war als Junge schwach und kränklich. Als er dreizehn war, brach der Krieg aus. Drei Monate später verlor er seinen Vater. Nicht durch den Krieg, sondern durch eine unglückliche Verkettung von Zufällen. In einer Straße in der Nähe meiner Großeltern wurde ein neues Haus gebaut. Die Bauarbeiter hatten gerade den höchsten Punkt erreicht. Mein Großvater blieb auf der anderen Straßenseite stehen und sah zu, wie die Männer einander gratulierten und wie einer von ihnen auf dem Firstbalken balancierte, seine Mütze in die Luft warf und sie wieder auffing. »Wenn sich mein Vater da nicht aufgehalten hätte«, sagte mein Vater, »wäre er nie unter die Straßenbahn gekommen.« So aber überquerte er, während er noch zu den johlenden Männern hinaufschaute, die Straße gerade in dem Moment, als die Linie 4 vorbeifuhr. Beide Beine wurden von den Stahlrädern der Bahn so zerquetscht, daß sie im Krankenhaus amputiert werden mußten. Die Wunde an seinem linken Bein, oder vielmehr an dem Stumpf, der davon noch übrig war, infizierte sich. Die Entzündung breitete sich nach innen aus. Zehn Tage nach dem Unfall hatte mein Vater keinen Vater mehr.

»Du hast nie gelernt zu kämpfen«, sagte mein Vater, wenn er wieder einmal nicht verstand, warum ich die Dinge tat, die ich tat. Und mir blieb nichts anderes übrig, als ihm recht zu geben und so gleichgültig wie möglich hinzuzufügen: »Aber genau das wolltest du doch erreichen – daß ich es besser habe als du damals?«

Nach dem Krieg war kein Geld da, um meinen Vater studieren zu lassen, doch er fand schnell Arbeit bei einem Bauunternehmer, ironischerweise bei demselben, der seinerzeit das Haus gebaut hatte, das meinen Großvater das Leben kostete. In den fünfziger Jahren, als die halben Niederlande eine Baugrube waren, arbeitete sich mein Vater vom Mädchen für alles zum Polier hoch. Und 1961 heiratete er nicht nur eine drei Jahre ältere Sängerin aus einer Amsterdamer Nachtbar, sondern er machte sich auch selbständig: durch das Bauunternehmen Cornelis Minderhout wurde mein Vater binnen zehn Jahren zu einem wohlhabenden Mann. Die Neureichen von heute würden zwar lachen über das, was mein Vater stolz »unser Familienkapital« nannte – doch wir konnten uns dafür eine Doppelhaushälfte in Abcoude und ein Ruderboot kaufen.

Ich habe meinen Vater lange für einen Alleskönner gehalten, für einen bewundernswerten Menschen, der mit derselben Leichtigkeit eine Dachgaupe für meine Bodenkammer baute, wie er eine große Pfanne Paella zubereitete, den Motor unseres Volvo Amazone auseinandernahm oder ein Fest für hundert Gäste organisierte – zur Feier des fünfzehnjährigen Jubiläums der Firma Minderhout –, bei dem ein Zauberkünstler auftrat und mein Vater mit einer atemberaubend schönen schwarzen Sängerin Merengue tanzte. Mein Vater ist ein Frauenheld, und obwohl ich nicht weiß, ob er meiner Mutter jemals untreu gewesen ist, kann ich es mir kaum anders vorstellen.

Meine Mutter war, wie gesagt, drei Jahre älter als er, und als er sie kennenlernte, arbeitete sie als Sängerin, »Chansonnière«, sagte mein Vater, in einer Nachtbar. Sie war von einer nicht alltäglichen Schönheit, mit hohen Wangenknochen und einem breiten Mund, der auf ihren Künstlerfotos immer mit dunklem, glänzendem Lippenstift geschminkt ist. Auf den Hochzeitsfotos ist gut zu erkennen, wie stolz mein Vater auf seine Eroberung war. Genau neun Monate nach der Heirat brachte meine Mutter mich zur Welt. »Dein Vater kam gerade rechtzeitig«, sollte sie später sagen, »denn ich fand mich eigentlich schon zu alt für Kinder.« Zum Zeitpunkt meiner Geburt stand mein Vater in einer Baugrube in Leeuwarden. Als er abends nach Hause kam, lag ich sauber gewaschen in der Wiege. Er hob mich hoch und sagte zufrieden zu meiner Mutter: »Hab ich das nicht gut gemacht?« Und als meine Mutter ihm das Jahre später unter die Nase rieb, verstand er noch immer nicht, was daran falsch gewesen sein sollte. Ich war sechs und spürte sehr genau, daß mein Vater meiner Mutter weh getan hatte. Und ich zog mich noch mehr von ihm zurück.

»Dein Vater«, sagte meine Mutter, als ich zu Hause auszog, »hat dich immer sehr geliebt.« Daß sie das sagen mußte, spricht wohl für sich. – Als sie im Sterben lag, sagte sie: »Dein Vater hat mich immer sehr geliebt. Aber vielleicht habe ich ihn nicht genug geliebt. Und später konnte ich es nicht mehr.« Ich wagte nicht zu fragen, was sie damit meinte.

Doch neues Leben verändert alles, vor allem auch die Beziehung zwischen Vater und Sohn.

An einem herrlichen Spätsommertag im September, der uns wohl etwas entschädigen wollte für den kühlen, nassen Sommer, der hinter uns lag, informierten wir meine Eltern über Monikas Schwangerschaft. Sie kamen am späten Nachmittag, als das letzte Sonnenlicht die Bäume im Park in eine goldgelbe Glut tauchte. Die ideale Zeit für ein gutes Glas Wein. Auch von Weinen versteht mein Vater viel. In dem Haus in Abcoude hat er mit viel Liebe einen Weinkeller angelegt, über den zu seinem nicht geringen Stolz sogar in der Lokalzeitung berichtet worden ist. Ich hatte mich deshalb für diesen besonderen Anlaß in einer Weinhandlung in der Frans Halsstraat beraten lassen und schließlich einen roten Bordeaux gekauft, mit einem vollen Bukett, leichtem Holzgeschmack und einem Hauch von Vanille im Abgang.

Die Türen zu dem kleinen Balkon an der Vorderseite des Hauses standen offen. Der Straßenlärm und die Düfte aus der Küche, wo Monika eine Gorgonzola-Polenta mit drei Sorten Pilzen und Granatapfelsauce zubereitete, ließen meinen Vater und meine Mutter von einem Städtchen in Frankreich schwärmen, wo sie in jenem Sommer gewesen waren und stundenlang bei einer Karaffe charaktervollen Landweines und mit einem guten Buch in Straßencafés gesessen hatten. Mein Vater war von meiner Weinwahl angetan, und wir tranken auf das gute Leben, und da ich Monika in der Küche eingeschenkt hatte, fiel es nicht auf, daß sie Traubensaft trank statt Bordeaux.

Mein Vater und ich begutachteten noch einmal, was wir in diesem Sommer in der Wohnung geschafft hatten – das meiste hatten er und Monika gemacht, weil ich sehr viel arbeiten mußte; wir brauchten schließlich das Geld –, während meine Mutter Monika in der Küche Gesellschaft leistete. Als das Essen fertig war und wir alle am Tisch saßen, sagte ich: »Monika und ich wollen euch etwas sagen.« Danach machte ich eine Pause, wie es sich gehört, und sah meine Mutter an, meinen Vater und wieder meine Mutter. Meine Mutter lächelte wohlwollend, so wie ich es von ihr kannte, und mein Vater betrachtete aufmerksam das Tischtuch, als studierte er eine Bauzeichnung.

»Wir sind schwanger«, sagte ich dann nur, es klang unbeholfen und lächerlich, und das war es auch. So etwas Intimes erzählt man seinen Eltern nicht, wurde mir plötzlich klar, genaugenommen geht es schließlich um Sex. Doch da war es schon heraus, und außerdem: Verschweig mal eine Schwangerschaft.

Daß meine Mutter in Tränen ausbrechen würde, hatte ich erwartet. Meine Mutter heulte gern und viel, vor allem vor Freude. Sie war der lebende Beweis dafür, daß diejenigen, die noch immer glauben, Weinen sei ein Zeichen von Schwäche, im Unrecht sind. »Daß ich nicht sehen kann, wie es mit dir und Bo weitergeht«, sagte sie auf ihrem Sterbebett, »ist das schlimmste.« Und sie weinte. Aber sie starb in Frieden.

Daß mein Vater auch weinte, traf mich mitten ins Herz. Er stand auf und umarmte mich. Eingeklemmt zwischen Stuhl und Tisch, stand ich da und fühlte seine Schultern zucken. Dann machte er sich von mir los und sah mir in die Augen. Seine Wangen waren naß, doch in seinem Gesicht erschien ein breites Grinsen: »Von nun an sind wir nicht mehr Vater und Sohn«, sagte er, »sondern wir sind beide Vater.« Und er ging auf Monika zu und umarmte auch sie, und ich umarmte meine Mutter, und meine Mutter umarmte meinen Vater und danach Monika, und dann erst taten wir uns Essen auf und schenkten die Gläser nach. Ich holte die Packung Traubensaft aus der Küche, und wir lachten über den kleinen Betrug, der unbemerkt geblieben war.

Wir redeten über Gott und die Welt, doch vor allem darüber, was es bedeutete, ein Kind zu erwarten, und ich merkte, daß mein Vater recht gehabt hatte: Zum ersten Mal sprachen wir wie Ebenbürtige miteinander.

Als meine Eltern schließlich gingen, winkten Monika und ich ihnen vom Balkon zu. Dann setzten wir uns auf die Couch, eng aneinandergeschmiegt, und starrten auf die Kerzen, die in der Spätsommerabendbrise, die durch das Haus zog, angenehm flackerten. Und sagten sehr lange gar nichts.

Drei Tage später fuhr Monika zu ihren Eltern nach Roermond. »Es ist besser, du bist nicht dabei, wenn ich es ihnen erzähle«, sagte sie. Und als sie wiederkam: »Es war gut, daß du nicht dabei warst.«

FÜNF

Erste Male vergißt man nicht so schnell, aber der Rest … Mein Gedächtnis gleicht dem Werk eines trunksüchtigen Archivars: es weist Lücken und Überfülle auf, die Karteikästen sind umgefallen, die Karten hastig wieder aufgelesen worden. Manchmal wurde monatelang nichts gesammelt, dann wieder ist fieberhaft auf gut Glück drauflosgearbeitet worden. Ein Archivschrank voller Erinnerungen, doch wo sind die Erinnerungen, die mir bei der Beantwortung der Fragen helfen können, die mich jetzt um den Schlaf bringen? Wer ist der Vater meines Sohnes? Mit wem ist meine tote Geliebte fremdgegangen? Und wann? Und vor allem: warum? Wie ist es möglich, daß ich nie etwas gemerkt habe, daß ich nie auch nur den geringsten Verdacht hatte? Oder hatte ich den doch, und der trunkene Archivar hat diese Erinnerungen nur unter den Teppich gekehrt, aus dem Fenster geworfen, im Allesbrenner verheizt?

Ich sehe Bo an, den ich besser kenne als jeden anderen Menschen auf der Welt, und sehe einen Fremden. Ich sehe Ellen an, die ich mehr liebe als irgend jemanden sonst, und wende den Blick ab.

Ellen sagt, daß sie mich heiraten will.

»Ellen«, sage ich, »du willst ein Kind. Du willst ein eigenes Kind, und das kann ich dir nicht geben. Such dir einen anderen Mann, es ist noch nicht zu spät.«

»Ich will ein Kind von dir«, sagt Ellen. »Ich will kein Kind von einem anderen Mann. Und ich will erst recht keinen anderen Mann. Ich will dich.«

»Das sagst du jetzt, aber was ist in ein, zwei Jahren?«

»Woher soll ich das wissen, Armin? Weißt du, was du in zwei Jahren willst? Weißt du, ob du dich dann überhaupt noch für mich interessierst? Oder vielleicht in einer Midlife-crisis steckst und mit einer Einundzwanzigjährigen durchbrennst?«

»Du lieber Himmel, Ellen.«

»Ja, du lieber Himmel, Armin.«

»Aber heiraten, warum um Gottes willen willst du heiraten?«

Monika und ich waren nicht verheiratet. Heiraten, das tat man damals nicht. Wir jedenfalls nicht. Wir liebten uns, und mit etwas so Intimem wie *lieben* hatte der Staat nichts zu tun. Das verstand sich von selbst. Also heirateten wir auch nicht, als ein Kind kam – Prinzipien wurden in jenen Tagen noch nicht so leichtfertig durchbrochen.

Wir gaben Bo den Nachnamen seiner Mutter, Paradies, auch das war selbstverständlich. Sie hatte ihn schließlich neun Monate getragen. Sie gab ihm die Brust. Daß ein Kind automatisch den Namen des Vaters bekam, war ein Auswuchs des verabscheuten Patriarchats. Genau wie die Cruise missiles. Und der Kapitalismus.

Der Standesbeamte war mit unserer Namenswahl nicht einverstanden. »Das geht nur, wenn Sie das Kind nicht anerkennen«, sagte er. Ich beschimpfte ihn als Federfuchser und Schreiberseele, woraufhin er sich weigerte, die Anmeldung weiter zu bearbeiten. Schließlich mußte eine weibliche Kollegin hinzugezogen werden, um die Angelegenheit ordnungsgemäß abzuwickeln. Murrend fügte ich mich den gesetzlichen Vorschriften. Am nächsten Tag aber setzten wir eine Annonce in die Zeitung: »Geboren: Bo Paradies.« Unsere Eltern lasen die *Volkskrant* nicht. Das ersparte uns eine Menge Nörgelei.

Die Wohnung an der Ceintuurbaan war eigentlich zu klein für uns beide und das Baby. Es gab kein Kinderzimmer – und jeder weiß, daß ein Baby das Recht auf ein Kinderzimmer hat.

»Ihr müßt umziehen«, sagte Monikas Mutter, bei der ich nie auch nur ein Fünkchen Liebe für ihre Tochter gespürt habe, die aber gleichwohl der Meinung war, sie wisse am besten, wie das Leben ihrer Tochter auszusehen habe.

»Du könntest doch was kaufen?« sagte mein Vater.

»Aber Pa«, sagte ich, »denk doch mal an die ganze Arbeit, die wir in die Wohnung gesteckt haben. Und außerdem: Wo findest du in Amsterdam noch einmal eine Wohnung mit einer solchen Aussicht?«

Nein, Monika und ich wollten nichts kaufen – womöglich noch eine Hypothek bei einer Bank aufnehmen, die Außenstände in Südafrika hatte! Und wir wollten nicht umziehen. Bo schlief zwischen uns im Doppelbett. Wir wickelten ihn auf dem Sofa, auf dem Küchentisch, auf der Anrichte, auf dem Fußboden, auf dem Bett, auf dem Schreibtisch zwischen Schreibmaschine und Telefon. Wir trugen ihn in einem Tragetuch umher.

»Wie Hippies«, sagte Monikas Mutter, für die die sechziger und siebziger Jahre ein einziger Alptraum gewesen waren.

»Wie Neger«, sagte ihr Vater, für den alle, die nicht aus Limburg kommen, Ausländer sind und alle Farbigen Affen.

»Ich finde es goldig«, sagte meine Mutter. Und mein Vater sagte: »Wenn es euch glücklich macht, wird es das Kind wohl auch glücklich machen. Und darum geht es schließlich.«

Und ich dachte: Ob er wohl jemals zu meiner Mutter so etwas über mich gesagt hat? Aber ich fragte nicht.

Als Monika Bo das erste Mal die Brust gab, saß ich dabei und heulte wie ein Kind.

»Das sind die Hormone«, sagte Monika.

»Willst du mal kosten?« fragte sie am nächsten Tag.

Ich war entsetzt. Etwas später kostete ich doch. Ganz vorsichtig.

»Lecker«, sagte ich.

»Lügner«, sagte sie.

»Es ist ja auch für Babys und nicht für erwachsene Männer.«

Monika sagte: »Ich finde es erregend.« Und ich fragte: »Findest du es bei Bo auch erregend?« Und Monika nickte.

In den letzten Jahren habe ich nur noch selten an diese Zeit gedacht. Wenn ich ein Mädchen mit durchgestuftem rotem Haar oder gelben Schuhen sah. Oder einen Mann mit einem Kind im Tragetuch. Seit ein paar Tagen denke ich an nichts anderes mehr.

»Das braucht seine Zeit«, sagt Ellen.

»Der Schmerz wird nachlassen«, sagt Ellen.

»Laß uns eine Woche wegfahren, nur du und ich, wir beide.«

»Du solltest verreisen, mit Bo.«

»Fahr eine Woche nach Ameland, allein, mach schöne Strandspaziergänge.«

»Ich will wissen, wer der Vater ist«, sage ich, »wer der Täter ist. Wer soll mir das auf Ameland erzählen? Steht sein Name vielleicht im Sand geschrieben, am Fuße des Leuchtturms?« – Es gibt ein Foto von Monika am Strand von Ameland. Zu ihren Füßen steht im Sand geschrieben ARMIN IST DOOF. Sie blickt triumphierend in die Kamera. Ihr Haar weht im Wind. Unser letzter gemeinsamer Urlaub.

»Was weißt *du*, Ellen? Was weißt du, was ich nicht weiß? Was hat Monika dir erzählt? Sie muß doch irgendwas erzählt haben. Unter Freundinnen, erzähl mir nichts, ihr besprecht doch solche Dinge. Frauen reden über so was. Wer ist es, Ellen, sag es mir: wer, wer, wer?«

Aber Ellen beharrt darauf, nichts zu wissen.

»Ich war damals in Ecuador, weißt du noch?«

»Ja, aber später, Ellen, als du zurück warst. Sie muß doch was gesagt haben. Über einen Umweg vielleicht. Eine leise Andeutung, die du nie verstanden hast. Mein Gott, Ellen, ihr wart euch so nah damals. Ihr habt, verdammt noch mal, *alles* geteilt. Und jetzt willst du mir weismachen, daß das mit keinem Wort erwähnt worden wäre? Lüg mich nicht an, Ellen. Ich kann keine Lügen mehr vertragen! Du lieber Gott, Ellen, jetzt wein doch nicht. Nicht weinen, nicht weinen, nicht weinen! Es tut mir leid. Ich hab es nicht so gemeint, aber verdammt noch mal, Ellen, was soll ich machen? Wie soll ich nur damit umgehen?«

Später am Abend: »Willst du mich heiraten?«

»Ja.«

SECHS

Ich habe Bo gesagt, daß ich keine Kinder mehr zeugen kann. Daß mein Samen nicht mehr dazu taugt.

»Hat zu lange nicht mehr seinem Zweck gedient.«

Darüber mußte Bo lachen. Er findet es nicht schlimm, daß er keine Geschwister bekommt. Es tut ihm nur leid für Ellen. Das sagte er auch: »Blöd für Ellen.«

»Ja«, sagte ich.

Und das war alles.

Stundenlang konnte ich Bo zusehen, als er ein Baby war. Wie er sich mit Fäusten, die noch keine Fäuste waren, den Schlaf aus den Augen rieb. Wie er, noch ohne sie zu verstehen, die Welt mit großen, hungrigen Augen in sich aufnahm. Wie er ein Bäuerchen machte. Wie er sabberte. Wie er das Wunder seines eigenen Körpers entdeckte: diese rosa Dinger da, vor meinen Augen, diese Dinger gehören zu mir, diese Dinger, das bin ich!

An dem Tag, als Bo sich zum ersten Mal allein vom Bauch auf den Rücken drehte, kaufte ich eine Flasche Champagner und trank sie abends mit Monika aus. Anschließend liebten wir uns, auf dem Fußboden, an die Toilettentür gelehnt und schließlich im Bett, von hinten, während Bo krähend unter Monika lag und mit den Händen nach ihren Brüsten griff.

»Die Liebe, Bo«, sagte ich, als Monika schon schlief, »die Liebe, darum geht es. Der Rest ist lauter Unsinn.«

»Gott ist Liebe, Bo«, sagte ich, »und Liebe, das ist Gott.

Darüber gibt es viele Mißverständnisse. Denn das erste wird zwar gesagt, aber das zweite, das glauben nur wenige.«

Solange ich meine Augen geöffnet hielt, fühlte ich mich angenehm trunken, doch sobald ich sie schloß, sah ich rote und gelbe Flecken in rasendem Tempo durcheinanderwirbeln. Ich rülpste. Bo lachte. Monika seufzte im Schlaf. Und sofort zog ein Schatten über Bos Gesicht. Das trieb mir Tränen in die Augen.

»Hör gut zu, Bo«, sagte ich, »denn es geht hier um die *purification of an 86 kDa nuclear DNA-associated protein complex.* Und wie du weißt, kann man mit der höheren Wissenschaft nicht früh genug beginnen.«

Bo biß in seinen Beißring und sah mich mit großen Augen an.

»Hela cells«, las ich vor, *»were cultured in Dulbecco's modified Eagle's medium containing 10 per cent fetal bovine serum.* Und dann? *Gels were stained with 0.3 per cent Coomassie brilliant blue.* Das ist die reinste Hexerei, Bo! Moderne Alchimie!«

Als Bo geboren wurde, hatte ich gerade eine Stelle als Korrektor bei einem wissenschaftlichen Verlag gefunden – ein Job, den ich bis heute behalten habe. Alle vierzehn Tage holte ich mir einen Stapel Druckfahnen mit Artikeln für eine biochemische Fachzeitschrift ab, deren weltweite Auflage noch nicht einmal tausend Exemplare betrug. Anfangs hatte ich große Schwierigkeiten mit dem Fachjargon, doch schon bald las ich die Texte ebenso mühelos wie Rezepte in einem Kochbuch, auch wenn mir die Bedeutung dieser Rezepte vollkommen rätselhaft blieb.

»Wer ist nur dieser mysteriöse Doktor Dulbecco?« fragte ich Bo. »Und wie kommt das embryonale Rinderblut in das Adlermedium? Welches Farbengeschäft verkauft Coomassies brillantes Blau? Und was bleibt davon übrig in einer 0,3prozentigen Lösung – wird es dann nicht Babyrosa?«

Bo warf seinen Beißring auf den Boden. Ich hob ihn auf und gab ihn Bo zurück. Das war das Schöne an der Korrekturarbeit: daß ich sie zu Hause erledigen konnte, in Bos Nähe, so daß ich keinen einzigen Tag seiner ersten Lebensjahre zu verpassen brauchte.

»Geh du nur wieder arbeiten, sobald du dich dazu in der Lage fühlst«, sagte ich zu Monika, aus purem Eigennutz.

»Ich verstehe nicht, daß du bei der Verbreitung dieser Art von Forschung mitmachst«, sagte sie, nachdem sie sich einen Abend lang in die Fachzeitschrift vertieft hatte. »Für jeden dieser Artikel sind was weiß ich wie viele Versuchstiere getötet worden.«

»Stimmt«, sagte ich, »aber wir bezahlen unsere Windeln davon.«

»Ja, ja, versteck dich nur hinter Bo. Wälz deine Mitschuld an dieser Tierquälerei nur auf das arme Kind ab.«

»Was glaubst du, wie die Pille entwickelt wurde?« fragte ich.

Monika ging wieder arbeiten. Bei *Die Kleine Welt*, einem Reisebüro, das sich auf sanften Tourismus spezialisiert hatte. »Ein Widerspruch in sich«, fand ich.

»Stimmt«, sagte Monika. »Aber wenn du versprichst, darauf nicht weiter rumzuhacken, dann sage auch ich nichts mehr über das unschuldige Versuchstierblut, das an deinen Händen klebt.«

Und so geschah es.

Monika nahm wieder die Pille. Ich teilte meine Aufmerksamkeit zwischen dem Krabbeln und Krähen von Bo und der *temperature dependence of creatine kinase flux in the rat heart.*

»Male Wistar rats«, sagte ich zu Bo, der gerade versuchte, sich am Rand des Couchtisches hochzuziehen, *»were anesthetized with diethyl ether and injected intravenously with 50 IU heparin approximately 1 minute before the hearts were exised.* Siehst du, deine Mutter braucht sich überhaupt keine Sorgen zu machen. Zuerst die Narkose und dann erst das Entfernen des Herzens. Alles sehr tierfreundlich.«

Bo gab seinen Versuch, auf eigenen Beinen zu stehen, auf und fing an zu weinen. Ich schrieb mit meinem Rotstift ein *c* zwischen das *x* und das *i* von *exised*.

Heute morgen bin ich um fünf wach geworden. Ich bin in Bos Zimmer gegangen und habe bestimmt eine halbe Stunde lang bei ihm auf der Bettkante gesessen. Ich habe sein schlafendes Gesicht studiert. Die Form seiner Stirn, seinen Haaransatz, die Augenbrauen, die Farbe seiner Augen. – Bo schläft mit offenen Augen. Das hat er nicht immer getan. Es fing an, als er drei war, mit einem Alptraum.

Ich habe die Flecken auf seiner Iris studiert, die Länge seiner Wimpern, die Falten in seinen Augenlidern, die Linie der Wangenknochen, die Form seiner Nase, die Größe der Nasenlöcher, die Kieferlinie, die Form seines Mundes, seine Lippen. Er kommt langsam in die Pubertät. Er hat einen Pickel am Kinn.

Ich hoffte auf eine Eingebung, darauf, daß etwas in seinem Gesicht mich plötzlich erinnern würde an ... Das hoffte ich, und ich hatte eine Heidenangst davor.

Aber es geschah nichts. Ich bin wieder ins Bett gekrochen und eingeschlafen. Auch meine Träume brachten keine Antwort.

SIEBEN

Ich habe immer geglaubt, Bo sei mit Zustimmung der Amsterdamer Polizei gezeugt worden.

Ich war mit Monika im Haarlemer Stadttheater gewesen, in einer Benefizvorstellung zur Bekämpfung des Hungers in Afrika. Der Intendant des Theaters hatte ein paar Monate zuvor mit *Die Kleine Welt* eine abenteuerliche Pauschalreise im Landrover durch die Sahara gemacht. Als Dank für die gute Betreuung und weil er mit dem Leben davongekommen war, schickte er nun regelmäßig Freikarten an das Reisebüro. Die Vorstellung war einschläfernd, aber der anschließende Empfang machte alles wieder wett. Wir sahen jede Menge prominente Landsleute; der Lachs war zart und fett; der Wein, der Whisky und sogar der Orangensaft waren von überdurchschnittlicher Qualität. In eine Büchse, die für großzügige Spenden bestimmt war, steckten wir einen Umschlag mit einer politischen Erklärung: »Hunger ist die direkte Folge der ungerechten Machtverhältnisse in der Welt. Krebs bekämpft man nicht mit Aspirin, Hunger nicht mit Wohltätigkeit. Unterstützt die revolutionären Bewegungen in der Dritten Welt!«

Wir blieben bis weit nach Mitternacht, schauten, tranken, kommentierten. Als wir endlich gingen, wurden wir von einem müden Portier zum Künstlerausgang gewiesen, der einzigen Tür, die noch nicht abgeschlossen war. Vergnügt traten wir in die kühle Juninacht hinaus. Hinter uns zog der Fernsehmoderator Jack Spijkerman die Tür zu.

»Laß uns den Nachtigallen lauschen«, sage ich.

»Nachtigallen?« fragt Monika. »Gibt's die denn noch in den Niederlanden?«

Also dirigiere ich sie zum Amsterdamse Bos, zeige ihr, wo sie parken soll – auf dem Parkplatz am Anfang der Ruderbahn – und wie wir von dort aus zu den Nachtigallen kommen. Als wir im Gebüsch ganz in der Nähe des Ufers vom Nieuwe Meer tatsächlich Nachtigallengesang hören, küßt Monika mich feierlich auf die Stirn. »Wo findet man«, sagt sie, »heutzutage noch einen Mann, der einen nachts zielsicher an einen Ort zu führen vermag, wo Nachtigallen singen? Ich laß dich nie mehr gehen.«

Wir setzen uns auf eine feuchte Bank, deren Kälte sofort in uns hochkriecht. Ich schmiege mich eng an Monika und nehme sie in den Arm. Meine Hand landet auf ihrer Brust.

»Wir tun es zu selten in letzter Zeit«, sagt sie.

»Stimmt«, sage ich. »Das werden wir ändern.«

»Ja, aber nicht auf dieser Bank.«

»Nein, nicht auf dieser Bank.«

Sie küßt mich. Ihre Lippen sind trocken, doch ihr Mund ist warm und feucht. Sie beißt mich in die Unterlippe. Die Nachtigall singt. Monika legt ihre Hand zwischen meine Beine.

»Sehr gut«, murmelt sie zwischen den Küssen.

Meine Hand gleitet unter ihre Jacke, zieht ihr T-Shirt aus der Hose. Ich küsse ihren Hals, beiße sie sanft ins Ohr, während meine Hand auf ihren Rücken wandert und sich unter den Rand ihres Slips schiebt. Ihr Hintern ist eiskalt.

»Komm«, sage ich und ziehe sie hoch.

Am Auto sagt sie: »Steig ein. Mach die Heizung an. Und das Licht.«

Der Motor startet keuchend. Monika steht im Scheinwerferlicht, ihr Gesicht ist blaß, die Augen sind schwarz. Sie zieht sich aus. Jacke, T-Shirt, gelbe Schuhe, Hose, Slip. Sie trägt schwarze Unterwäsche, sie trägt immer schwarze Unterwäsche, wenn sie Lust auf Sex hat.

Ein Kleidungsstück nach dem anderen landet auf der Motorhaube. Als sie ganz nackt ist, spreizt sie die Beine und schließt die Augen. Sie pinkelt. Der goldene Strahl glänzt im Scheinwerferlicht.

»Du bist verrückt«, sage ich gegen die Innenseite der Frontscheibe. »Und wunderbar. Und verdammt aufregend.«

»Mach das Licht aus«, ruft Monika, und ich gehorche. In der Dunkelheit nehme ich die schnellen Bewegungen ihres weißen Körpers wahr. Im Nu steht sie neben dem Auto und öffnet die Tür.

»Laß den Motor an und stell die Heizung höher. Mein Gott, ist das kalt. Und dabei ist es schon fast Juli! Küß mich, Armin, küß mich.«

Sie sitzt auf mir, drückt mir ihre kalten Brüste ins Gesicht. Ich klappe mit der linken Hand den Sitz zurück.

»Ausziehn!« sagt sie und rutscht von mir herunter, um auch den Beifahrersitz zurückzuklappen. »Aus, aus, aus!«

Ich winde mich aus meinen Kleidern.

Sie klettert auf mich, und mit einer kräftigen Bewegung schiebt sie mich in sich hinein. »Ja!«

Ich schaue auf das Weiß ihrer Brüste, in das Weiß ihrer Augen. Und auf einmal ist es, als leuchte ihr ganzer Körper. Monika ist ein Engel geworden.

»Mist!« schreit sie. So schnell, wie sie auf mich geklettert ist, so schnell ist sie jetzt wieder unten.

»Mist!«

Es ist, als breche etwas an der Basis jenes steifen Organs, das gerade noch für so viel Erregung gesorgt hat.

»Au!«

Ich drehe mich um zu der Quelle des himmlischen Lichts. POLIZEI steht in Spiegelschrift zwischen zwei Scheinwerfern.

»Mihist!« kichert Monika, die auf den Fahrersitz gerutscht ist und die Lehne hochstellt. Ich lasse mich zurückfallen und ergreife das erstbeste Kleidungsstück, das ich finden kann. Damit bedecke ich meine Scham.

»Großer Gott!«

Ich höre, wie eine Tür geöffnet wird. Schritte. Eine Taschenlampe leuchtet herein. Monika kurbelt das Fenster herunter.

»Alles in Ordnung, junge Frau?«

Monika lacht nervös. »Ja, alles in Ordnung.«

Das Licht gleitet langsam über ihre bloßen Brüste, über meinen Bauch.

»Angenehme Nacht dann noch.«

»Ja, Ihnen auch.«

Wieder Schritte, das Schlagen einer Tür. Am Schwenken des Scheinwerferlichts kann ich sehen, daß das Fahrzeug rückwärts von uns wegfährt, wendet und verschwindet. Monika beugt sich zur Seite, nimmt das Oberhemd, mit dem ich mich bedeckt habe, wirft es auf den Boden neben das Gaspedal und beginnt, meinen schlaffen Schwanz zu küssen.

Der Renault 5 ist ein sehr kleines Auto, wenn man sich darin lieben will, aber es geht. Achtunddreißig Wochen und drei Tage später gebar Monika einen Sohn. Wir nannten ihn Bo.

ACHT

Ich leide am Klinefelter-Syndrom, einer Anomalie der Geschlechtschromosomen.

»Normalerweise haben Männer ein X- und ein Y-Chromosom, Frauen hingegen zwei X-Chromosomen«, erklärt der Arzt geduldig, als ich zu einem Nachsorgegespräch wieder im Krankenhaus bin. »Alle Eizellen tragen ein X-Chromosom, Samenzellen entweder ein X- oder ein Y-Chromosom. Verschmelzen beide, hängt es also von der Samenzelle ab und vom Schicksal, ob ein XX oder ein XY entsteht: ein Mädchen oder ein Junge.«

Mit einem silbernen Stift zeichnet er rasch ein paar Eizellen und Spermien auf ein Blatt Papier und schreibt die entsprechenden Buchstaben daneben.

»Was geschieht nun beim Klinefelter-Syndrom? Da geht bei der Bildung der Eizellen etwas schief – eine XX-Zelle im Eierstock teilt sich nicht, wie es sich gehört, in zwei Eizellen mit je einem X-Chromosom, sondern in eine mit zwei X-Chromosomen und eine ganz ohne. Wenn die mit dem doppelten X anschließend befruchtet wird, entsteht entweder ein Mädchen mit drei X-Chromosomen, was meist keinerlei Folgen hat, oder ein Junge mit den Chromosomen XXY. Das nennen wir dann das Klinefelter-Syndrom.«

Der Arzt schaut von seinem Blatt auf. Und obwohl es derselbe Mann ist, der mir vor einer reichlichen Woche die Hiobsbotschaft überbracht hat, ist es, als sähe ich ihn jetzt zum ersten Mal wirklich. Er ist ein außergewöhnlich kleiner Mann mit den Gliedmaßen eines Kindes, dem Rumpf einer alten Frau und dem Kopf eines lebenslustigen Vierzigers, der er offensichtlich auch ist. Rosige Wangen, graugrüne Augen hinter einer kleinen goldenen Brille. Nicht unsympathisch, aber distanziert. Was ich auch wäre, wenn ich jemandem das Klinefelter-Syndrom erklären müßte.

»Häufig führt dieses Syndrom zu deutlich sichtbaren Abweichungen«, fährt er in seinem Vortrag fort. »Patienten haben einen extrem kleinen Penis oder leiden in der Pubertät an Brustbildung. Es kommt aber auch vor, so wie bei Ihnen, daß äußerlich nichts zu bemerken ist. In solchen Fällen bringen erst Fruchtbarkeitsuntersuchungen die Anomalie ans Licht – dann zeigt sich, daß das Sperma keine Samenzellen enthält. Das ist leider bei fast allen Klinefelter-Patienten der Fall.«

SPERMAABGABE stand in blauen Buchstaben auf einem Schild über dem Schalter in der IVF-Klinik, wo die Untersuchung durchgeführt werden sollte. In dem kleinen Raum hinter dem Schalter war niemand. Also stand ich da, mit einer Papiertüte in der Hand, in der ganz diskret das Glas mit meinem gerade provozierten Samenerguß verborgen war. Hinter mir ging ein junges Paar den Flur entlang. Ich schaute auf die fensterlose Wand in dem Raum, an der ein Kalender eines Pharmaunternehmens hing. Das Foto zeigte drei Männer in weißen Kitteln, die interessiert ein Reagenzglas betrachten, das einer von ihnen gegen das Licht hält. Der Kalender war schon seit drei Monaten nicht mehr abgerissen worden. Vielleicht fand jemand dieses Foto spannend. In einer Ecke des Raumes gab eine Türöffnung die Sicht auf einen schmalen Gang frei, der wiederum zu einem Zimmer führte. In diesem Zimmer sah ich ab und zu Leute in Krankenhauskitteln. Vergeblich versuchte ich, auf mich aufmerksam zu machen.

Gab es hier keine Klingel? Nein, es gab keine.

Sollte ich rufen? Hallo, ich habe hier was für Sie!

Auf einmal hörte ich hinter mir eine schrille Frauenstimme. »Stellen Sie es einfach da hin, sie finden es dann schon.« Ich drehte mich um, weil ich sehen wollte, wer mich angesprochen hatte, doch das einzige, was ich sah, war ein weißbekittelter Rücken, der um eine Ecke verschwand.

»Gut, danke«, murmelte ich. Das Schiebefenster des Schalters war halb geöffnet, und ich konnte meine Papiertüte tatsächlich problemlos auf die Theke stellen. Aber es hatte etwas, wie soll ich sagen, etwas fast Blasphemisches, daß man so nachlässig mit meinem Samen umging. Ich meine: Ich spüle ihn auch schon mal durch den Abfluß in der Dusche, wenn es sich ergibt, aber bitte ... das ist meine Sache. Wenn andere sich daran zu schaffen machen, erwarte ich schon, daß sie mit Sorgfalt, wenn nicht gar Ehrfurcht damit umgehen. Es handelt sich schließlich um lebenspendenden Samen, dachte ich damals, und trotz aller medizinischen Erkenntnisse noch immer um ein Mysterium und ein Wunder und so. Ich hätte es besser wissen müssen. In einem Krankenhaus ist Sperma so etwas wie Urin oder eine Fußpilzprobe: etwas, das man in einem Labor untersucht, das man auf eine Zahlenreihe für ein Formular reduziert und anschließend entsorgt.

Ich stellte die Tüte am Schalter ab, doch gerade in diesem Moment betrat jemand den Raum. Es war dieselbe Frau, von der ich zuvor einen Aufkleber mit meinem Namen, einer Nummer und meinem Geburtsdatum bekommen hatte.

Bei der Anmeldung hatte sie gesagt: »Sie gehen diesen Gang entlang, und dann ist es, warten Sie, die zweite, nein, die dritte Tür rechts, Zimmer C. Sie finden sich schon zurecht.«

Zimmer C bestand aus zwei Räumen. In dem einen befanden sich eine Toilette und ein Waschbecken. In dem anderen stand ein Möbelstück, ein Mittelding zwischen Bett und Untersuchungstisch, mit einem Stahlrahmen und schwarzem Kunstlederbezug. Daneben ein Tisch mit einer Unmenge von Gläsern. Neben den Gläsern lagen stapelweise Papiertüten und Berge von weißen Handtüchern. Am

Fußende des Bettes befanden sich, auf einem kleinen Beistelltisch, ein Fernsehapparat und ein Videorecorder.

Hier sollte es also geschehen. Selbstbefriedigung beim Licht von Neonröhren und vor einem flackernden Bildschirm.

Ich las die Anweisungen auf einem Plastikposter, das an einer makellos weißen Wand hing, und tat, was mir aufgetragen wurde. Gründlich Wasser lassen. Gründlich waschen mit lauwarmem Wasser, aber ohne Seife. Dann setzte ich mich auf das Bett und stellte den Videorecorder an. Ein bildfüllender fahlgelber Penis schob sich an einer glattrasierten Schamlippe entlang. Erregtes Stöhnen erklang und diese typische Pornomusik. Ich stellte schnell den Ton leise, spulte ein Stück zurück und dann ein ganzes Stück vor. Der Sexnummer, in die ich hineingeraten und bei der mein Vorgänger möglicherweise gekommen war, folgte eine Freiluftszene. Ein blasser Mann mit einem typischen Siebziger-Jahre-Kopf, Haare bis über die Ohren und ein weichliches Lächeln um den Mund, nahm eine ebenso blasse Frau mit unter das Vorderdeck seines Hausbootes. Im nächsten Augenblick lag sie auf den Knien und blies ihm einen. Wieder einen Moment später nahm er sie von hinten, während sie über einem knallgrünen Stuhl lehnte. Ich spulte lieber weiter. Ein zweiter Mann betrat das Schiff und tat, was Männer in Pornofilmen nun einmal tun. Plötzlich folgte die Kamera einer jungen Frau auf einem Fahrrad. Ihre blonden Zöpfe flatterten im Wind. Sie hielt an einem Bauernhof, ließ ihr Rad an eine Stallmauer fallen, und hoppla, da lag sie schon im Heu mit einem unersättlichen Bauernburschen, der seine Schaftstiefel gleich angelassen hatte.

Es war ein ziemliches Kunststück, eine Einstellung zu finden, die mit einiger Phantasie erregend genannt werden konnte, aber schließlich hielt ich das Video bei einer verschwommenen weiblichen Brust im Gegenlicht an. Es hatte, mußte ich mir eingestehen, durchaus etwas Erregendes, in so einem nahezu öffentlichen Raum zu masturbieren. Außerdem war der Porno urkomisch, und Humor ist der ideale Partner der Lust. Daher wohl der tödliche Ernst reformierter Pfarrer. Ich schnappte mir ein Gläschen vom Tisch, stellte mich neben das Bett, schaute mir die Brust auf dem Bildschirm noch einmal gut an, schloß die Augen und dachte die Art von Gedanken, die einen zum Höhepunkt bringen können.

Es war gar nicht so einfach, das Glas im richtigen Moment an die richtige Stelle zu halten, aber es gelang. Als ich den Aufkleber befestigte, prustete ich los. Nur weil ich noch quer durch das Wartezimmer gehen mußte, wo zwei einsame Männer demonstrativ in ein Blatt aus dem Lesezirkel vertieft waren, während ein gepflegtes Paar, das ich mit einem Blick als karrierebedingte Spätentscheider einstufte, die Geburtsanzeigen an der riesigen Pinnwand studierte – nur weil ich da noch lang mußte, habe ich nicht gesungen oder vor mich hin gepfiffen. So fröhlich war ich von diesem auf so ungewöhnliche Weise hervorgerufenen Samenerguß geworden.

Das Warten am SPERMAABGABE-Schalter hatte meine Fröhlichkeit jedoch schnell wieder in jene nervöse Schamhaftigkeit umschlagen lassen, mit der ich die Klinik betreten hatte. Und nun stand ich also aufs neue der Frau gegenüber, bei der ich mich angemeldet hatte, und ich fragte mich, wie viele Minuten seitdem verstrichen sein mochten und ob ich vielleicht viel zu schnell fertig geworden war oder gerade besorgniserregend lange gebraucht hatte. Ich lachte unbeholfen und sagte: »Bitte.« Und sie sagte: »Danke sehr.« Und das war alles.

Der Arzt hat noch eine relativierende Mitteilung für mich.

»Sie sind«, sagt er, während er seinen Stift wieder in die Brusttasche des weißen Arztkittels steckt, »nicht der einzige Mann, der infolge des Klinefelter-Syndroms unfruchtbar ist und dennoch ein Kind aufzieht. Eine Studie in England hat ergeben, daß drei von zwölf an der Untersuchung beteiligten, verheirateten Patienten ein Kind hatten. Ein Mann hatte sogar mehrere Kinder. Ob die Frauen dieser Männer noch leben, die das hätten erklären können, weiß ich natürlich nicht.«

Den letzten Satz murmelt er vor sich hin, als sei ihm plötzlich klargeworden, daß mir solche Nachrichten wenig helfen werden beim Umgang mit der Wahnsinnswahrheit, daß mein Sohn nicht mein Sohn ist. Und daß die Frau, die das auf dem Gewissen hat, nicht mehr ist. (Und noch eine Ironie des Schicksals: Die Fruchtbarkeitsuntersuchung wurde durchgeführt, weil Ellen, nachdem sie zwei Jahre vergeblich versucht hatte, schwanger zu werden, der Verzweiflung nahe gewesen war – was ich zwar verstand, aber nicht nachfühlen konnte. Beim Aufnahmegespräch im Krankenhaus waren wir über Krankheiten in der Familie befragt worden. »Zwei Onkel und ein Großvater mütterlicherseits«, hatte Ellen gesagt, »sind geisteskrank gewesen und in einer Anstalt verkümmert. Ich erinnere mich, wie der eine Onkel auf seinem Stuhl vor sich hin sabberte wie ein hilfloses Kind und immer nur fragte: ›Wo sind die Gummibärchen?‹« – »Dann besteht ein gewisses Risiko«, hatte der Arzt gesagt, »daß Sie erblich belastet sind mit einer Anomalie, die zu Geistesgestörtheit führen kann. Zur Sicherheit machen wir eine Chromosomenuntersuchung.« Das Ergebnis war, was die Geistesgestörtheit betrifft, beruhigend: Wenn wir in der Lage gewesen wären, ein Kind zu bekommen, wäre die Wahrscheinlichkeit, daß dieses Kind geisteskrank würde, genauso klein oder groß wie bei jedem anderen.)

»Das Schicksal«, sage ich in Richtung des Fotos von den beiden fröhlichen Teenagern im Alpenschnee, das über dem Kopf des Arztes hängt, »ist grausamer als ein KZ-Henker.«

»Es hat keinen Sinn, dem Schicksal menschliche Eigenschaften anzudichten«, findet er. »Das Schicksal ist blind, wie alle Naturgesetze.«

»Woher wissen Sie das so genau?«

»Nun ja, das ist meine Erfahrung. Ich habe nie irgendeine Gerechtigkeit darin entdecken können, daß der eine mit Unglück und Krankheit geschlagen ist und der andere nicht. Sie etwa?«

»Ich sprach auch nicht von Gerechtigkeit, sondern von Grausamkeit.«

»Das sind«, sagt er, »nur zwei Seiten einer Medaille. Ohne Gerechtigkeitsempfinden gibt es keine Grausamkeit.«

»Natürlich, aber das von Ihnen konstatierte Fehlen von Gerechtigkeit sagt doch noch nichts über die Art des Schicksals. Das schließt doch nicht aus, daß das Schicksal grausam sein kann. Wer nur die Taten eines KZ-Henkers betrachtet, kann daraus noch nicht ableiten, ob der weiß, was Gerechtigkeit ist – und darum auch nicht, ob er aus Grausamkeit handelt oder aus völliger Abgestumpftheit.«

»Nun ja«, gibt der Arzt sich geschlagen, denn es wird wohl ein neuer Patient auf ihn warten, »es steht natürlich jedem frei, darüber zu denken, wie er will.«

Aber ich habe keine Lust, mich mit leeren Phrasen abspeisen zu lassen. Nicht jetzt. Nicht unter diesen Umständen.

»Das steht überhaupt nicht jedem frei!« schreie ich. »Erst behaupten Sie, daß ich dem Schicksal keine menschlichen Eigenschaften andichten dürfe. Dann weise ich Ihnen nach, daß Sie nichts, aber auch rein gar nichts über die Art des Schicksals wissen. Menschlich oder unmenschlich, grausam oder abgestumpft: Sie wissen es einfach nicht. Und dann wollen Sie sich mit einem Gemeinplatz aus der Affäre ziehen!«

Ich bin aufgesprungen, schreie ihn an wie ein Marktweib. Und das gefällt mir ausgesprochen gut.

»Nun ja, so habe ich es nicht …«, murmelt er.

»Ja, genau, da haben wir's wieder! So haben Sie es nicht gemeint! Wie haben Sie es denn dann gemeint? Ich kenne solche wie Sie, ich weiß genau, was Sie meinen. Tagaus, tagein muß ich die geistlosen Untersuchungen Ihrer Fachkollegen lesen, all diese eindrucksvoll klingenden Geschichten über Calciumionophore und Endothelzellen und den Teufel und seine Großmutter. Automechanik für Fortgeschrittene, mehr ist das nicht. Wie wirkt Stoff A auf Stoff B, und welche Auswirkungen hat das dann auf die Durchlässigkeit von Membran X. Und weil ihr mit euren klugen Köpfen ein paar dieser verteufelt komplizierten Probleme lösen konntet, wobei übrigens wieder ein Haufen neuer und noch komplizierterer Probleme entstanden ist, aus purer Euphorie über diese Leistung glaubt ihr jetzt, das ganze Universum erklären zu können. Gott ist tot! Das Schicksal ist blind! Alles ist Zufall! Alles ist sinnlos, vernunftlos, richtungslos! Aber sobald sich jemand die Mühe macht, euch zu bitten, diese These mit Argumenten zu untermauern, kneift ihr. Dann steht es plötzlich jedem frei, anders darüber zu denken. Gott, was für eine intellektuelle Feigheit.«

Ich merke auf einmal, daß mir die Beine zittern. Alles im Zimmer schwimmt, der Arzt treibt mitsamt seinem Schreibtischsessel zum Fenster und zurück.

»Verdammt«, stöhne ich, während ich in meinen Stuhl zurückfalle. Ich krümme mich. Schlage die Hände vors Gesicht. Das Salz der Tränen brennt in meinen Augen, aber ich will jetzt nicht weinen.

»Verdammt«, sage ich abermals und laufe, so schnell mich meine schwachen Beine tragen, davon. »Herr Minderhout!« höre ich die verdutzte Arzthelferin noch rufen. »Herr Minderhout!«

Alles im Krankenhaus hat sich gegen mich verschworen. Gänge münden in andere Gänge, ohne daß ich ans Ziel komme. Schilder weisen in die falsche Richtung. Fahrstühle bringen mich in falsche Stockwerke. Ich stoße mit rollenden Betten zusammen. Stolpere über ein Kind, das laut zu weinen anfängt. Die Mutter beschimpft mich.

Ich flüchte in ein Treppenhaus, wo alle Treppen nach oben führen. Ich laufe, springe, nehme drei Stufen gleichzeitig. Ich steige und steige, bis ich völlig außer Atem die oberste Etage erreicht habe. Dort ist wieder ein Gang. An seinem Ende strömt Tageslicht herein. Ich stolpere darauf zu. Neben einem kleinen Tisch mit ein paar Zeitschriften steht eine Bank. Ich lasse mich darauf fallen. Das Blut pocht mir in den Schläfen. Mein Rücken ist schweißnaß.

»Geht's?« fragt eine Frauenstimme.

Als ich zu mir komme, liege ich, noch vollständig angezogen, auf einem Krankenhausbett neben dem Fenster. Ich habe eine herrliche Aussicht auf einen Park, Weiden, eine Autobahn. In der Ferne sehe ich zwei Kirchtürme. Abcoude. Und ich denke an meinen Vater und weiß auf einmal ganz genau, daß ich ihm nie sagen werde, wie es mit mir steht. Ich würde wieder dieselben Minderwertigkeitskomplexe haben wie als kleiner Junge, als ich jedesmal zusammenzuckte, wenn er sagte: »Wird es nicht langsam Zeit, daß du den Mädchen hinterherläufst statt den Vögeln?«

»Ja, Pa.«

Ein Turmfalke hängt wie ein Drachen im Wind.

»Eine Tasse Tee wird Ihnen guttun«, sagt die Frauenstimme.

Ich schaue sie an. YASMIN AL MUTAWA steht auf ihrem Namensschild.

»Danke, Yasmin«, sage ich, aber mein Mund ist so trokken und meine Stimme so leise, daß ich mich nicht einmal selbst hören kann.

NEUN

Gestern abend bin ich mit Dees einen trinken gewesen, zum ersten Mal seit sieben Monaten. Nach dem zweiten Whisky habe ich ihm erzählt, was passiert ist.

»O Gott«, sagt Dees. »Haben Sie noch zwei Whisky für uns? Doppelte.«

Dees ist Wissenschaftsredakteur. Wir arbeiten für denselben Verlag. Ich kenne ihn schon seit dreizehn Jahren. Er ist mein bester Freund. Er hat Monika noch gekannt.

»Mein Gott, Armin, wer hätte das von Monika gedacht?«

»Tja.«

»Mannomann! Und ich fand immer, daß Bo dir so ähnlich sieht.«

Wir sitzen und schweigen und trinken unsere doppelten Whiskys. »Hast du irgendeine Vermutung?« fragt Dees. »Wer es gewesen sein könnte?«

»Nein. Du? Ich meine ...« Wir müssen beide lachen.

»Nein. Jemand aus dem Reisebüro, wo sie gearbeitet hat?«

»Möglich.«

»Gab es vielleicht irgendeinen Ex, den sie noch manchmal getroffen hat?«

»Ja, Robbert.«

»Mensch!«

»Tja.«

»Hast du es Bo gesagt?«

»Nein. Nur daß ich keine Kinder mehr zeugen kann.«

»Ist auch besser so.«

»Weiß nicht.«

Über der Bar hängt ein Fernsehapparat: Eine blonde Frau liegt auf einem Bett. Kerzen brennen, sie hält sich das Laken vor die Brust. »Geh jetzt«, sagt der Untertitel. Ein Mann streicht sich durchs Haar. Er steht an der Schlafzimmertür, macht einen Schritt aufs Bett zu, überlegt es sich dann anders, dreht sich um und geht. Die Frau fängt an zu weinen. In Nahaufnahme sieht man, wie ihre Wimperntusche verläuft.

»Erinnerst du dich, als wir mal zu viert am Strand gewesen sind?« fragt Dees. »Als Bo noch ein Baby war?«

Ich nicke.

»Er saß in so einem Tragetuch auf deinem Rücken. Und du hast ihn vollgequasselt, als wäre er fünfzehn Jahre, nicht acht Monate. Du hast Muscheln und Treibholz gesammelt und ihm alles gezeigt. Monika und ich sind stehengeblieben und haben dir zugesehen, wie du zum Wasser gelaufen bist. Und geredet und gezeigt hast. Was du nicht wußtest, war, daß Bo längst eingeschlafen war.«

Dees nimmt einen Schluck von seinem Whisky, schaut hoch zum Bildschirm, dann nach unten in sein Glas. Er sieht müde aus. Er sieht immer müde aus. Seit ich ihn kenne, führt er das Leben eines eingefleischten Junggesellen. Viel arbeiten. Ungesund essen. Viel trinken. Wenig Schlaf. Junggesellen sind verläßlichere Freunde als Männer mit einer Frau, ich selbst bin der lebende Beweis dafür: seit ich mit Ellen zusammen bin, sieht Dees mich wesentlich seltener als früher. Aber Klagen paßt genausowenig zu ihm wie ein bürgerliches Leben.

Er sagt: »Auf einmal sehe ich, daß Monika weint. Ich kann weinende Frauen nicht ertragen. Das macht mich ganz nervös. Sie nimmt meine Hand. Ich will einen Arm um sie legen, aber es gelingt mir nicht. Du rennst mit Bo auf dem Rücken über den Strand und merkst nichts. Und ich warte, bis Monika sich ausgeheult hat. Sie läßt meine Hand los. Nimmt ein Taschentuch und wischt sich die Tränen weg. Ich wollte fragen, warum sie weinen mußte, aber ich fand nicht die richtigen Worte. Weinende Frauen, Mann, das ist nichts für mich.«

»Ja«, sage ich. Wir bestellen noch zwei Whisky und zwei Bier.

»Von dem ganzen Gerede bekommt man Durst«, sagt Dees.

Männer, hätte Monika gesagt, zum Verrücktwerden ist das!

Später am Abend, als alles über den Zustand des Rasens in der Amsterdam-Arena gesagt ist, als die heulende Blondine sich längst von einem Dach gestürzt hat, weil der Mann an der Tür sie wieder verlassen hat, und der Barkeeper zu niederländischen Hits übergegangen ist, sagt Dees plötzlich: »Es ist schon ein irrer Fall für die *nature versus nurture*-Debatte.«

»Was, der Rasen in der Arena oder der Selbstmord dieser Frau?«

»Nein, die Sache mit Bo.«

»Ach das.«

»Ja, ich meine: daß Bo dir so ähnlich sieht, obwohl er nicht deine Gene hat.«

»Oh. Ja. So habe ich das noch gar nicht gesehen.«

Ich hatte mir vorgenommen, heute vormittag einen Stapel Druckfahnen durchzuarbeiten, doch statt dessen hole ich den Karton mit den Fotos wieder hervor. Es gibt eins von Monika und Robbert. Es ist bei einer Party in der Wohnung an der Ceintuurbaan entstanden. Sie haben beide das Glas erhoben. Robbert grinst in die Kamera. Monika lacht ihr Monika-Lachen: verhalten und mit einem zynischen Zug um den Mund. – Es gab Leute, die sie wegen dieses Lächelns nicht mochten, aber diese Leute sahen nicht den Schmerz, der sich dahinter verbarg.

Könnte er es sein, Robbert? Nein, ausgeschlossen. Ausgeschlossen? Bo hat nicht die geringste Ähnlichkeit mit ihm.

Nun ja, bis auf die Haarfarbe. Wo Robbert jetzt wohl steckt? Womit mag so ein gescheiterter Jurastudent sein Brot verdienen? Eine Beratungsagentur? Ein bißchen an der Börse spekulieren? Ob er noch in der Stadt wohnt? Ich bin ihm schon seit Jahren nicht mehr begegnet. Ich greife zum Telefonbuch. *Haakman. Humadi. Huisman. Hueber.*

Hubeek, H. J. M. – unmöglich.

Hubeek, R. P. F. – verdammt, stimmt ja. »Die Reformatorische Politische Föderation hat angerufen«, sagte ich zu Monika, nachdem ich Robbert wieder einmal am Apparat gehabt hatte. »Ist Monika zu Hause?« war das einzige, was er dann immer sagte. Er fragte nie, wie es mir geht oder Bo, aber das erschien mir auch nur allzu logisch. Er mochte mich nicht und ich ihn nicht. Wenn Monika ab und zu noch mal mit ihm ausging, kam sie immer mit Geschichten darüber zurück, wie schrecklich spießig er doch sei und was für ein Kleinbürger. Er ist einmal bei uns zu Hause gewesen, bei dieser Party. Wir haben einander die Hand geschüttelt. Er ist nicht zu ihrer Beerdigung gekommen. Ich kann mich nicht erinnern, ob er die Todesnachricht von uns bekommen hat.

Hubeek, R. P. F. Ich schreibe Adresse und Telefonnummer hinten in meinen Kalender. Wie man sieht, wohnt er heute in einer vornehmen Gegend.

»Könnte es jemand vom Reisebüro gewesen sein?« frage ich Ellen am Abend.

»Natürlich nicht.«

»Wieso natürlich nicht?«

»Na, was haben denn da schon für Männer gearbeitet.«

»Weiß ich nicht.«

»Da war Chris Verhoeven. Das war 'ne Tunte. Dann war da Chris Winters. Auf den flog Monika nun wirklich nicht.«

»Wieso nicht?«

»Typ Bundfaltenhose und Segeltuchschuhe. Einfamilienhaus in Almere ohne Familie.«

»Und sonst?«

»Und sonst? Äh ... Na ja, Niko natürlich.«

»Genau.« Ich kenne Niko. Reiseleiter. Blasses Gesicht. Glattes, dunkles Haar. Dunkle Augen. Bißchen heruntergekommen. So ein Kerl, bei dem Männer nicht begreifen, warum so viele Frauen auf ihn fliegen. Pärchen, die bei *Die Kleine Welt* eine Reise gebucht hatten, um ihre Beziehung zu retten, landeten besser nicht in einer Gruppe von Niko. – »Niko hat schon so manche Ehe zum Scheitern gebracht«, sagte Monika, als sie mich ihm bei einem kleinen Umtrunk vorstellte. Es war derselbe Umtrunk, bei dem ich Ellen kennenlernte. »Das ist Ellen«, sagte Monika, »wenn ich dich je wegen jemand anderem verlasse, dann wegen ihr.«

»Unmöglich«, sagt Ellen. »Das hätte ich gemerkt. Ich war selbst verliebt in diesen Jungen, weißt du noch?«

»Deshalb ja gerade. Das würde auch erklären, warum sie dir nichts erzählt hat.«

»Armin, Armin, hör auf. Du machst dich verrückt.«

»Überhaupt nicht. Im Gegenteil, ich tue mein Bestes, um nicht verrückt zu werden.«

Ich habe auch Nikos Namen hinten in meinen Kalender geschrieben. Unter den von Robbert. Ellen hat keine Ahnung, wo Niko jetzt lebt und was er treibt. Aber das finde ich schon heraus: Neerinckx, mit ckx, davon kann es doch nicht allzu viele geben in den Niederlanden.

ZEHN

Ich glaube, die ersten Worte, die ein Kind lernt, sind die wichtigsten in seinem Leben.

Es ist besser, wenn ein Kind *Affe*, *Nuß*, *Miezekatze*, *Feuer*, *Butterbrot mit Schokoladenstreuseln* lernt, als: *Atari*, *Nintendo*, *Teletubbie*, *my first Sony*. Noch besser ist, wenn es lernt: *Spatz*, *Meise*, *Möwe*, *Amsel*, *Elster*, *Rotdrossel*. Oder: *Liebe*, *ist*, *Wein*, *und*, *Wohlgeruch*, *es*, *genießen*, *sie*, *alle*, *die*, *sich*, *mit*, *ihr*, *salben*, *werden*.

Bo steht am Ufer des Teiches und wirft den Enten Brotreste zu. Er macht viel Lärm dabei. Vor allem, wenn sich die Möwen in das Getümmel auf dem Wasser stürzen.

»Möwe!« ruft er dann. »Möwe, schön!«

Bo ist verrückt nach Möwen. Wir haben ein festes Ritual für den Sonntagmorgen: das Möwenfütterritual. Dann stellen wir uns zusammen auf den Balkon an der Rückseite des Hauses. Die ganze Woche lang haben wir altes Brot gesammelt. »Möwe!« ruft Bo. »Möwe! Schön!« Und sobald die erste Lachmöwe über den Dächern angesegelt kommt, wirft er, so kräftig er kann, eine Brotrinde in die Luft. In einem kleinen Bogen landet diese erste Rinde immer wieder im Garten der Leute, die unter uns wohnen, aber der Möwe entgeht das nur selten. Im Nu ist die Luft von Möwengekreisch erfüllt, das bald das Rufen von Bo übertönt. Höhepunkt ist jedesmal der Moment, wo es einer Möwe gelingt, in zielsicherem Sturzflug ein Stück Brot auf seinem Weg zur Erde abzufangen. Dann jubeln wir beide und klatschen wie verrückt in die Hände. Auch die wilde Verfolgungsjagd, die sich an ein solches Husarenstück immer anschließt – eifersüchtige Möwen, die gerade dreimal danebengeschnappt haben –, lassen wir uns nicht entgehen.

»Eifersucht«, sage ich zu Bo, »ist ein sehr gesundes Gefühl. Sofern sie mit großer körperlicher Anstrengung einhergeht.«

Bo kann sehr verständnisvoll nicken.

Enten mag Bo auch, aber längst nicht so sehr wie Möwen. Im Teich gibt es eine Ente mit einem lahmen Flügel. Der Flügel hängt im Wasser wie ein Postskriptum. Bo findet, daß die behinderte Ente mehr Recht auf ein Stück Brot hat als die anderen. Aber sosehr er sich auch müht, der arme Vogel geht leer aus. Immer kommen ihm seine gesunden Artgenossen oder die Möwen zuvor. Zum ersten Mal freut sich Bo nicht über deren Flugkünste.

»Weg!« ruft er. »Weg!« Doch die Möwen lassen sich nicht von einem Knirps verjagen. »Blöde Möwen«, nörgelt er. Und kurz darauf: »Blöde Ente.«

Es ist nur ein kleiner Schritt vom Mitleid zur Verachtung. Ein Schritt, den selbst ein Kind von zwei Jahren und drei Monaten mit Leichtigkeit machen kann.

»Zwei Bäume wachsen im Paradies«, schreibt der Evangelist Philippus. »Der eine macht zu Tieren; der andere macht zu Menschen. Adam aß von dem Baum, der zu Tieren machte. Er wurde zum Tier und zeugte Tiere.«

ELF

Bo ist im Bett. Der Fernseher ist aus. Ich versuche, ein Buch zu lesen, das ein Inselbiogeograph über das Aussterben von Tieren geschrieben hat. Aber ich kann mich nicht konzentrieren. Ellen kommt mit zwei Gläsern Wein aus der Küche. Ich lege das Buch weg.

»Was ist deine schönste Erinnerung an Monika?« fragt sie, als wir angestoßen und den Wein probiert haben.

»Als wir drei das erste Mal zusammen waren«, sage ich ohne Zögern.

»Wirklich?«

»Wirklich.«

»Oder sagst du das bloß, um mir eine Freude zu machen?«

»Freut es dich denn?«

»Ja.«

»Aber deshalb habe ich es nicht gesagt. Niemand konnte so teilen wie Monika.«

»Wie hast du diesen Abend in Erinnerung?« fragt Ellen.

So.

Keiner machte den Anfang. Auf einmal waren da drei Münder, die zusammenfanden, drei Zungen, die einander erforschten. Ellens Gesicht war noch tränennaß. Monika hatte Paniermehl im Haar. Durch die Ceintuurbaan fuhr eine Straßenbahn, das Haus vibrierte. Wir küßten uns mit aller Zärtlichkeit, die in uns war, mit all der Sehnsucht junger Erwachsener nach Liebe und Aufmerksamkeit und Geborgenheit. Wir küßten uns aus Neugier.

Und so.

Monika hatte Paniermehl an den Händen. In einer Schüssel auf der Anrichte lag ein Seebarsch und starrte die blauen Kacheln der Küchenwand an. Der Fisch war von Flaschen und Gläsern mit Gewürzen und Öl, Kapern und Oliven umgeben. Eine angebrochene Flasche Cognac stand da. Daneben eine Packung Amaretti, eine Plastiktüte mit Pfirsichen, eine Schale mit kleingeschnittenem exotischem Gemüse. Auf dem Backblech lagen frische Sardinen. Aus Platzmangel stand es auf dem Kühlschrank.

»In der Toskana sind die Küchen größer«, sagte Monika entschuldigend.

»Kann ich helfen?«

»Nein.«

Im vorderen Zimmer war schon der Tisch gedeckt, für drei. Neben jedem Teller lag ein Kärtchen aus Büttenpapier, auf das sie in Schönschrift das Menü geschrieben hatte. Als Vorspeise Crostini mit Muscheln und *sarde alla griglia*. Danach gab es Spaghetti mit Olivenöl und Knoblauch, gefolgt von *branzino aromatizzato al forno*. Als Gemüse wurde *finocchio gratinato* serviert. Der Nachtisch war eine toskanische Überraschung, *pesche con amaretti*.

Eine der Menükarten habe ich in dem Karton mit den Fotos wiedergefunden. Es war ein Fettfleck darauf. Eine Träne, dachte ich sentimental.

»Trinken wir Rotwein oder Weißwein?« rief ich in die Küche.

»Zuerst roten, weißen zum Fisch. Ich habe auch noch einen Dessertwein gekauft.«

»Du mußt uns wirklich sehr lieben.«

»Oder einfach trunksüchtig sein.«

Ellen kam mit zerzaustem Haar und hochrotem Kopf bei uns an. »Der Gegenwind«, sagte sie.

Monika umarmte sie. »Ich bin so froh, dich zu sehen. Mein Gott, wie siehst du denn aus! Willst du was Trockenes zum Anziehen? Du bist ganz verschwitzt. Komm, komm mit, ich werd schon was für dich finden.« Ich ging den Wein entkorken.

Vielleicht kann man sagen, daß es damit begann: mit Monika, die Ellen in ihre Kleider steckte. Sie müssen vor dem Ankleidespiegel gestanden und ein Kleidungsstück nach dem anderen anprobiert haben – das Bett war später von Kleidern übersät. Sie kicherten und lachten.

»Wir kommen gleich!« (Ellen)

»Schenk schon mal den Wein ein!« (Monika)

Ich beobachtete die drei jungen Elstern, die sich im Wipfel einer Kastanie jagten. Der Baum schwankte im Wind. Das Haus füllte sich mit Fröhlichkeit.

»Guck mal!« sagte Monika. »Ist sie nicht wunderschön?«

Ellen drehte sich auf den Fußspitzen einmal um sich selbst. Sie war wunderschön. Sie trug ein ärmelloses kurzes Kleid in gebrochenem Weiß. Das Kleid war ein Geburtstagsgeschenk von Monikas Mutter gewesen. »Das ist typisch meine Mutter, mir ein Kleid zu schenken, in dem ich blaß und schmächtig aussehe«, hatte Monika gewettert. Sie hatte das Ding nie getragen.

Ellen war braungebrannt. Mit ihrem dunklen Haar sah sie viel mehr wie eine Frau aus, die Monika heißt, als Monika selbst.

»Du kannst es behalten. Gott, wie schön du bist, findest du nicht, Armin?«

»Ja.«

Ich reichte ihnen die Weingläser.

»Auf einen wunderbaren Abend.« (Ellen)

»Auf die glückliche Heimkehr.« (Monika)

»Auf uns.«

»Wie war Ecuador?«

Es war diese Frage, die Ellen zum Weinen brachte.

Das ist das Ecuador, in das sie uns an jenem Abend entführte: Ein Hochgebirge mit ewigem Schnee auf den Gipfeln. Dünne Luft. Auf dem steinigen Boden will kaum etwas wachsen. Die Indios tragen Wollponchos und schwarze Hüte. Die Heilige Jungfrau weint an jeder Straßenecke. Veränderungen vollziehen sich langsam wie das Verwittern von Gestein.

»Wir waren auf dem Markt in Otavalo«, sagte Ellen, »dem berühmtesten Markt ganz Südamerikas. Man kann da schöne indianische Sachen kaufen: Kleider und Körbe, Schmuck aus Glas und Gold. Wir waren früh am Morgen mit dem Bus aus Quito angekommen, und gegen zwölf hatten wir genug gesehen: der Markt von Otavalo kommt mit Sicherheit in unser Ecuador-Programm.« – »Wir«, das waren Ellen und ihr Kollege Niko Neerinckx, in den sie verliebt war, der jedoch ihre Liebe nicht erwiderte. Aber das erfuhren wir erst viel später an diesem Abend, als derartige Intimitäten nicht mehr als solche empfunden und ganz selbstverständlich geteilt wurden.

»Niko hatte ein paar Souvenirs gekauft«, erzählte Ellen weiter, »und wollte zurück ins Hotel, um seine Notizen zu machen und Karten zu schreiben. Ich beschloß, zum Kloster San Francisco zu gehen, einem enormen kolonialen Bauwerk im Zentrum von Quito. Vor dem Denkmal von Jodoco Ricke, dem Mann, der das Kloster gegründet hat, saß eine Frau und bettelte. Neben ihr ein etwa zehnjähriger Junge mit großen leeren Augen. Ich gab ihr etwas Kleingeld, und wir kamen ins Gespräch. Sie brauche das Geld für ihre Schwester, sagte sie. Die sitze in der *cárcel de mujeres*, dem Frauengefängnis im Norden der Stadt. Weshalb sie dort sei, fragte ich. Drogenhandel, sagte die Frau. Sie sitze dort nun seit drei Jahren und hätte noch sieben vor sich. Die ganze Zeit starrte der Junge mich an. Das ist ihr Sohn, sagte die Frau. Seit seine Mutter im Gefängnis sei, habe er kein Wort mehr gesprochen. Wenn ich wolle, sagte die Frau, könne ich am späten Nachmittag mit ihr die Schwester besuchen. Die würde sich gewiß freuen, Besuch von einer *etranjera* zu bekommen. Ich willigte ein und versprach, nach der Besichtigung der Kirchen und Kapellen des Klosters zum Denkmal zurückzukommen. Bete für meine Schwester, sagte die Frau. Sie heißt Felicia.«

Ellen nahm einen Schluck Wein und starrte eine Weile schweigend vor sich hin. Als sie weitersprach, war ihre Stimme verändert, brüchiger. »In der Kapelle des Señor Jesús del Gran Poder«, sagte sie, »habe ich eine Kerze für Felicia angezündet. Und später habe ich sie in der *cárcel* besucht, zusammen mit ihrer Schwester und dem schweigenden Sohn. Es war so … Es war so furchtbar.«

Ellen fing lautlos zu weinen an. Monika setzte sich zu ihr, legte den Arm um sie.

»Diese Frau war ein lebender Leichnam. Die Ratten hatten nachts an ihren Zehen genagt, die Wunden waren … Diesen Gestank, den werde ich nie vergessen … Und dieser arme kleine Kerl, der da saß. Wie der seine Mutter ansah! Und sie wollte ihn nicht sehen. Sie wich seinem Blick aus.«

Ellen drückte ihr Gesicht an Monikas Brust.

»Ach komm«, sagte Monika, »Mädchen.« Und Ellen heulte, und Monika küßte ihr Haar und winkte mir mit den Augen. Ich setzte mich an Ellens andere Seite und streichelte ihre Schultern, ihren Hals, und ich nahm sie beide in die Arme, und Monika sagte: »Das ist besser.« Und Ellen schaute auf und lächelte unter Tränen.

Wir küßten uns, bis die Tränen getrocknet waren. Dann gingen wir zu Tisch. So fing es an.

»Ja«, sagt Ellen. »So fing es an.«

Es ist, als seien wir zusammen in ein Zimmer gegangen und die Tür sei hinter uns ins Schloß gefallen. Wir sitzen ganz still nebeneinander auf dem Sofa. Wir lauschen dem Ticken der Uhr. Der Abend vor vierzehn Jahren zieht noch einmal Sekunde für Sekunde an uns vorüber.

Unter dem Tisch setzten unsere Füße die Erkundungen fort. Über dem Tisch sprachen unsere Augen eine andere Sprache als unsere Münder. Monika erzählte den neuesten Tratsch aus dem Reisebüro. Ich sagte etwas über Biotechnologie und über ein Experiment mit dem Bakterium *Escherichia coli*. Monika meinte, daß ihr das den Appetit verderbe, und fragte Ellen nach den Eßgewohnheiten in den Anden. Auch die verdarben den Appetit: Die populärsten Gerichte der ecuadorianischen Küche sind *yaguarlocro*, eine Suppe mit Blutwurststückchen, und *cuy*, gegrilltes Meerschweinchen.

Wir aßen und tranken und sprachen über weiter nichts. Wir leerten die Flasche Dessertwein bis zur Neige, Monika und ich hatten uns auf dem Sofa zurückgelehnt, Ellen saß uns gegenüber. Monika legte ihre Beine auf Ellens Knie. Ellen legte eine Hand auf mein Bein. Ich legte den Kopf an Monikas Schulter. Kerzen brannten, der Wind brachte Regen, es war Anfang August, doch der Abend roch nach Herbst.

Als wir den Dessertwein ausgetrunken hatten, fragte Monika Ellen: »Möchtest du über Nacht bleiben?«

»Gern«, sagte Ellen.

Ich öffnete noch eine Flasche Rotwein und legte eine Platte auf. Joan Armatrading sang: *It could have been better*, aber es hätte nicht besser sein können.

»Du kannst«, sagte Monika, als der Wein ausgetrunken war und nur noch eine Straßenbahn auf ihrem Weg ins Depot die Stille unterbrach, »auf dem Sofa schlafen. Aber du darfst auch zu uns ins Bett.«

Ellen sah mich an. »Natürlich«, sagte ich.

»Gut«, sagte Ellen.

»In diesem Moment wußte ich, was passieren würde«, sagt Ellen.

»Wirklich?«

»Ja. Du etwa nicht?«

»Nein ... nein, überhaupt nicht.«

»Wie schlecht du doch Monika kanntest.« Es ist heraus, ehe sie sich's versieht. Sie legt schnell ihre Hand auf mein Knie. »Das hab ich nicht so gemeint«, sagt sie leise. Aber ich lasse mich nicht aus der Vergangenheit reißen, ich lasse den Schmerz jetzt nicht zu, nicht jetzt, da ich mich gerade in der Unschuld von damals sonne.

»Wie passierte es?« frage ich. »Woran erinnerst du dich?«

»Monika sagte, daß ihr immer nackt schlaft, doch daß ihr das gern ändern würdet, wenn es mir anders lieber wäre. Und ich sagte, nein, nicht nötig. Dann schlafe ich auch nackt.«

»Ich wurde gar nicht gefragt«, sage ich.

»Nein«, sagt Ellen. »Es war Monikas Party. Der ganze Abend war Monikas Party.«

»Ja.«

Nie mehr bin ich seitdem jemandem begegnet, der so zwingend sein konnte und zugleich darauf achtete, daß nichts geschah, was man nicht wollte. – Wenn auch nicht immer das geschah, was man gewollt hätte, weil man gar nicht dazu kam, sich darüber klarzuwerden, was das war. Viel später habe ich gedacht, daß ich damals mitunter das Gefühl hatte, zu kurz zu kommen. Und durch Monikas Tod wurde dieses Gefühl noch viel stärker. Ihr Tod machte all ihre Schwächen völlig unbedeutend – alle bis auf eine, weiß ich jetzt. Doch den Gedanken daran verdränge ich.

Ich sage: »Ich fand es schön, wie weiß deine Brüste waren im Vergleich zum Rest deines Körpers.«

»Und du hattest eine zartere Haut, als ich sie bei einem Mann erwartet hätte. Und die von Monika war so weiß, fast durchsichtig.«

»Ja. Fast durchscheinend«, sage ich. Und dann: »Sie wird wohl angefangen haben.«

»Nein«, sagt Ellen. »Ich.«

»Du? Wirklich?«

»Ja. Ich lag in der Mitte. Ich konnte deine Beine streicheln und ihr ...«

»Ihr was?«

»Ja. Meine Hand landete zufällig genau auf ihrem Schamhaar. Ich spürte, daß ihr das gefiel. Und ich spürte auch, daß es dir gefiel, als ich dein Bein berührte.«

»Weißt du«, sage ich, »daß ich bis zu jener Nacht noch nie mit einer anderen Frau geschlafen hatte als mit Monika?«

»Nein! Das ist nicht dein Ernst …«

»Es war doch Monika, die sagte, daß ich in der Mitte liegen sollte?«

»Ja. Es blieb ihre Party. Und vielleicht schien es ihr auch ein bißchen gefährlich, ihre beste Freundin einfach so neben ihrem Freund, nackt im Bett.«

»Ja«, sage ich, »das hat sie mir später auch mal gesagt. Daß sie Angst hatte, daß ich mich in dich verlieben könnte. Sie war selbst in dich verliebt, aber das sei etwas anderes, sagte sie. Ich fand das nicht weiter gefährlich. Komisch eigentlich.«

»Monika fand es erregend zuzusehen, wie ich dich berührte«, sagt Ellen.

»Sie fand es auch immer erregend, wenn ich mich selbst berührte.«

»Ja? Ich überhaupt nicht.«

»Nein, das weiß ich.« Darüber müssen wir beide lachen. Es ist ein erleichtertes Lachen. Ich schenke unsere Gläser wieder voll. Die Tür ist noch immer verschlossen, wir sind noch immer gefangen in den Ereignissen von vor vierzehn Jahren.

»Ich fand ihre Küsse sehr aufregend. Sie bewegte ihre Zunge sehr langsam, aber sehr … wie sagt man … entschlossen.«

»Es hat mich erregt, euch beim Küssen zuzusehen«, sage ich. »Ich hatte Monika noch nie jemand anderen küssen sehen. Gott sei Dank.« Und wieder verdränge ich, was mich jetzt bewegt. Ich will denken, wie ich damals dachte, fühlen, was ich damals fühlte.

»Monika fragte, ob ich sehen wolle, wie ihr beide es macht«, sagt Ellen.

»Darüber war ich schon ein bißchen erschrocken.«

»Aber es war Monikas Party, also …«

»Ja.«

»Ich fand es sehr schön, wie ihr miteinander umgegangen seid. So vorsichtig.«

»Das hatte schon auch ein bißchen damit zu tun, daß du dabei warst. So vorsichtig machten wir es natürlich nicht immer.«

»Ich fand es schön, daß ihr nicht zum Höhepunkt kommen wolltet.«

»Nein, dann hätten wir dich ausgeschlossen. Du bist doch auch nicht gekommen, damals?«

Ellen schweigt. Nimmt einen Schluck Wein.

»Was!? Bist du damals …?«

Ellen verschluckt sich fast an ihrem Wein. »Jahaaa!« bricht es aus ihr heraus. »Jahaaa, ich schon! Ich hatte in Ecuador einen Monat lang vergeblich geschmachtet, weißt du noch, nach diesem wahnsinnig attraktiven, aber ach so unerreichbaren Niko. Und als ich euch da so zusah … Mein Gott, Armin, da mußte ich an ihn denken, und da …«

»Darum hast du danach noch von diesem Jungen angefangen!«

»Ja. Darum.«

Als Ellen von ihrer unerwiderten Liebe erzählt hatte, sagte Monika: »Ich muß euch auch noch was sagen.«

Um ihre Lippen spielte wieder dieses Lächeln, das andere zur Weißglut brachte, das ich aber ebenso liebte wie ihre Schamlosigkeit.

»Ich bin schwanger«, sagte Monika.

Ellen und ich sahen sie an, sahen einander an.

»Ich bin zwei Wochen drüber«, sagte Monika. »Heute morgen habe ich einen Test gemacht. Ich bin guter Hoffnung.«

»Mensch, Monika! Im Ernst?«

»Ja, im Ernst!«

»Warum hast du das nicht ...«

»Dies ist doch ein viel schönerer Moment.«

»Meine Güte!«

»Herzlichen Glückwunsch.«

»Wo ist der Wein? Darauf müssen wir trinken!« Aber es war kein Wein mehr da, und Monika sagte, daß sie in den kommenden siebeneinhalb Monaten keinen Tropfen mehr trinken würde.

Wir haben den Kopf auf Monikas Bauch gelegt, erst ich, dann Ellen. Wir haben gehorcht und leise Worte gesprochen. Ich habe ihre Scham geküßt.

Die Tür geht auf. Es ist Bo. »Ich kann nicht schlafen«, sagt er.

»Willst du ein Glas Wein?« fragt Ellen.

Wie schnell das ging, denke ich. Bo trinkt Wein!

»Yep«, sagt Bo. Er trägt ein zu großes T-Shirt – *I'm Bart Simpson, who the hell are you?* – und eine Jogginghose. Er nimmt im Schneidersitz auf einem Sessel Platz. Er ist groß geworden. Er wird bestimmt einmal größer werden als ich. Er nimmt einen Schluck Wein.

»Nicht schlecht«, sagt er. Und dann: »Stör ich?«

»Nein, du störst nicht.«

ZWÖLF

Mit Kindern ist es wie mit Autos: Frauen lieben sie nicht mehr oder weniger als Männer, nur anders. Monika war öfter böse auf Bo als ich, aber sie konnte ihm auch leichter verzeihen. Und wenn ich sie in eine Situation brachte, in der sie sich zwischen ihm und mir entscheiden mußte, entschied sie sich ohne zu zögern für ihn. Dann zog ich mich auffällig schmollend in eine Ecke zurück, als sei nicht Bo, sondern ich das Kind, das ihre bedingungslose Liebe brauchte – und vielleicht war das ja auch so.

Monika liebte ihren kanariengelben Renault 5 abgöttisch, mit dem sie einst ihrer erstickenden Roermonder Jugend entflohen war. Daß ich dieses Auto eines Tages zu Schrott fuhr, als ich einen nagelneuen BMW 524 Turbo Diesel rammte, war Zufall und hatte mit Neid nichts zu tun.

Ich war mit Bo im Spanderswoud gewesen, wo wir uns mit Pilzen, Schmetterlingsporlingen, Zwergen, Mistkäfern und Spinngeweben beschäftigt hatten, und als wir Amsterdam erreichten, sprachen wir – wie wir darauf gekommen waren, weiß ich nicht mehr – über die Liebe. Ich sagte: »Die Liebe ist es, die das Leben erschafft. Ohne Liebe stirbt alles. Das ist wissenschaftlich erwiesen.«

Bo saß hinten, sicher auf dem Kindersitz angeschnallt. Vermutlich beobachtete er den vorbeirasenden Verkehr oder spielte mit einer Kastanie. Ich will nicht einmal ausschließen, daß er schlief: unsere Konversation hatte mitunter noch die Form langer Monologe meinerseits. »Uferloses Geschwafel«, sagte Monika dazu.

»Man hat mal ein grausames Experiment mit jungen Affen gemacht«, sagte ich. »Einige Äffchen wurden ihrer Mutter direkt nach der Geburt weggenommen und in einen Käfig gesteckt, in dem sich nichts anderes befand als eine Saugflasche, aus der sie trinken konnten. Andere Äffchen wurden in genauso einen Käfig gesperrt, doch sie bekamen eine Puppe, die mit einem weichen Stück Fell umwickelt war, als eine Art Ersatzmutter. Die dritte Gruppe von Affen durfte bei ihrer Mutter bleiben. Und was stellte sich heraus? Die Äffchen in den Käfigen ohne Puppe tranken von der Milch und saßen ansonsten verängstigt in einer Ecke und verkümmerten. Die Äffchen, die eine Puppe bekommen hatten, hielten sich krampfhaft daran fest – so krampfhaft, daß sie nicht einmal bereit waren, die Puppe für einen Moment loszulassen, um etwas zu trinken. Sie verhungerten lieber, als sich von ihrer Ersatzmutter zu trennen. Später hat man beobachtet, wie die Äffchen sich weiterentwickelten. Am schlechtesten waren die aus den Käfigen mit der Saugflasche dran. Die vertrugen sich nicht mit den anderen Affen und wurden am schnellsten krank. Die Äffchen, die eine Puppe gehabt hatten, holten nach dem Experiment ihren Entwicklungsrückstand auf, aber eine richtig normale Entwicklung nahmen sie auch nicht mehr. Nur die Äffchen, die nicht von ihrer Mutter getrennt worden waren, wuchsen zu normalen, gesunden Affen heran.«

Wir kreuzten die Vrijheidslaan.

»Papa«, sagte Bo auf einmal, »Papa, in der Tüte sitzt ein Zwerg.«

»Wirklich. Woher weißt du das?«

»Sie bewegt sich.«

»Tatsächlich?«

»Echt. Die Tüte bewegt sich.«

»Oh, oh.«

Neben Bo auf dem Rücksitz lag eine Plastiktüte mit einem

Stück Holz darin, auf dem kleine, goldgelbe Pilze gewachsen waren. »Wollen wir die für Mama mitnehmen?« hatte ich vorgeschlagen. Die Idee gefiel Bo.

»Hiiiiii!« schrie Bo auf einmal. Ich erschrak über sein Erschrecken. Bo ließ sich nicht so schnell bange machen. Ich drehte mich um, wollte nachsehen, was da los war. Ich langte nach der Plastiktüte.

»Huuuuu!« kreischte Bo.

Im nächsten Augenblick bohrten wir uns in den Kofferraum eines in der zweiten Reihe geparkten, glänzend schwarzen BMW.

»Ein Zwerg?!« sagte der entsetzte Besitzer des BMW, ein angebissenes Brötchen mit Bulette noch in der Hand.

»Ein Zwerg?« fragte der Verkehrspolizist.

»Ein Zwerg«, murmelte der Chauffeur des Abschleppwagens und hievte Monikas Auto an der Vorderachse hoch.

Ich nahm die Tüte in die eine Hand, Bo an die andere. Es war nicht mehr weit zu laufen bis zur Ceintuurbaan. Zu Hause holten wir das Stück Holz hervor. Es war kein Zwerg zu sehen. Nur die Pilze waren abgebrochen.

»Und da war doch ein Zwerg«, beharrte Bo trotzig. »Ich hab ihn selbst gesehen.«

Ich stand unter der Dusche, um mir den Schweiß und den Schmutz und den Schreck vom Leib zu spülen, als Bo seinen Kopf zur Tür hereinsteckte. »Komm!« flüsterte er. Er legte einen Finger auf seine Lippen. »Der Zwerg ist wieder da!«

Triefend kam ich aus der Dusche. Auf dem Couchtisch lag das Stück Holz. Neben ihm schnüffelte, ein wenig benommen, eine Spitzmaus herum. Bo lachte. »Siehst du! Siehst du!« Die Maus kroch vor Schreck in das dunkle Loch zurück, in dem sie sich versteckt gehalten hatte, als wir im Wald die Pilze untersucht hatten.

»Ein Zwerg?« sagte Monika, als sie nach Hause kam.

»Ja, ein Zwerg«, sagte Bo. »Guck doch nach.«

Monika war drei Tage lang sauer auf mich.

»Wir kaufen uns ein größeres«, sagte ich.

»Darum geht es nicht.«

»Ein schöneres. Ein neueres. Eins, das sicherer ist.«

»Darum geht es nicht.«

»Worum geht es denn dann?«

»Ein Auto ist kein Ding, ein Auto ist ein Ort. So wie ein Haus. Sein Wert wird durch die Erinnerungen bestimmt, die man an diesen Ort bewahrt.«

Ich sagte: »Eigentlich war es Bos Schuld.«

Niemand konnte so höhnisch lachen wie Monika.

DREIZEHN

Robbert Hubeek wohnt nicht in einer so vornehmen Gegend, wie seine Adresse vermuten läßt. Er wohnt im heruntergekommensten Haus am heruntergekommensten Ende einer Straße, die nur zur Hälfte zum nobleren Teil von Amsterdam-Zuid gerechnet werden kann. Er zahlt zweifellos eine viel zu hohe Miete wegen der Lage, und bestimmt steht die Adresse an prominenter Stelle auf seiner Visitenkarte, wegen des falschen Eindrucks, der dadurch erweckt wird.

»R. Hubeek & RPF Consultancy« lese ich auf dem Namensschild. Ich drücke auf die Klingel, die schief an den Türpfosten geschraubt ist.

»Armin, Junge, lebst du noch?« hatte Robbert durchs Telefon geschrien, als ich ihn anrief. »Wie schön, mal wieder was von dir zu hören!« Ich ignorierte seinen jovialen Ton.

»Ich möchte dich sprechen«, sagte ich. »In letzter Zeit quälen mich Erinnerungen an meine Zeit mit Monika. Es gibt ein paar Dinge, an die ich mich nicht mehr richtig erinnern kann, die du aber vielleicht aufklären könntest.«

»Meine Güte, du Ärmster!« sagte er. »Läßt sie dich immer noch nicht in Ruhe? Aber du bist natürlich herzlich willkommen. Ein paar Erinnerungen auffrischen, bei einem guten Gläschen und einer Zigarre, klar, klar, komm vorbei, würde ich sagen! So eine Überraschung! Ich muß ehrlich zugeben, ich habe lange nicht mehr an euch gedacht, an dich und Monika, meine ich. Und wie geht's eurem Kleinen, sag, wie heißt er doch gleich?«

»Bo.«

»Ja, Bo, fand ich immer komisch, den Namen.«
»Gut«, sagte ich. »Bo geht es ausgezeichnet.«
»Groß geworden natürlich.«
»Ja, groß geworden.«
»Nun, das mußt du mir alles erzählen. Wann kommst du?«

Es schien, als würde sein Kalender ihm wenig Beschränkungen auferlegen, denn eigentlich, so sagte er, passe es ihm immer. Wir verabredeten uns für den Nachmittag. – »Dann können wir was dabei trinken, obwohl das, was mich betrifft, auch schon vormittags um elf Uhr geht!« Das verschaffte mir eine gute Entschuldigung, nicht zu lange bleiben zu müssen.

Robbert muß die Treppe herunterkommen, um die Haustür zu öffnen. Er postiert sich wichtigtuerisch in der Türöffnung, die Arme vor der Brust verschränkt, breites Grinsen im Gesicht.

»So, so, so«, sagt er, während er mich aufmerksam mustert. »Auch nicht mehr ganz frisch, wie ich sehe. Auch wenn du dir alle Mühe gibst, es zu verbergen.« Er zeigt mit seiner blassen, fleischigen Hand auf meine Schuhe. »Rote All-stars. Die sind mir seit Monika nicht mehr über die Schwelle gekommen. Tritt ein!«

Er geht vor mir die Treppe hinauf. Beige Cordhose, Lederpantoffeln. Sein Oberhemd hängt lässig über seiner Hose, aber das kann nicht verheimlichen, daß er noch immer keinen Hintern hat. – »Siehst du«, hatte Monika gesagt, als wir ihn eines Abends in einer Kneipe trafen, »was den Hintern betrifft, habe ich mich ganz schön verbessert. Schon allein deshalb würde ich ihn nie wiederhaben wollen.« Aber da hatte sie schon ziemlich viel getrunken, und wenn sie getrunken hatte, wollte sie später Sex, und wenn sie Sex wollte, fing sie an, mir Komplimente zu machen.

Es liegt kein Läufer auf den Treppenstufen, die Farbe ist abgeblättert. Die Wand hat tiefe Kratzer von zu großen Gegenständen, die hinaufgeschleppt worden sind. Jemand hat mit einem schwarzen Filzstift einen Davidstern an die Wand gezeichnet und »Fuck die Kaffern Ajax forever!« darunter geschrieben.

»Tritt ein in meine bescheidene Hütte«, sagt Robbert an einer offenstehenden Tür in der ersten Etage. Die Wohnung riecht nach abgestandenem Bier und Zigarrenrauch und erinnert auch sonst an eine Studentenbude. Im Wohnzimmer steht eine kolossale Couch mit einem fleckigen braunen Kordsamtbezug. Gegenüber der Couch ein ebenso kolossaler Fernseher und ein Ohrensessel mit einem Gestell aus Eichenholz. Überall liegen leere Bierflaschen herum. Und alte Zeitungen, Zeitschriften, ungeöffnete Briefe, eine Fernsehzeitung vom Sender Veronica. Im Bücherschrank stehen ein paar Bücher, die an das abgebrochene Jurastudium erinnern, ein sechs Jahre alter Snoecks-Kalender, zwei Fächer mit Comics und die Gesammelten Werke von A. F. Th. van der Heijden. Der einzige Wandschmuck ist eine gerahmte Titelseite der Zeitschrift *Privé* mit einem unscharfen Foto von Prinz Willem-Alexander und einem blonden Mädchen. »ENTHÜLLEND! Die geheime Liebe des Kronprinzen. Wird diese Blondine bald Königin?«

Ich will etwas sagen über die Zeit, die stehengeblieben ist, doch Robbert kommt mir zuvor. »Ich weiß, was du denkst«, sagt er. »Der ewige Student! Und so ist es auch. Ich studiere die Nutzlosigkeit des Lebens. Und ich kann dir sagen, das ist verdammt interessant. En passant vergnüge ich mich mit einer hübschen Consultancy, die ab und zu auch etwas Pecunia abwirft – also was will man mehr. Nun ja, ein tolles Weib natürlich, aber selbst dafür ist dann und wann gesorgt. Und außerdem: Du weißt ja selbst, wie viele Probleme er schaffen kann, der intensivere Umgang mit dem Weibsvolk – wie lange seid ihr jetzt schon getrennt?«

Getrennt? Es kann doch nicht sein, daß er nicht weiß …

»Komm«, sagt er, bevor ich auf seine Frage reagieren kann. Er dreht sich um und läuft zurück ins Treppenhaus.

Dort öffnet er eine andere Tür, der Raum dahinter ist zu einem tadellosen Büro umgebaut. Glastisch, gläserne Schreibtischplatte, Computer, Parkettfußboden, ein abstraktes Kunstwerk an der Wand, schwarze Lederstühle mit verchromtem Gestell.

»Wer, in Gottes Namen, konsultiert dich?« frage ich.

»Nicht so abschätzig, ja«, kichert er. »Mittelständler. Kleine Gewerbetreibende. Ausländische Handelsfirmen mit Namen wie Asia Trading International oder Kabul Trans. Ein buntes Publikum, das ich ein bißchen in den Dschungel der niederländischen Gesetze und Vorschriften einführe. Genug, um sie zufriedenzustellen, nicht genug, um ohne mich auszukommen.«

Wir gehen zurück ins Wohnzimmer mit der fleckigen Couch. »Was darf's sein«, fragt er, »Whisky, Wodka oder Bier?«

»Whisky.«

»Ein Glenfiddich für einen alten Freund mit Herzeleid. Ich selbst halte es nachmittags momentan mit der nationalen Sucht unserer russischen Freunde. Prost.«

Wir trinken. Ich suche nach den richtigen Worten, um mit dem Verhör zu beginnen, doch wieder kommt er mir zuvor.

»Heraus damit, wo drückt der Schuh? Welche Erinnerungen bringen dich um deinen wohlverdienten Schlaf?«

»Ich habe seit kurzem Grund zu der Annahme«, beginne ich umständlich, »daß ich in den Jahren, in denen ich mit Monika zusammen war, ich will mal so sagen, nicht der einzige Mann in ihrem Leben gewesen bin.«

»Ho, ha, dacht ich mir's doch!« sagt Robbert. »Hast du einen Brief gefunden, den sie aus unerfindlichen Gründen zwar geschrieben, aber nie abgeschickt hat? Wirst du von einem anonymen Anrufer belästigt, der dich mitten in der Nacht aus dem Bett klingelt und dir ins Ohr stöhnt, daß er so toll mit Monika vögeln konnte und daß er sie so vermißt? Hahaha!«

Er hat einen Heidenspaß an seiner eigenen Eloquenz und schenkt sich zur Belohnung noch ein Glas Wodka ein. »Du auch? Schön weitertrinken, hörst du, es gibt keine bessere Medizin gegen Herzeleid als einen ordentlichen Rausch.«

»Was ich wissen will«, sage ich, »ist, ob sie mit dir mal über einen anderen gesprochen hat. Ob sie je etwas in der Richtung erwähnt hat.«

»Nö, nö …« Nachdenklich schaut er vor sich hin. »Worüber haben wir geredet, damals? Wir hatten meistens Streit, das weiß ich noch. Immer dieses linke, feministische Gerede von ihr. Was das betrifft, war ich froh, daß ich sie an dich verloren hatte, das kannst du wissen. Obwohl ich mich natürlich ganz schön in meiner männlichen Ehre verletzt fühlte, aber das wirst du jetzt wohl auch besser verstehen als seinerzeit, hahaha.« Er schaut mir ins Gesicht, mit demselben Grinsen, mit dem er mich an der Tür begrüßt hat – ein Grinsen, das eine maßlose Aggression in mir auslöst. Es ist dasselbe Grinsen, wird mir bewußt, wie auf dem Foto mit Monika. Welchen Grund hatte er damals, auf unserer Party, in unserer Wohnung, so zu grinsen?

»Hast du noch mal mit ihr geschlafen in der Zeit …«

»In der Zeit, als sie mit dir vögelte? Aber natürlich, mein lieber Freund. Du hast sie schon gefickt, als sie noch mit mir zusammen war oder als ich jedenfalls dachte, daß sie noch mit mir zusammen sei, weißt du?«

Ich hatte damit gerechnet, daß das kommen würde, und doch … Ich bin auf einmal ganz verlegen.

»Das tut mir leid«, sage ich kleinlaut, »daß das passiert ist.« Aber das ist nicht meine aufrichtige Meinung, und er weiß es, und er weiß, daß ich weiß, daß er es weiß. Er schenkt mein Glas noch einmal voll und läßt eine lange Pause entstehen. Über unseren Köpfen geht jemand mit hallenden Schritten durch ein Zimmer.

»Ich will dir was erzählen«, sagt er dann, »was dir nicht gefallen wird.« Seine Stimme ist verändert. Verhaltener Zorn klingt durch. Aber auch etwas von einem stillen Triumph, von Rache. Ich spüre den Glenfiddich in meinem Magen brennen.

»Erinnerst du dich, daß ich einmal bei euch auf einer Fete gewesen bin? Wie lange waren Monika und ich da schon auseinander? Bestimmt anderthalb Jahre, vielleicht sogar zwei. Sie war seit ein paar Monaten schwanger, das weiß ich noch, denn sie trank nichts mehr. Und doch war es an diesem Abend komischerweise auf einmal wieder da, das älteste Gefühl auf Erden: die Anziehungskraft zwischen Männchen und Weibchen, will ich es mal nennen.«

Wieder schaut er mir direkt in die Augen. Ein infames Lächeln umspielt seine Lippen. »Ich kann dir«, fährt er fort, »nicht einmal sagen, woran ich es gemerkt habe, aber es war da. Irgend etwas in ihrem Blick. In der Art und Weise, wie sie mich berührte, was sie wohl seit einem Jahr nicht mehr spontan getan hatte. Was das betrifft, kann ich dich beruhigen: als sie einmal den Mut gefunden hatte, mir zu sagen, daß sie mit einem anderen schläft, war es sofort vorbei mit der Intimität zwischen ihr und mir. Wie sehr ich auch drängte, was für vernünftige Argumente ich auch ersann – ich hätte doch wenigstens das Recht auf einen anständigen Abschiedsfick, fand ich –, sie wollte nichts davon wissen. Das hab ich dir ziemlich übelgenommen.«

Er trinkt sein Glas aus, schenkt sich noch einmal nach. Und dann erscheint auf einmal wieder das Grinsen auf seinem Gesicht. »Sie hat mich an diesem Abend zur Haltestelle des Nachtbusses gebracht. Wußtest du das?«

Ich wußte es nicht.

»Wir liefen durch die Ceintuurbaan. Sie ließ zu, daß ich meinen Arm um sie legte. Ich war natürlich betrunken. Und ich war so geil wie ein ... wie ein ... Das sagte sie auch: Du bist betrunken, sagte sie. Und du bist geil. Ich schwöre dir, sie fing selbst davon an. Ich sage: Ja, ich möchte dich vögeln. Sehr heftig und sehr lange. Ich hatte seit Monaten nicht mehr gebumst, bei mir war wirklich Not am Mann. Sie sagt: Das geht nicht. Ich sage: Das geht wohl. Das geht nicht, sagt sie. Aber was vielleicht doch geht ... Und sie schiebt mich in einen Hauseingang. Es war bei einem Schuhladen, das weiß ich noch. So eine dunkle Ecke zwischen dem Ladeneingang und einer Haustür mit den Klingeln der darüberliegenden Wohnungen. Da hat sie mir einen runtergeholt. Ich wollte, daß sie es mit dem Mund macht, aber das wollte sie nicht. Egal. Ich glaube nicht, daß ich jemals so schnell gekommen bin wie damals. Das war eigentlich schade. Daß es so schnell vorbei war. Ist das eine Antwort auf deine Frage?«

Wieder dieses Grinsen.

Später, in der Kneipe mit Dees, haue ich vor lauter Frust mit der Faust auf den Tisch. Ein Bierglas fällt um. Bier fließt über die Tischplatte, wodurch ich einen riesigen nassen Fleck im Schritt bekomme und noch wütender werde, als ich ohnehin schon bin.

»Dieser Scheißkerl! Dieses arrogante Arschloch! Du hättest ihn sehen müssen. Als er endlich fertig war mit seiner läppischen Enthüllung, steckte er sich eine Zigarre an. Wie geht es deinem Sohn, Gott, wie heißt er doch gleich? fragte er. Dieser elende Schuft. Er hat einfach die Situation ausgenutzt. Monika war sehr labil in dieser Zeit. Das kommt vor bei schwangeren Frauen. Dieser Dreckskerl!«

Dees schweigt. Erst als meine Schimpfkanonade zu Ende ist und ein neues Bier auf dem Tisch steht, sagt er: »Du weißt jetzt jedenfalls, daß er nicht Bos Vater ist. Das ist doch ein Grund zur Erleichterung, würde ich denken. Und wenn es stimmt, was er sagt, ich meine, so was passiert nun mal. Wer tut nicht auch mal Dinge, die er sich lieber nicht eingestehen möchte? Würdest du einer Jury aller Frauen, mit denen du je das Bett geteilt hast, deine kleinen Sünden beichten wollen?«

»Aber ich habe doch nicht darum gebeten, daß irgendein frustrierter, Zigarre rauchender, Wodka saufender Pseudoberater Monikas kleine Sünden vor mir ausbreitet?«

»Doch, das hast du.«

»Ja?«

»Ja.«

»Ja, vielleicht.«

»Wie macht ihr das eigentlich mit dem Kind?« hatte Robbert noch gefragt.

»Was?« fragte ich.

»Nun, ihr habt euch doch getrennt. Wächst er bei dir auf oder bei Monika?«

Er wußte es also nicht.

»Bei mir«, sagte ich.

»Und Monika?« fragte er.

Ich stand auf, zog meine Jacke an und ging.

»Ehrlich gesagt«, fährt Dees fort, »glaube ich kein Wort von der Geschichte mit der Bushaltestelle und dem Wichsen. Klingt mir zu sehr nach einer letzten frustrierten Kleine-Jungen-Phantasie.«

Ich bin sehr froh, daß Dees mein Freund ist.

VIERZEHN

Der Tod kündigte sich an wie neues Leben: mit Übelkeit. An einem naßkalten Vormittag im April, die Elstern besserten schon wieder ihr Nest aus, war ich in die *roles of alpha- and beta-adrenergic receptors in liver cells* vertieft, als Monika plötzlich nach Hause kam. Sie sah blaß aus, und ihre Lippen fühlten sich kalt an, als sie mich küßte.

»Ich fühl mich nicht wohl«, sagte sie. »Übelkeit. Kopfschmerzen. Ich leg mich sofort ins Bett.«

Ich kochte eine Kanne Lindenblütentee, aber als ich ihr den brachte, schlief sie schon tief. Ich beendete meine Arbeit, und Monika schlief. Ich brachte Bo zu einem Freund, bei dem er zweimal in der Woche spielte, und Monika schlief. Ich holte ihn wieder ab, und Monika schlief. Am frühen Abend wurde sie endlich wach. Sie fühlte sich noch elender als am Vormittag. Ich kochte eine neue Kanne Tee, und sie trank zwei Tassen davon. Dann wankte sie zur Toilette, wo sie bestimmt zwanzig Minuten sitzen blieb.

»Ich will kotzen, aber es geht nicht«, sagte sie, als sie endlich wieder auftauchte. Ihr Gesicht war aschgrau. Sie hatte dunkle Ringe unter den Augen, und ihr sonst so widerspenstiges Haar hing in Strähnen kraftlos herab.

»Du hast Grippe«, sagte ich.

»Ja, und was für eine.«

»Mama hat Grippe«, sagte Bo.

»Hast du Fieber?« fragte ich.

»Ich glaube ja.«

Ich legte meine Hand an ihren Hals, fühlte an ihrer Stirn,

aber sie erschien mir eher kalt als warm. Kurz darauf zeigte das Thermometer 40,2° an. Monika zitterte. Ich holte noch eine Decke für sie.

»Mama hat Grippe«, sagte Bo. »Mama muß schlafen.«

»Ja, Mama muß schlafen.«

Ich nahm ihn mit ins Wohnzimmer, setzte ihn aufs Sofa, mit einem Kissen und seiner neuen Bert-und-Ernie-Zudecke, die er von Monikas Eltern zum dritten Geburtstag bekommen hatte.

»Vorlesen?«

»Ja, vorlesen.«

»In einem abgelegenen, engen Gebirgstal«, las ich, »irgendwo im hohen Norden Schottlands, saß Leta, ein stolzes Steinadlerweibchen, in ihrem riesigen, aus Ästen und Zweigen gebauten Nest und bebrütete ihre beiden großen, gefleckten Eier. Die kleinen Adler sollten bald schlüpfen, und darüber war sie froh.« Als die Jungen endlich aus dem Ei gekrochen waren und Vater Adler sich aufmachte, ein Schneehuhn für seine Kinder zu erbeuten, war Bo eingeschlafen. – Das war in der Zeit vor seinen Alpträumen, als er noch mit geschlossenen Augen schlief. Die Augen fielen ihm langsam zu, sprangen wieder auf in einem letzten Versuch, den Schlaf zu vertreiben. Aber dann wurde Bo doch von der Müdigkeit übermannt. Mit einem Seufzer ergab er sich: der schönste Moment des Tages.

Fulgor, der Steinadler und *Timur, der Tiger* waren Bos Lieblingsbücher, während ihm von *Kra, der Pavian* nur der Umschlag gefiel, wegen des wilden Leoparden, der sich von einem Felsen auf den Pavian stürzte. Ansonsten sei es ein blödes Buch, auch wenn er mir nicht sagen konnte warum.

Während Bo schlief, las ich weiter bis zu Fulgors ersten Jagdlektionen – Bos Lieblingspassage. »Fulgor war außer sich vor Freude, als er seine erste Maus entdeckte«, las ich. »Mit gestreckten Beinen ließ er sich fallen, und plötzlich spürte er, wie sich etwas Weiches und Wolliges in heftigem

Todeskampf unter seiner rechten Klaue bewegte. Einen Augenblick später war das Tierchen tot. Ein paar Minuten lang spielte der junge Adler damit, wie es Katzen tun, er rollte es über das Gras und ergriff es wieder, trug es dann ein Stückchen fort und ließ es wieder fallen, bis er endlich beschloß, es aufzufressen, was er mit einem einzigen gierigen Biß tat.«

Monika meinte, daß Bo noch viel zu klein sei für solche Bücher. Aber Bo fand das gar nicht und ich übrigens auch nicht.

»Der Tod gehört zum Leben, Mo«, hatte ich gesagt, »daran ist doch nichts Ungewöhnliches oder Grausames. Es wird nicht lange dauern, dann will der Knirps einen Hamster, und so ein Tierchen wird natürlich nicht alt. Also ist es besser, wenn er mit der Tatsache vertraut ist, daß Tiere sterben. Und Menschen übrigens auch.«

Woher sollte ich wissen, was geschehen würde? Außerdem: ich kannte damals den Text aus dem Philippus-Evangelium noch nicht, der lautet: »In dieser Welt gibt es Gutes und Böses. Ihr Gutes ist nicht gut. Und ihr Böses ist nicht böse. Es gibt aber etwas Böses nach dieser Welt, das in Wahrheit böse ist, das, was ›die Mitte‹ genannt wird. Das ist der Tod.« Ich habe Bo nie mehr aus *Fulgor, der Steinadler* vorgelesen.

Am nächsten Morgen fühlte Monika sich immer noch nicht besser. Das Fieber war zwar etwas gefallen, doch es schien, als sei alle Lebenskraft aus ihr gewichen. Aus hohlen Augen starrte sie mich an, und das einzige, was sie sagte, war: »O Gott, ich fühl mich so elend.« Sie trank ihren Tee, aber erst nach langem Zureden. Und sie wollte nichts essen.

»Wenn es dir heute nachmittag noch nicht besser geht, hol ich einen Arzt«, sagte ich.

»Hat Mama immer noch Grippe?« fragte Bo mit leichter Empörung in der Stimme.

»Ja, Mama hat immer noch Grippe.«

Am Nachmittag kam der Arzt, wenn auch ungern: »Wollen Sie nicht noch einen Tag abwarten?« – »Nein, ich will nicht noch einen Tag abwarten. So habe ich sie noch nie gesehen.« – »Wie hoch ist das Fieber?« – »Das weiß ich nicht, es geht ihr so schlecht, daß sie es nicht messen kann. Aber gestern abend hatte sie 40,2 und heute morgen 39,9.« – »Ich würde sagen ...« – »Ich würde sagen, daß Sie heute nachmittag vorbeikommen.« Er kam.

Ich war dem Mann noch nie zuvor begegnet; doch ich merkte ihm an, daß er erschrak, als er Monika sah. Die Gereiztheit, mit der er mir die Hand geschüttelt hatte, war mit einem Schlag verflogen. Er setzte sich auf den Bettrand und sprach sie an. Ihr linker Arm lag weiß und zerbrechlich auf der Bettdecke. Ich sah auf einmal, daß kleine rote Flecken darauf waren.

»Monika?« sagte der Arzt leise. »Monika?«

Es dauerte eine Weile, bis sie reagierte. Als sie endlich merkte, daß sie gerufen wurde, öffnete sie für einen Moment die Augen. Ihre Lippen formten ein Wort, sie brachte keinen Ton heraus.

»Wie fühlst du dich, Monika?«

»Schlecht«, sagte sie ganz leise.

»Hast du Kopfschmerzen?«

Sie nickte kaum sichtbar.

»Übelkeit?«

»Nicht mehr.«

»Wo tut es weh?« Er legte seine Fingerspitzen vorsichtig an ihre rechte Schläfe. »Hier?« Sie schüttelte den Kopf.

»Hier? Hier?«

»Ja.« Ein wenig links von der Mitte.

»Wann hat es angefangen?« fragte er mich.

»Gestern vormittag. Gegen halb elf kam sie von der Arbeit zurück. Ihr sei übel, sagte sie. Und sie hatte Kopfschmerzen. Sie hat den ganzen Nachmittag geschlafen. Und auch fast den ganzen Abend. Und die Nacht. Und heute fast den ganzen Tag. Aber sie scheint sich überhaupt nicht zu erholen.«

»Ich will doch mal Fieber messen«, sagte der Arzt. »Das können wir oral machen.«

Er nahm ein Thermometer aus der Tasche, schüttelte es herunter, zog eine Plastikhülle darüber und beugte sich über Monika. »Nimmst du das bitte mal in den Mund?«

Sie öffnete den Mund. Er führte das Thermometer ein. Selbst das Schließen des Mundes fiel ihr schwer. Der Arzt blieb über sie gebeugt sitzen. Er legte ihr noch einmal die Hand auf die Stirn. Musterte ihr Gesicht.

»Darf ich mal?« sagte er und ergriff ganz vorsichtig ihren Arm und untersuchte auch den gründlich. Während er wartete, bis das Quecksilber aufhörte zu steigen, ließ er sie keinen Moment aus den Augen. Die Art und Weise, wie er ihr seine ganze professionelle Aufmerksamkeit schenkte, war beruhigend und beunruhigend zugleich. Das »Ss, ss, ss«, mit dem er die Temperatur vom Thermometer ablas, war nur noch beunruhigend.

»Es ist besser, Monika«, sagte er, »wenn wir dich zur Sicherheit ins Krankenhaus bringen. Es kann sein, daß du eine böse Infektion hast. Und das kann man im Krankenhaus besser feststellen als hier. Außerdem haben sie dort mehr Möglichkeiten, etwas dagegen zu tun. Haben Sie ein Auto?« fragte er mich.

»Nicht mehr.«

»Hmm. Sie ist eigentlich zu krank, um in einem Taxi zu sitzen. Sie hat fast 42° Fieber. Darf ich mal Ihr Telefon benutzen?«

»Selbstverständlich.«

Ich zeigte ihm das Telefon. Er rief das Krankenhaus an, erläuterte kurz die Situation und bat um einen Krankenwagen.

»Es gibt keinen Grund für allzu große Besorgnis«, sagte er, als er aufgelegt hatte. »Es ist gut, daß Sie mich gerufen haben. Ich möchte gern ein paar Dinge ausschließen. Es sieht so aus, als habe sie sich eine Infektion zugezogen. Das kann alles mögliche sein. Es geht jetzt vor allem darum herauszufinden, wo diese Infektion steckt. Darüber möchte ich Gewißheit erlangen. Wenn Sie wollen, können Sie im Krankenwagen mitfahren, dann nehme ich Ihren kleinen Jungen mit. Ich fahre hinter Ihnen her.«

Er lächelte, aber nicht überzeugend.

»Willst du das, Bo?« fragte ich.

Bo klammerte sich an meinem Hosenbein fest und sagte nichts.

»Wir werden sehen«, sagte der Arzt.

Ich ging ins Schlafzimmer zurück und packte ein paar Sachen für Monika in eine Tasche.

»Wo fährt Mama hin?« fragte Bo.

»Mama wird eine Weile im Krankenhaus wohnen.«

»Warum?«

»Weil sie krank ist. Und weil die Leute dort sie schneller gesund machen können als wir hier zu Hause.«

»Oh«, sagte Bo. »Und fährst du auch ins Krankenhaus?«

»Ja, aber nur kurz, um Mama hinzubringen. Danach gehen wir wieder nach Hause.«

»Darf ich mit?«

»Ja. Aber dann mußt du mit dem Doktor mitfahren. Denn im Krankenwagen ist kein Platz für uns alle.«

»Ich will nicht mit dem Onkel mitfahren.«

»Und wenn ich auch mit dem Onkel mitfahre?«

Ja, dann wäre es gut.

»Geht das?« fragte ich den Arzt.

»Aber natürlich.«

Ich erklärte Monika, was jetzt geschehen würde. Der Versuch eines Lächelns umspielte ihre Lippen, und sie nickte kaum sichtbar. Als sie zum Krankenwagen getragen wurde, befiel mich eine würgende Angst.

Das Auto des Arztes stank nach Zigaretten.

Heute nacht im Bett habe ich an diesen Arzt denken müssen – stundenlang. Wie gut hatte er Monika gekannt? Ich dachte daran, wie er ihr das Thermometer in den Mund steckte, wie er seine Hand auf ihre Stirn legte, wie er mit ihr sprach. Wäre es möglich? Hatte er deswegen erst vorgeschlagen, daß Bo mit ihm mitfahren sollte und ich mit dem Krankenwagen? Könnte es sein, daß er einen Moment mit seinem Sohn, seinem unehelichen Kind allein sein wollte? Dutzende Male habe ich diese Gedanken als lächerliche Paranoia von mir gewiesen. Es war ziemlich unwahrscheinlich, daß der Vater von Bo – wer auch immer das sein mochte – wußte, daß er der Vater ist, obwohl es natürlich sein konnte, daß der Betreffende etwas ahnte. Aber wie oft las man in der Zeitung, daß Ärzte Patienten sexuell belästigen.

Als die erste Amsel sang, war ich fest davon überzeugt, den Täter gefunden zu haben. Und ich wußte, daß mir nichts anderes übrig blieb, als ihn aufzusuchen und mit meinen Erkenntnissen zu konfrontieren. Aus irgendeinem Grund war ich der Meinung, daß man einem Hausarzt solche Dinge einfach auf den Kopf zusagen kann, so daß das Gespräch nicht so zäh und quälend sein würde wie das mit Robbert. Und sollte er doch nicht der Vater sein, hatte er vielleicht irgendeine Ahnung, wer es sein könnte. Vielleicht hatte Monika sich ihm anvertraut. Schließlich war er durch seinen Berufseid zum Schweigen verpflichtet. Aber dieser Eid würde doch sicher nicht mehr gelten? Ich könnte ihn sonst immer noch darauf aufmerksam machen, daß das Interesse eines lebenden Jungen über dem seiner toten Mutter steht, daß das Kind ein Recht darauf hat zu wissen, wer sein Vater ist.

Heute morgen habe ich ins Telefonbuch geschaut. Er hat seine Praxis immer noch in demselben Haus. Nächste Woche Dienstag kann ich zu ihm kommen. Er klang weder erstaunt noch argwöhnisch. Aber ich weigere mich, darüber nachzudenken, ob das etwas bedeutet.

»Bakterielle Meningitis«, sagte der Arzt im Krankenhaus.

»Ist das etwas Ernstes?«

»Das kann sehr ernst sein. Wir können nur hoffen, daß es noch nicht zu spät ist.«

»Und wenn doch?«

»Wenn doch, müssen wir mit dem Schlimmsten rechnen.«

Es war zu spät. Drei Tage hat Monika im Krankenhaus gelegen. Und mit jedem Tag ging es ihr schlechter. Am Nachmittag des zweiten Tages war sie kurz bei Bewußtsein. Ich saß an ihrem Bett.

Sie sagte: »Armin, ich sterbe, nicht wahr?«

Ich sagte: »Nein, Monika, du stirbst nicht. Natürlich nicht.«

»Ich sterbe. Es tut mir leid.«

Das waren ihre letzten Worte. »Ich sterbe. Es tut mir leid.«

Die drei Tage waren ein Alptraum. Und die Woche danach auch. Anschließend habe ich zwei Monate wie ein Verrückter gearbeitet.

»Wo ist Mama?« fragte Bo manchmal.

»Mama ist tot«, sagte ich dann.

»Ach ja. Mama ist tot.«

Vor zwei Jahren ist meine Mutter an Darmkrebs gestorben. Sie war zweiundsiebzig. Mein Vater rief an, morgens um halb sechs. »Mama ist tot«, sagte er. Und ich dachte an Bo und an Monika, und als mir die Tränen kamen, wußte ich nicht, um wen ich weinte.

»Sie ist in Frieden gestorben«, sagte mein Vater.

FÜNFZEHN

Sie geht auf der anderen Straßenseite. Ihr Gesicht und ihre Hände weiß wie Schnee, ihr rotes Haar wie eine Warnung.

»Paß auf!« ruft sie.

Ich folge ihrem Blick und sehe ein Kind, das auf meiner Seite an der Bordsteinkante steht. Es will über die Straße, aber es ist zu viel Verkehr. Ich gehe zu ihm hin, es ist ein etwa sechsjähriges Mädchen mit kurzem blondem Haar und blauen Augen, die an den ersten schönen Tag im März erinnern.

»Komm nur«, sage ich und nehme es an die Hand. Es scheint weder ängstlich noch erstaunt zu sein. Es lächelt mich an. Wir gehen zusammen über die Straße.

»Danke«, sagt sie, als ich ihr das Kind übergeben habe.

»Danke«, sagt das Kind.

»Keine Ursache.«

Während ich nach Hause laufe, muß ich an sie denken. Grüne Augen. Oder graue … Ich weiß es schon nicht mehr. Sie hatte eine angenehme Stimme. Selbstsicher, aber doch freundlich. Sanft, aber nicht mädchenhaft sanft.

Zwei Wochen vergehen, in denen die Erinnerung an sie verblaßt. Dann, auf einmal, ist sie wieder da. Sie steigt am Leidseplein in die Straßenbahn ein. Die weiße Haut, das rote Haar. Sie stellt sich direkt neben mich. Grüne Augen. Oder eigentlich: graugrün.

»Wie geht es dem kleinen blonden Mädchen?« frage ich. »Paßt es jetzt besser auf, wenn es über die Straße geht?«

Sie sieht mich erstaunt an. Dann fängt sie an zu lachen.

»Mein Nachbarskind, meinst du. Wegen Kindern wie diesem hättest du wohl alle Autos aus der Stadt verbannen wollen?«

Sie lacht, und die Straßenbahn schuckelt, aber das eine hat mit dem anderen nichts zu tun, außer in meinem Kopf.

»Daß du mich erkannt hast«, sagt sie.

»Sofort«, sage ich.

»Mein Haar.«

»Deine Augen.«

»Natürlich.« Wieder lacht sie. Sie hat schöne, ebenmäßige Zähne.

»Wohin fährst du?«

»Zum Kaufhaus Bijenkorf.«

»Darf ich mit?« Es ist mir nur so herausgerutscht, und ich selbst bin darüber wahrscheinlich noch verblüffter als sie.

»Du bist wie meine kleine Nachbarin«, sagt sie.

Der Straßenbahnwagen ruckelt und schuckelt wieder mächtig. In der Kurve am Spui verliert sie fast das Gleichgewicht. Sie sucht nach einem Halt und greift nach meiner Jacke.

»Wir können oben einen Kaffee trinken und Apfelstrudel essen«, sage ich.

»Okay«, sagt sie mit einem spöttischen Seufzer.

Auf dem Dam drückt sie sich an mich.

»Ich habe Angst vor Tauben.« So etwas Komisches habe ich noch nie gehört. Aber ich sage nichts.

»Wie heißt du eigentlich?«

»Monika.«

»Armin.«

»Ar-min«, sagt sie, als wolle sie die Silben in ihrem Mund schmecken. »Armin. Apart.«

Im Restaurant des Kaufhauses trinken wir Kaffee und essen Apfelstrudel mit Schlagsahne. Sie erzählt mir von ihrer kleinen Nachbarin. Daß sie oft etwas zusammen unternehmen, in den Park gehen, ins Museum, wenn es regnet, oder in den Zoo.

»Was sind ihre Lieblingstiere?« frage ich.

»Die Elefanten.«

»Hast du ihr schon erzählt, daß Elefanten weinen können?«

»Nein. Können Elefanten denn weinen?«

»Ja. In den fünfziger Jahren gab es eine Zirkuselefantenkuh, Sadie, die ihre Kunststückchen nicht schnell genug lernte. Der Elefantentrainer schlug sie zur Strafe mit einem Stock seitlich an den Kopf. Zu seiner Bestürzung begann sie bitterlich und herzzerreißend zu weinen. Er hat sie nie mehr geschlagen. Und sie hat trotzdem brav ihre Kunststücke gelernt.«

»Und wenn mein Nachbarskind nun ein anderes Lieblingstier gehabt hätte?« fragt sie. »Hättest du darüber dann auch was erzählen können?«

»Bestimmt. Was ist dein Lieblingstier?«

Sie denkt kurz nach. Sagt dann, mit diesem spöttischen Lächeln, das mich schon ganz für sie eingenommen hat: »Der Goldfisch.«

»Der Goldfisch?!«

Ich pfeife durch die Zähne und lache. »In einer 3,1prozentigen Alkohollösung verliert ein Goldfisch innerhalb von sechs bis acht Minuten die Fähigkeit, geradeaus zu schwimmen.«

»Du lügst! Das hast du dir jetzt schnell ausgedacht.«

»Überhaupt nicht. Goldfische sind jahrelang als Versuchstiere benutzt worden, um die Wirkung von Alkohol auf das Lernvermögen zu erforschen. Wenn man einem Goldfisch in leicht alkoholhaltigem Wasser ein Kunststück beibringt, so scheint er dieses Kunststück in normalem Wasser vergessen zu haben, während er es wiederholen kann, wenn er wieder betrunken gemacht wird. Diesen Versuch hat man später mit Menschen wiederholt. Und da funktionierte es genauso.«

Sie schaut mich ungläubig an. »Und was für Kunststückchen hat man diesem Goldfisch beigebracht?«

»Durch ein einfaches Labyrinth zu schwimmen, zum Beispiel. Du glaubst mir nicht, aber es ist wirklich so.«

Sie sagt: »Du wärst ein guter Vater.«

Das habe ich nie vergessen. Ich war gerade zwanzig geworden und hatte noch nie über mich als potentiellen Vater nachgedacht. Vater sein, das war etwas für meinen Vater, aber bestimmt nicht für mich. Daß sie das sagte, fand ich erstaunlich und aufregend und rührend zugleich. Und ich dachte: Vielleicht hat mein Vater ja recht, vielleicht wird es Zeit, den Mädchen nachzulaufen statt den Vögeln.

Nach dem Kaffee gingen wir noch in die Damenmodeabteilung. Sie probierte zwei Blusen an, während ich geduldig vor den Umkleidekabinen wartete, als würden wir einander schon seit Jahren kennen.

»Wie findest du mich?« fragte sie zweimal.

Die erste Bluse stand ihr nicht, und das hatte sie mir schon angesehen, bevor ich etwas sagen konnte.

»Laß nur«, sagte sie, »ich hab schon verstanden.«

Die zweite stand ihr ausgezeichnet. »Du bist bildschön«, sagte ich.

»Schmeichler.« Wieder lachte sie dabei.

Als ich sie zur Straßenbahn brachte, fragte sie: »Willst du meine Telefonnummer?«

So hat es angefangen. Genauso unerwartet, wie es geendet hat.

SECHZEHN

In den ersten acht Wochen nach Monikas Tod redigierte ich zwei dicke Lehrbücher. In dem einen ging es um *Photosynthetic mechanisms and the environment*, das andere behandelte *Pancreatic islets*. Wenn ich diese Bücher jetzt aus dem Schrank nehme, sind sie mir fremd. Ganze Kapitel sind Gegenständen gewidmet, die völlig neu für mich sind. Während dieser acht Wochen muß der trunkene Archivar meines Gedächtnisses im Koma gelegen haben.

Als ich die letzten Korrekturen für das Buch über die Bauchspeicheldrüse im Verlag abliefere, sagt Dees zu mir: »Im nächsten halben Jahr habe ich keine Arbeit für dich.«

»Du lügst«, sage ich.

»Ja. Trotzdem, geh nach Hause. Ruf an, wenn du mich brauchst, aber laß dich in den nächsten Monaten hier nicht mehr blicken. Du solltest jetzt ganz andere Dinge tun, als deine Nase in Manuskripte zu stecken.«

Ich gehe nach Hause, mache das Abendbrot, das wir vor dem Fernseher essen, stecke Bo ins Bett, lese ihm aus *Heiner und Hanni* vor, wofür er sich nicht begeistern kann, und sage, daß er versuchen solle zu schlafen, auch wenn er noch nicht müde sei. Danach trinke ich vier Glas Whisky, lege mich aufs Bett und starre so lange an die Decke, bis der Schmerz in meinen Augen mir signalisiert, daß die Hornhaut auszutrocknen droht. Dann zwinkere ich ein paarmal und beginne von vorn.

Vier Uhr morgens mache ich im Wohnzimmer Licht. Der Park ist noch in nächtliches Dunkel gehüllt, doch am östlichen Himmel dämmert ein neuer Tag. Eine erste Amsel kündigt den Morgen an. Ich gehe zum Bücherschrank, schließe die Augen und lasse meinen Finger über die Buchrücken gleiten. Ohne die Augen zu öffnen, nehme ich ein Buch heraus, setze mich und schlage es auf.

Ich lese: »Niemand wird eine bedeutende und wertvolle Sache in einem bedeutenden Gegenstand verbergen. Aber oft hat jemand unzählige Zehntausende in einen Gegenstand vom Wert eines Hellers gelegt. Entsprechend verhält es sich mit der Seele. Sie ist eine wertvolle Sache und geriet in einen geringwertigen Leib.«

Darüber denke ich nach, bis es hell ist. Dann stelle ich das Buch, das eine Reihe apokrypher Bibelbücher enthält und von dem ich nicht wußte, daß Monika es besaß, zurück in den Schrank und ziehe mich an. Ich wecke Bo, mache Brote und heißen Kakao und packe alles in einen Rucksack. Ich ziehe ihm warme Sachen und Gummistiefel an. Kurz darauf laufen wir Hand in Hand in die noch stille Stadt hinaus.

»Wo gehen wir hin?« fragt Bo.

»Wir gehen Mama suchen.«

Wir laufen die Ceintuurbaan hinunter bis an die Amstel. Auf der Brücke bleiben wir stehen und beobachten die Vögel. Ein Haubentaucher verschwindet unter der Wasseroberfläche und kommt mit einem Fisch im Schnabel wieder hoch. Bo klatscht in die Hände. Der Vogel verschlingt den Fisch und taucht noch einmal unter. Sein Körper ist so stromlinienförmig, daß sich das Wasser kaum kräuselt. Wir sehen ihn nicht wieder auftauchen.

»Vielleicht hat er da unten ein Nest«, sagt Bo, »und brütet jetzt.«

An der Weesperzijde führt eine ungepflegte blonde Frau zwei Dobermannpinscher aus. Sicherheitshalber wechselt Bo auf meine andere Seite. An der Berlagebrücke biegen wir links ab. Unter der Eisenbahnbrücke warten wir, bis ein Zug kommt. Bo starrt mit zurückgelegtem Kopf hinauf.

»Vielleicht«, sagt er, als das Donnern des Zugs verstummt ist, »sitzt Mama in dem Zug.«

Auf dem Amstelbahnhof kaufe ich eine Tageskarte, mit der wir unbegrenzt fahren können. Während wir auf dem Bahnsteig auf den ersten Intercity nach Nijmegen warten, trinken wir heiße Schokolade. Ein Mann in Anzug und Trenchcoat setzt sich neben uns.

»Schmeckt's?« fragt er Bo.

Bo schaut zu ihm hoch, sagt aber nichts. Der Mann holt eine Zeitung aus seinem Koffer. *Moskau zittert*, meldet die Titelseite. Ich bin froh, daß Bo sich nicht mit Boulevardzeitungslesern einläßt.

Als der Zug eingefahren ist, warten wir, bis der Mann aufsteht und zu den nächstgelegenen Türen geht. Wir steigen zwei Türen weiter ein.

»Ich habe Mama gesehen«, sagt Bo, als wir an der U-Bahn-Station Holendrecht vorbeigerauscht sind, auf deren Bahnsteig sich Menschen auf dem Weg zur Arbeit drängen. Er sitzt auf meinem Schoß und späht angestrengt aus dem Fenster.

»Wie hat sie ausgesehen?«

»Sie hatte einen grünen Mantel an. Und sie hatte einen Schirm.«

»Paßt nicht zu ihr, einen Schirm mitzunehmen, wenn es nicht regnet«, sage ich.

»Nee«, kichert Bo, »das paßt nicht zu ihr, hihi.«

Auf dem Bahnhof in Utrecht sehen wir Monika wieder. Sie ist gerade aus dem Zug gestiegen und kommt auf uns zu. Diesmal trägt sie eine Jeansjacke, und statt eines Schirms hat sie einen indianischen Stoffbeutel aus Guatemala oder Mexiko in der Hand. Auf der Jacke trägt sie ein Abzeichen mit dem Bildnis Che Guevaras. Ihr rotes Haar steht ihr in kurzen Stoppeln vom Kopf ab. Sie ist gerade beim Friseur gewesen. Als sie an unserem Abteilfenster vorbeiläuft, kneife ich die Augen halb zu und schaue ihr durch die Wimpern hinterher – so wird die Illusion nicht zerstört.

»Wie kurz ihr Haar ist«, sagt Bo.

Ich will ihn fragen, ob er es schön findet, aber ich bringe keinen Ton heraus.

»Was ist denn mit der Taube passiert?« fragt Bo.

Am Fuß einer Kiefer liegen die Reste einer Ringeltaube im Sand. Das heißt: die Federn.

»Die ist von einem Habicht gefressen worden«, sage ich.

»Was ist ein Habicht?«

»Das ist ein Raubvogel. So was ähnliches wie Fulgor, der Steinadler, nur kleiner.«

»Warum liest du mir nie mehr aus *Fulgor, der Steinadler* vor?« fragt Bo. Dann antwortet er selbst: »Weil Mama findet, daß ich dafür noch zu klein bin.«

»Ja«, sage ich. »Weil Monika findet, daß du dafür noch zu klein bist.«

In der Heide im Naturgebiet Planken Wambuis haben wir Monika noch nicht entdeckt. Wir haben Brote gegessen und den letzten Kakao getrunken, und Bo wird langsam müde. Er sagt: »Ich will, daß Mama zurückkommt.«

»Mama kommt nicht mehr zurück. Aber sie ist auch nicht richtig weg.«

»Mama ist tot!« sagt er wütend und tritt mit seinem gestiefelten Fuß nach den Taubenfedern.

»Ja«, sage ich, »Monika ist tot. Aber wir werden sie noch sehr oft sehen.«

»Ich will sie nicht mehr sehen!«

Darauf weiß ich nichts zu sagen. Ich hebe ihn hoch und nehme ihn auf die Schultern. Am Zucken seines kleinen Körpers spüre ich, daß er weint. Ich durchquere die Heide, und als ich den Waldrand erreicht habe, ist er eingeschlafen. Vorsichtig setze ich ihn auf den Boden, lehne ihn mit dem Rücken an einen Birkenstamm. Ich breite meine Jacke auf Moos und Pfeifengras aus. Bo ist wach geworden.

»Komm, leg dich her«, sage ich.

Nebeneinander schlafen wir in der Sonne ein. Das letzte, was ich wahrnehme, ist das klägliche Geschrei eines Bussards.

Im Traum laufe ich durch eine stille Straße, die kein Ende zu nehmen scheint. Ich schaue durch Fenster und sehe überall Leute an Eßtischen sitzen. Männer und Frauen und Kinder. Jede Wohnung ist anders eingerichtet, und doch sehen alle gleich aus. Überall steht der Tisch an derselben Stelle. Überall sitzt ein Mann an der Stirnseite des Tisches, die Frau und die drei Kinder wechseln die Plätze – aber immer sind es zwei Jungen und ein Mädchen. Die Menschen sind so unterschiedlich, wie Menschen nur sein können, und doch gleichen auch sie einander auf merkwürdige Weise: die Eltern sind alle in einem Alter, und auch die Kinder sind an allen Tischen gleich alt. Alle schauen sie, als ich vorbeigehe, von ihren Tellern auf und starren mich an. Ich gehe auf der Straßenseite mit den geraden Nummern. Als ich das erste Mal auf die Hausnummern achte, befinde ich mich in Höhe der Nummer 26. Bei Nummer 244 ist das Ende der Straße noch nicht in Sicht. Ich beschleunige meine Schritte. Ich wage kaum noch, in die Fenster zu sehen, und kann es doch nicht lassen. Immer wieder diese fünf Gesichter, die von ihren Tellern aufschauen: ein Mann, eine Frau, zwei Söhne und eine Tochter. Ein Mann, eine Tochter, eine Frau und zwei Söhne. Plötzlich höre ich jemanden schluchzen. Ich sehe mich um, aber die Straße ist leer. Ich schaue in die Wohnung, vor der ich stehengeblieben bin. Wieder fünf Gesichter. Aber niemand, der weint. Das Schluchzen wird lauter. Dann schrecke ich aus dem Schlaf auf. Das Schluchzen kommt von Bo.

»Bo! Was hast du denn?«

Er liegt auf dem Bauch, die zur Faust geballten Hände unter seinem Gesicht.

»Was hast du denn, Bo?«

»Ich … ich … ich hab so schlecht geträumt.«

»Was hast du denn geträumt?«

»Daß ich von der Welt falle.«

»Daß du von der Welt fällst?«

»Ja. Die Welt war viereckig. Und ganz weit weg. Und ich fiel. Ich fiel immer weiter weg von der Welt.«

Ich helfe ihm auf und drücke ihn an mich. Er schluchzt noch ein wenig, zieht ein paarmal die Nase hoch. Ich gebe ihm mein Taschentuch.

Schweigend sitzen wir eine Weile nebeneinander. Ich beobachte den Bussard, der noch immer mit reglosen Flügeln hoch oben über der Heide kreist. Jedesmal, wenn ich einen Bussard sehe, überkommt mich das Verlangen, so still herumschweben und auf die Welt hinuntersehen zu können.

Was für ein merkwürdiger Traum, denke ich. Daß er von der Welt fällt. Das beklemmende Gefühl meines eigenen Traumes ist verschwunden.

»Wollen wir gehen?« frage ich. Ich bekomme keine Antwort. Bo sitzt vornübergebeugt auf dem Rand meiner Jacke. Ein ganz kleines Häufchen Mensch unter einem hohen Ruysdael-Himmel.

»Was machst du?«

»Nichts.«

Ich richte mich auf, um zu sehen, was er gerade tut. Mit seinen kleinen Fingern zerpflückt er ein Gewölle.

»Guck mal!« sagt er. Er hält ein winziges Knochenstückchen mit zwei scharfen Zähnen hoch. »Der Oberkiefer einer Maus«, sage ich.

»Ist das Kacke?«

»Nein, das ist ein Gewölle.«

»Was ist das?«

Ich erkläre es ihm.

»War es schön bei der Eule im Bauch?« fragt Bo den Mäusekiefer. »Nee, was? Hättest du nur besser aufgepaßt.«

Wir pflücken das Gebilde weiter auseinander. Wir finden noch ein Stück eines Mäuseschädels, Federreste und kleine

Knöchelchen, die von Mäusen oder Vögeln stammen können.

»Was ist das hier?« fragt Bo.

Er hält einen schwarzen ovalen Gegenstand in der Hand.

»Das ist der Panzer von einem Käfer«, sage ich. Es liegen noch mehr Gewölle unter dem Baum.

»Offensichtlich stammen sie von einem Waldkauz«, sage ich. Die Gewölle sind länglich und unregelmäßig in der Form und laufen spitz zu, wie die meisten Eulengewölle. Sie erscheinen mir zu dick für die einer Waldohreule, und Sumpfohreulen gibt es hier nicht. »Vielleicht sitzt er ja auf diesem Baum.«

Wir schauen hinauf. Bo entdeckt den Vogel zuerst. Er schmiegt sich an den Stamm, sein Federkleid ist kaum von der Baumrinde zu unterscheiden. Eines seiner runden Augen ist geöffnet. Er sieht uns damit durchdringend an.

»Er ist wach!« flüstert Bo.

Wir beobachten ihn noch eine Weile. Der Kauz schließt sein Auge wieder.

»Hihihi«, kichert Bo. »Schlaf gut.«

Es ist zwölf Uhr, und ich habe Hunger. Monika hätte gewußt, wo man hier in der Gegend gut essen kann. Sie kannte überall die besten Adressen – woher sie dieses Wissen hatte, wollte sie mir nie sagen. Aber auch im Wald begegnen wir Monika nicht. Wir gehen einen schlammigen Pfad entlang, bis wir zu einem befestigten Weg kommen. Ein weißer Pilz zeigt an, daß es noch 2,1 Kilometer bis Ede sind.

Wir essen Pfannkuchen mit Apfel und Sirup. Bo nimmt ein Eis zum Nachtisch, ich Kaffee und Cognac. In Bos Eis steckt ein Papierschirm.

»He, das ist der Schirm von Mama«, sagt er.

Draußen ist die Sonne wieder hinter den Wolken verschwunden. Die Kellnerin, ein Mädchen mit einem Pony, zwei Zöpfen und Pickeln im Nacken, zündet das Teelicht an, das zwischen uns auf dem Tisch steht.

»Schmeckt das Eis?« fragt sie Bo mit kindlicher Stimme.

»Das ist der Schirm von meiner Mama«, antwortet er.

»Wenn deine Mutter da mal nur drunter paßt.«

»Ja, leicht. Denn meine Mama ist tot.«

Das Mädchen macht sich hastig aus dem Staub.

Ich starre eine Weile schweigend in die gelbe Flamme, während Bo sein Eis aufißt. Als er fertig ist, wische ich ihm den Mund ab.

»Wo gehen wir jetzt hin?« Seine Müdigkeit ist restlos verschwunden.

»Wohin du willst.«

Er runzelt die Stirn. »Ich will nach Roermond.« In Roermond wohnen Monikas Eltern. »Dann kann Oma Paradies heute abend für uns kochen«, sagt er.

»Das ist eine gute Idee.«

Im Vorraum des Restaurants werfe ich zwei Münzen ins Telefon und rufe Monikas Eltern an.

»Paradies«, sagt ihr Vater.

»Hier ist Armin. Wie geht's?«

»Armin«, sagt er nur.

»Bo würde gern heute abend zum Essen kommen.«

»Bo will zum Essen kommen«, wiederholt er, offensichtlich an seine Frau gewandt. Ich höre sie sagen, daß es ihr recht sei.

»In Ordnung.«

»Bis heute abend dann.«

»Ja.« Er legt auf.

Ich habe sie seit der Beerdigung nicht mehr gesehen und habe keine Ahnung, was ich zu ihnen sagen soll.

»Du mußt nachher mal das Gespräch führen«, sage ich zu Bo.

»Was?«

»Du mußt das Gespräch führen bei Oma und Opa Paradies.«

SIEBZEHN

Auf meinem Schreibtisch liegt ein Blatt Papier, auf dem eine Reihe von Fragen steht:

Warum?
War es Leidenschaft?
War es Liebe?
War es Wollust?
War es Rache?
War es Langeweile?
War sie betrunken?
War sie wütend?
Wo war sie?
War sie draußen?
War sie drinnen?
Was hatte sie an?
Was zog sie aus?
War das Licht an?
War es dunkel?
Gab es ein Vorspiel?
Gab es ein Nachspiel?
Ist sie gekommen?

Manchmal bemerke ich, daß es mich erregt, wenn ich über diese Fragen nachdenke. Dann hasse ich mich.

ACHTZEHN

»Herr Minderhout?«

Der Arzt steckt seinen Kopf durch die Wartezimmertür. Ich lege die *Story* weg, in der ich gerade etwas über das Wunschkind von Linda de Mol gelesen habe. Wunschkind, denke ich. War Bo ein Wunschkind?

Als ich das Sprechzimmer betrete, steht er neben seinem Schreibtisch und streckt mir die Hand entgegen.

»Herr Minderhout, das ist lange her.«

Er trägt eine Hornbrille, sein Haar ist ergraut. Er muß inzwischen weit über Fünfzig sein. Als er sich in seinen Sessel setzt, höre ich es in seinen Knien knacken.

»Zehn Jahre«, sage ich.

»Nehmen Sie Platz, was kann ich für Sie tun? Oder lassen Sie mich erst noch schnell fragen: Wie geht's dem kleinen Jungen, Bo hieß er doch?«

»Ja, Bo. Der ist gar nicht mehr so klein.«

»Wie alt ist er jetzt?«

»Dreizehn.«

»Dreizehn. Schwieriges Alter. Aber ihm geht es gut?«

»Ja, es geht ihm gut.«

»Und Ihnen?«

»Sind Sie Bos Vater?«

»Wie bitte?«

»Ob Sie Bos Vater sind.«

Er schaut mich verständnislos an. Sagt dann, sehr langsam, wobei er mich keinen Moment aus den Augen läßt: »Sie fragen … ob ich … der Vater bin … von Bo.«

»Ja, das frage ich Sie.« Ist er erschrocken? Nein, ich glaube nicht – oder er ist ein Meister im Verbergen seiner Gefühle. Ärzte haben bestimmt Übung darin. Doch andererseits: Die Verblüffung ist ihm deutlich anzusehen.

»Die Antwort auf diese Frage«, sagt er, »lautet nein. Aber würden Sie mir vielleicht erklären, weshalb Sie glauben, oder vermuten, daß ich der Vater Ihres Sohnes sein könnte.«

»Weil ich nicht der Vater bin. Und deshalb ein anderer der Vater sein muß.«

»Sie sind nicht Bos Vater?«

»Nein. Ich habe das Klinefelter-Syndrom. Ich bin unfruchtbar. Schon immer.«

Er spitzt die Lippen, preßt die Luft aus seinen Lungen.

»Pffffff.«

»Ich habe seit ein paar Jahren wieder eine Freundin. Wir wollten gemeinsame Kinder haben. Das ist offenbar nicht möglich.«

»Du lieber Himmel«, sagt der Arzt. »Und jetzt sind Sie auf der Suche nach dem Vater. Dem Mann, der ...«

»Ja.«

»Und da dachten Sie ...«

»Ja, warum nicht.«

»Ja, warum auch nicht. Das kommt vor. Das Verhältnis zwischen Arzt und Patient kann sehr intim sein, und daß das außer Kontrolle geraten kann, lesen wir regelmäßig in der Zeitung.« Er nimmt einen gläsernen Briefbeschwerer vom Schreibtisch und dreht ihn zwischen seinen Fingern.

»Herr Minderhout«, sagt er dann, »ich kann Ihnen hoch und heilig schwören, daß es nie irgendwelche unziemlichen Intimitäten zwischen Ihrer Freundin selig und mir gegeben hat. Sie war auch wirklich nicht der Typ, der es darauf anlegte.«

»Hat sie jemals irgendwas gesagt, seinerzeit, als sie wegen ihrer Schwangerschaft zu Ihnen kam? Etwas gebeichtet?«

»Nein, nie. Mein Gott. Langsam wird mir klar, was das für Sie bedeuten muß. Verzeihen Sie, aber ich konnte die Konsequenzen nicht sofort übersehen.«

»Sind Sie sicher, daß sie nie etwas gesagt hat?«

»Ja … ja … sonst müßte ich mich doch daran erinnern. Ich habe ein gutes Gedächtnis, soweit ein Mensch ein gutes Gedächtnis haben kann. Aber das brauche ich Ihnen wahrscheinlich nicht zu sagen.«

Er schlägt eine Aktenmappe auf, die schon die ganze Zeit auf dem Tisch gelegen hat. Er sieht sich das Patientenblatt an. Blättert ein wenig in den Papieren. Ich erkenne einen Briefkopf des Krankenhauses, in dem Monika gestorben ist. Er seufzt.

»Jetzt wird natürlich alles wieder aufgewühlt.«

Aber darüber will ich nicht sprechen. Ich brauche kein Mitleid. »Wenn Sie mir nicht weiterhelfen können«, sage ich, »dann tut es mir leid, daß ich Sie damit belästigt habe. Ich darf Ihnen also glauben, wenn Sie sagen, daß Sie nicht der Vater von Bo sind?«

»Sie müssen mir glauben. Ich kann Ihnen erzählen … nein, das geht Sie nichts an, was in meiner Praxis im Laufe der Jahre vorgefallen ist. Niemand ist ohne Fehl, Herr Minderhout, auch ich nicht, wenngleich es, Gott sei Dank, nie so weit gekommen ist, daß … Aber was Monika betrifft, kann ich Ihnen reinen Gewissens in die Augen sehen: es ist nie, niemals etwas Derartiges zwischen ihr und mir vorgefallen. Ich bin nicht der Vater Ihres Sohnes.«

Ich stehe auf. »Danke. Und sollten Sie es sich noch anders überlegen …«

»Ich werde es mir nicht anders überlegen. Es gibt nichts anders zu überlegen. Darf ich Sie noch etwas fragen?«

Ich halte schon die Türklinke in der Hand. Er hat sich erhoben, steht wieder neben seinem Schreibtisch und streckt mir die Hand entgegen, als sei ich gerade eingetreten.

»Haben Sie es Ihrem Sohn gesagt?«

»Nein. War das alles?«

»Ja. Ja, verzeihen Sie. Es geht mich natürlich nichts an.«

Ich lasse ihn mit seiner ausgestreckten Hand neben seinem Schreibtisch stehen und ziehe die Tür hinter mir zu.

NEUNZEHN

Monikas Eltern haben mir den Tod ihrer Tochter immer übelgenommen, auch wenn ich nicht genau weiß warum. Vielleicht weil sie nicht akzeptieren konnten, daß niemanden die Schuld daran traf, daß ihr einziges Kind nur fünfundzwanzig Jahre leben durfte. Sie gehörten nicht zu den Leuten, die Ärzte dafür verantwortlich machten. An Autorität wurde nicht gerüttelt, schon gar nicht an einer, die weiße Kittel trägt. – Sie hätten es gern gesehen, wenn Monika Medizin studiert hätte. Statt dessen hatte sie sich aber für Kulturanthropologie entschieden, ein Studium, das sie nach einem Jahr abbrach. Auch dafür gaben ihre Eltern mir die Schuld.

Das einzige Gute, was ich in ihren Augen jemals vollbracht habe, wovon sie jedenfalls glaubten und wovon ich glaubte und wovon jeder glaubte, daß ich es getan hätte, war, Bo zu zeugen. Sie waren, als er geboren wurde, beide noch keine Fünfzig, wollten aber nichts lieber, als Großeltern sein.

»Sie sind froh, daß sie endlich einen Jungen haben, den sie verwöhnen können«, sagte Monika. »Den haben sie sich immer gewünscht. Eine Tochter war nur zweite Wahl.«

Bei Monikas Eltern war es keine freie Entscheidung gewesen, daß sie nur ein Kind hatten, bei meinen schon. Meine Mutter meinte, sie sei mit neununddreißig zu alt für ein zweites, und auch mein Vater hat nie den Wunsch geäußert, noch ein Kind haben zu wollen. Er hatte bewiesen, wozu er in der Lage war. Das genügte ihm.

»Meine Eltern haben sämtliche ärztlichen Instanzen abgeklappert«, sagte Monika, »aber die Ursache ist nie gefunden worden. Die Ärzte verfügten damals natürlich noch nicht über die Möglichkeiten, die sie heute haben.«

Eines Nachmittags, als ihre Eltern bei uns zu Besuch waren, unsere kleine Behausung kritisiert hatten und unsere Art, Bo überallhin mitzunehmen, und unsere wenig repräsentativen Arbeitsstellen und unseren Mangel an materiellen Gütern und unsere politischen Auffassungen und unsere Ansichten über die Ehe – als endlich nichts mehr zu kritisieren war und sie sich gerade auf den Heimweg machen wollten, sagte Monikas Mutter plötzlich: »Wenn ich heute jung wäre, würde ich mich künstlich befruchten lassen. Dann hätte ich auch einen Jungen.«

In der Nacht hat Monika in meinen Armen gelegen und geweint. Und ich habe zu Bo gesagt: »Sieh zu, daß du diesen gräßlichen Menschen aus dem Weg gehst.« Aber natürlich hat er nicht auf mich gehört. Oma und Opa Paradies sind seine Lieblingsgroßeltern geworden.

»So, mein Junge«, sagt Monikas Mutter zu Bo, »traut sich dein Vater endlich wieder, uns unter die Augen zu treten?«

Doch Bo hört sie nicht, er ist schon unterwegs in die Waschküche, wo Opa Paradies am Modell eines Schiffes der Ostindischen Kompanie baut. Er hinterläßt eine Sandspur auf dem frischgebohnerten Fußboden. Bestimmt wird er gleich das Schiffsmodell umwerfen oder noch viel größeren Schaden anrichten, aber böse werden sie nicht auf ihn sein, seine Lieblingsoma und sein Lieblingsopa. Böse sind sie nur auf mich. Aus Prinzip. Oder aus Feigheit. Aber das ist meistens dasselbe.

»Tag«, sage ich zu der Frau an der Tür, und sie küßt mich steif und mit spürbarem Widerwillen.

»Hallo«, sage ich zu dem Rücken des Mannes am Küchentisch, aber er hört mich nicht. Er hört seinem Enkelsohn zu, der etwas von einer goldenen Münze und einem

Piratenschatz und dem Geschmack von Sand erzählt: In der Nähe des Bahnhofs war die Straße aufgebrochen worden. Bo hatte in dem gelben Sand etwas glitzern sehen. Es war ein Schokoladentaler, und er bestand darauf, ihn aufzuessen. Der Sand knirschte ihm zwischen den Zähnen.

Der Besuch dauert vier Stunden und fünfunddreißig Minuten. Wir reden ein wenig. Wir essen ein wenig. Wir lachen ein wenig. Als ich frage, wie es ihnen seit dem Begräbnis ergangen ist, geben sie mir keine Antwort. Wie es mir geht, fragen sie überhaupt nicht. Nur über Bo wollen sie alles wissen, und je weniger ich sage, desto mehr Fragen stellen sie, und je mehr Fragen sie stellen, desto mehr will ich weg – weg aus diesem schrecklichen Haus mit der Klinkertapete und den imitierten Deckenbalken, weg von den Kopien holländischer Meister, den eingerahmten Diplomen der Einzelhandelsschule und der Fleischerfachschule und den vergilbten Auszeichnungen des Fachverbands für das Metzgerhandwerk, und weg von jenem Foto. Jenem Foto, das ich nicht ansehen kann, das ich jedoch immerzu ansehen muß – jenem Foto, auf dem Monika als engelsgleiches Mädchen zu sehen ist, das rote Haar ordentlich gekämmt, die Bildränder unscharf in einem romantischen Weichzeichnereffekt: »Ich war dreizehn und gerade entjungfert worden, ich hasse dieses Foto!« hatte Monika gesagt. Aber natürlich nicht, wenn ihre Eltern dabeigewesen waren.

Sie kamen danach noch ein paarmal nach Amsterdam. Doch da ich mich standhaft weigerte, ihre Besuche mit einem Gegenbesuch zu honorieren, schickten sie mir schließlich einen wütenden Brief.

»Wir wollen nichts mehr mit Dir zu tun haben. Du hast uns das Liebste genommen, das wir je gehabt haben: unseren kleinen Bo. Wir hoffen, daß er, wenn er alt genug ist, den Mut haben wird, seinem Vater die Stirn zu bieten und den Kontakt zu uns wieder aufzunehmen. Er wird uns jederzeit willkommen sein, Dir aber bleibt unsere Tür für immer verschlossen.«

Da erst, nachdem ich diesen Brief wieder und wieder gelesen, ihn in tausend Stücke zerrissen und im Ausguß verbrannt hatte – da erst kamen die Tränen. Daß sie Monika mit keinem Wort erwähnten, daß sie Bo das Liebste nannten, was sie je gehabt hatten, das durchbrach endlich den Panzer, mit dem ich mich umgeben hatte.

Ich weinte, bis meine Tränen versiegten. Und danach weinte ich noch viel mehr.

ZWANZIG

Niko Neerinckx wohnt in Haarlem, mit Frau und drei kleinen Kindern – zwei Jungen und einem Mädchen. Er ist noch immer viel unterwegs, nicht mehr für Reisebüros, sondern für gemeinnützige Organisationen, die der Menschheit in fernen Ländern Gutes tun und das mit Hilfe modernster Kommunikationsmittel bekanntmachen wollen. Niko Neerinckx hat eine Videoproduktionsfirma namens Wandering Eyes.

Heute morgen habe ich beschlossen, daß ich zuerst seine Frau kennenlernen möchte. Ein Beschluß, der mehr oder weniger aus der Not geboren ist, da sich Niko noch drei Wochen auf Borneo aufhält – das hat mir eine freundliche Mitarbeiterin von Wandering Eyes gesagt. Das Vorhaben läßt mein Herz schneller schlagen und beschert mir feuchte Hände. Seit meinem vergeblichen Besuch bei Monikas altem Hausarzt ist in mir die Überzeugung gewachsen, daß Niko Neerinckx der Mann ist, den ich suche. Ich habe dafür drei Gründe, die ich mir in den Kalender geschrieben habe, unter dem Datum, an dem ich ihn aufgespürt habe. Da steht:

N.N. war faszinierend.
N.N. war geringes Risiko (viel im Ausland).
N.N. hatte Vorliebe für Frauen, die schon vergeben waren.

Nun, da ich weiß, daß er nicht zu Hause ist und ich seine Frau kennenlernen kann, bevor ich ihn wiedersehe, entspinnen sich in meinem Kopf die wildesten Szenarien. Durch meinen Besuch bei Robbert Hubeek habe ich begriffen, wie wichtig es ist, irgendwie herauszubekommen, ob jemand lügt oder nicht. Zunächst muß ich also dafür sorgen, daß *Frau* Neerinckx, die mit Vornamen Anke heißt, nicht erfährt, wer ich wirklich bin, damit *Herr* Neerinckx, Niko, nicht erfährt, daß ich mit ihr gesprochen habe. Auf diese Weise kann ich seine Geschichten mit ihren vergleichen und leicht herausfinden, wann er lügt. Und wenn er lügt ... beim Gedanken daran bekomme ich sofort die furchtbarsten Rachephantasien. Aber soweit ist es noch nicht. Ich muß ruhig bleiben. Nachdenken. Einen kühlen Kopf bewahren. Ich muß mir eine Strategie zurechtlegen, um Frau Neerinckx zum Reden zu bringen. Dazu schließe ich mich für ein paar Stunden mit einer Kanne starkem Kaffee in mein Arbeitszimmer ein. Als der Kaffee getrunken ist, weiß ich genau, was ich zu tun habe.

Zu Ellen sage ich, daß ich heute abend mit Dees einen trinken gehe. Ich weiß, daß sie sich Sorgen macht wegen meiner neuerlichen Trunksucht, daß sie fürchtet, es könnte wieder genauso schlimm werden wie in dem Jahr nach Monikas Tod – dem Jahr, aus dem sie mich errettet hat. Doch ich brauche die periodische Betäubung durch den Alkohol, um durchzuhalten, und auch den Freiraum, den der Vorwand des Kneipenbesuchs mir verschafft. Es ist, als stieße ich Ellen und Bo von mir weg, um Platz zu gewinnen für die Dinge, die da kommen würden, kommen mußten, wenn ich nicht vor Verzweiflung und Verwirrung verrückt werden wollte.

Im Laufe des Nachmittags zieht zu meiner Freude ein scheußliches Wetter herauf. Bleigraue Wolken jagen tief über der Stadt dahin, und der Wind peitscht Hagel und Regen gegen die Fenster, geißelt Radfahrer und Spaziergänger. Die Chance, daß Anke Neerinckx mich hereinläßt, wird unter diesen Umständen beträchtlich größer. – Es erstaunt mich, daß sie sich Neerinckx nennt; es erstaunt mich immer, wenn Frauen meines Alters ihren Namen für den ihres Ehemanns aufgeben. Ellen mußte mir feierlich geloben, das nicht zu tun, andernfalls würde ich sie nie heiraten. Aber vielleicht hieß Anke Neerinckx ja von Hause aus Anke Nacktgeboren oder Anke Planke. Man darf nie zu früh urteilen. Auf jeden Fall hatte sie eine klare, selbstbewußte Stimme am Telefon.

»Ich bin auf der Suche nach der Familie Demircioglu«, sagte ich.

»Die wohnt hier nicht«, sagte sie.

»Entschuldigen Sie, dann muß ich mich verwählt haben. Ist das die Nummer …« Und ich nannte ihre Nummer, veränderte jedoch die letzte Ziffer.

»Nein«, sagte sie. »Sie haben am Ende eine Vier gewählt statt der Fünf.« – »Entschuldigen Sie bitte.«

Als ich nach dem Abendessen, das ich nur mit größter Mühe herunterbekam, endlich im Zug nach Haarlem sitze, überkommt mich eine wohltuende Ruhe. Heute abend werde ich tun, was ich tun *muß*, ohne zu zögern und mit einer Entschlossenheit, die ich nie mehr verspürt hatte seit jenem ersten Mal, als ich mit Monika in der Straßenbahn stand und sie fragte, ob ich sie zum Kaufhaus begleiten dürfe. Heute abend werde ich mein Leben wieder selbst in die Hand nehmen. Vielleicht, denke ich bei mir, ist das am Ende der Sinn dieses Alptraums: daß ich aus dem Halbschlaf aufschrecke, in dem ich mich schon so lange befinde, eigentlich seit Monikas Tod.

Ich betrachte die neuen Bürogebäude und Fabriken des westlichen Hafengebietes, die langsam von der einbrechenden Dunkelheit verschluckt werden. Und ich sage, so laut, daß die Frau auf der gegenüberliegenden Seite des Ganges kurz zu mir herüberblickt: *»This is your wake-up call from the other side of the river Styx.«*

Ich stehe in einem Hauseingang auf der gegenüberliegenden Straßenseite und schaue zu den erleuchteten Fenstern des

Neerinckxschen Hauses hinüber. Mutter bringt die Kinder zu Bett. Das schließe ich zumindest aus dem, was ich beobachten kann. Im Wohnzimmer brennt eine Stehlampe, aber es ist niemand zu sehen. Im Obergeschoß waren gerade noch drei Fenster erleuchtet, jetzt sind es noch zwei: ein kleines Fensterchen, vermutlich Dusche oder Toilette, das andere ein Schlafzimmer. Die Gardinen sind zugezogen, doch ein Lichtstreifen fällt durch einen Spalt, und der Stoff läßt einen vagen Schimmer durch. Ab und zu bewegt sich ein Schatten über die gelbgrüne Fläche. Das Badezimmerfenster wird plötzlich ein schwarzes Loch. Etwas später erscheint eine Frau im Wohnzimmer. Sie läuft in den hinteren Teil des Raumes und verschwindet aus meinem Blickfeld. Nach einer knappen Minute taucht sie wieder auf mit einem Becher in der Hand. Sie hat dunkles hochgestecktes Haar. Sie trägt einen grünen Pullover und eine schwarze Hose oder einen Rock, das kann ich nicht genau erkennen. Sie setzt sich auf eine Couch, die quer zum Fenster an einer langen Wand steht. Vorsichtig nimmt sie einen Schluck, sie behält den Becher an den Lippen. Dann nimmt sie noch einen Schluck. Und noch einen. Sie steht auf und zieht die Vorhänge zu. Doch eine Hose, kein Rock. Die Gardinen sind cremefarben. Wieder sehe ich ihren Schatten, dann bewegt sich nichts mehr.

Der Wind ist noch immer böig, aber es hat aufgehört zu regnen. Ich beschließe, noch eine Viertelstunde herumzulaufen. Es ist kurz nach acht. Vielleicht schaut sie sich die Nachrichten an. Der Wetterbericht scheint mir ein geeigneterer Moment zum Klingeln. Außerdem bleibt mir auf diese Weise etwas Zeit, meine Geschichte noch einmal durchzugehen. Die Umstände haben mir diese einmalige Gelegenheit in den Schoß gelegt, ich darf sie jetzt nicht vermasseln.

Guten Abend, mein Name ist Aldenbos, Erik Aldenbos.

Guten Abend, entschuldigen Sie bitte, daß ich Sie belästige. Nein, nicht belästige. Entschuldigen Sie bitte die Störung. Nein, doch zuerst vorstellen, das erweckt Vertrauen. Guten Abend, Aldenbos ist mein Name. Erik Aldenbos.

»Guten Abend, ich bin Erik Aldenbos. Entschuldigen Sie, daß ich Sie einfach so überfalle, aber ich konnte Ihren Nachnamen nicht herausbekommen und deshalb nicht vorher anrufen.«

Ich hatte nicht vorgehabt, das zu sagen, doch als ich vor der Tür stand, sah ich nirgends ein Namensschild, und als Anke Neerinckx öffnete, rollte mir dieser Text wie von selbst über die Lippen.

Sie schaut mich abwartend an, die Tür nicht weiter geöffnet, als nötig ist, um mich gründlich zu mustern. Sie hat die Außenbeleuchtung angeschaltet, ich blinzele in das grelle Licht. Ich habe Angst, dadurch einen zwielichtigen Eindruck zu erwecken.

»Ich habe früher hier gewohnt«, sage ich rasch. »Als Kind. Vor Jahren. Das ist eine lange Geschichte. Aber worum es geht: ich habe auf dem Dachboden einen Brief versteckt. Und dieser Brief, nun ja, ich sagte ja schon: es ist eine lange Geschichte. Doch nun ist meine Mutter vor kurzem gestorben, und da fiel er mir wieder ein. Und ich dachte: wie schön wäre es, wenn ich ihn wiederfinden könnte. Und da dachte ich: warum versuche ich es nicht einfach. Und da bin ich.«

Ich breite meine Arme in einer Gebärde der Hilflosigkeit aus und lächele sie an.

»Hier auf dem Dachboden?« sagt sie.

»Ja. Zwischen zwei Balken. Er war gut versteckt. Wir sind ziemlich plötzlich umgezogen, damals. Ich habe nicht daran gedacht, ihn hervorzuholen. Und als ich bemerkte, daß ich ihn vergessen hatte, fehlte mir der Mut, die neuen Bewohner damit zu belästigen. Es gibt vieles, was man sich als Kind traut und als Erwachsener nicht mehr. Aber es gibt auch vieles, was man sich dann nicht traut, wovon man aber später denkt: Warum sollte ich es nicht versuchen, nicht wahr?«

Sie lächelt, doch ich habe sie noch nicht da, wo ich sie haben möchte. Sie sagt: »Es wäre mir lieber gewesen, wenn Sie tagsüber gekommen wären.«

»Natürlich«, sage ich. »Ich hatte auch nicht vor, jetzt zu klingeln. Ich suchte das Namensschild, wie ich schon sagte, um vorher anrufen zu können.«

»Der Name steht auf dem Briefkasten, am Gartenzaun. Neerinckx. Mit ckx.«

»Oh, entschuldigen Sie bitte!« Ich blicke zum Gartenzaun, wo sich tatsächlich ein grüner Briefkasten befindet. Wenn ich wirklich vorgehabt hätte, nur das Namensschild zu suchen, hätte ich den Briefkasten sicher nicht übersehen. Ich hätte mich einfach an meinen einstudierten Text halten und nicht von diesem Namensschild anfangen sollen. Ich spüre, wie meine Entschlossenheit zerbröckelt.

»Darf ich Sie dann«, frage ich, »vielleicht morgen mal anrufen?« Ich komme mir lächerlich vor. Ein Lügner. Ich bin davon überzeugt, daß ich morgen nicht den Mut haben werde, sie anzurufen.

»Das wäre mir lieber, ja. Ich schreib Ihnen mal die Nummer auf.«

Sie will in den Flur gehen, doch die Tür fliegt hinter ihr auf, und sie dreht sich wieder um. Ich sehe, daß sie zögert, sie ist gut erzogen, zu höflich, um jemandem die Tür vor der Nase zuzumachen.

»Oder kommen Sie doch einen Augenblick herein«, sagt sie. »Es ist so ein Mistwetter.« Sie lächelt und hält mir die Tür auf. Ich gehe an ihr vorbei in den Flur. Als ich die Schwelle überschritten habe, kehrt mein Selbstvertrauen zurück.

»Ich habe eben die Nachrichten gesehen. Der Wetterbericht hatte gerade angefangen. Ich glaube nicht, daß sie für die nächsten Tage eine Wetterbesserung ankündigen werden.«

Von der Stelle, wo ich stehe, kann ich den Fernseher nicht sehen, doch ich höre die vertraute Stimme von Erwin Krol.

Anke Neerinckx geht in die Küche, aus der ich sie vorhin Kaffee oder Tee holen sah, und kommt mit Stift und Notizblock zurück.

»An diesen blauen Flächen«, sagt Erwin Krol, »sehen Sie, wo es noch vereinzelte kräftige Schauer gibt, mit Regen oder gar Hagel. Im Laufe der Nacht werden die Schauer weiter zunehmen, und auch der Wind wird auffrischen.«

In diesem Moment rüttelt eine Bö am Wohnzimmerfenster. Man hört ein Rauschen, das langsam zu einem lauten Prasseln anschwillt und sich dann mit einem spitzen, tickenden Geräusch mischt. Es hat wieder angefangen zu hageln. Anke Neerinckx geht zum Fenster, schiebt den Vorhang ein Stück zur Seite und seufzt.

»Was für ein Wetter«, sagt sie. »Hier ist die Nummer.«

Ich stehe in der Tür zwischen Flur und Zimmer. Sie überreicht mir einen Zettel mit der Nummer, die ich schon kenne.

»Ich danke Ihnen«, sage ich.

»Sag ruhig du. Ich fühle mich immer so alt, wenn Leute mich siezen.«

»Ja, das kenne ich. Mein Herr, das ist das Allerschlimmste. Wenn sie ›mein Herr‹ zu einem sagen.«

Hagelkörner schlagen ans Fenster.

»Wenn du morgen am späten Vormittag anrufst, bin ich sicher zu Hause.«

»Ihr habt umgebaut. Schön. Oder war das schon so, als ihr eingezogen seid?«

Sie schaut sich im Zimmer um. »Nein. Nein, das haben wir gemacht. Hier war eine Wand. Das waren zwei Zimmer, eins vorn und eins hinten, und der Korridor ging bis zur Küche. Aber das brauche ich dir ja nicht zu erzählen.«

»Es müssen kleine Zimmer gewesen sein. Als Kind habe ich das nie so empfunden.«

»Als Kind nimmt man die Welt noch, wie sie ist.«

»Und als Kind findet man die ganze Welt der Großen groß.«

Ich mache Anstalten aufzubrechen.

»Entschuldige noch mal die Störung.«

»Wo mußt du eigentlich hin? Wohnst du hier in Haarlem?«

»Nein, in Amsterdam. Ich habe hier in der Stadt was gegessen mit einem Freund von früher. Das hängt auch wieder mit diesem Brief zusammen. Aber gut. Ich muß also zum Bahnhof.«

»Ja, nicht daß ich zickig sein will oder daß ich dir nicht vertraue oder so«, sagt sie, »aber ich habe drei kleine Kinder, die oben schlafen. Und wenn die auf einmal Schritte auf dem Dachboden hören, erschrecken sie zu Tode. Dann dauert es Stunden, bis ich sie wieder beruhigt habe.«

»Drei«, sage ich. »Wie schön. Wie alt?« Sie nennt das Alter der Kinder (anderthalb, drei und fünf) und die Namen (Pim, Sam und Bo).

»Bo!«

»Ja.«

»Das ... ja, nun, das ist ein Zufall.« Ich will sagen: so heißt mein Sohn auch, und ich will noch viel mehr sagen, aber ich tue es nicht. Bo! Mein Gott! Sie haben ihren ältesten Sohn Bo genannt!

»Der Sohn von meinem Freund«, sage ich, weil ich doch irgend etwas sagen muß, »von dem Freund, mit dem ich heute abend essen war, heißt auch Bo. Und ich sage noch zu ihm, daß ich gar nicht wußte, daß das auch ein Jungenname ist. Ich kannte nur Bo Derek.« Ich staune selbst, wie schnell mir die Lügen über die Lippen kommen heute abend. Doch der Zweck heiligt die Mittel. Das hatte ich mir schon vorher zur Maxime gemacht.

»Ging mir auch so«, sagt sie nachsichtig. »Und ich finde Bo Derek furchtbar. Es war die Idee von meinem Mann. Er beteuerte, daß es nichts mit Bo Derek zu tun habe. Daß es eigentlich ein Jungenname sei. Und wir hatten vereinbart, daß er den Namen für einen Jungen aussuchen durfte und ich für ein Mädchen. Deshalb. Sam war meine Idee. Und das hielt er dann wieder für einen Jungennamen. Wir haben das also gerecht verteilt.«

Sie muß mir meine Verlegenheit angesehen haben, auch wenn sie sie vermutlich darauf zurückführt, daß ich noch immer im Mantel auf ihrer Wohnzimmerschwelle stehe. Zum ersten Mal in meinem Leben spüre ich, daß es möglich ist, wie angewurzelt dazustehen.

Bo! Es war die Idee von meinem Mann!

Sie sagt: »Wenn du noch einen Moment warten willst, bis der Regen nachläßt, kannst du dich dazu ruhig setzen. Darf ich dir den Mantel abnehmen? Möchtest du Kaffee?«

»Ja. Ja. Jajaja.«

Ich bin froh, als ich sitze. Ich bin froh, daß sie kurz verschwindet.

»Milch oder Zucker?« ruft sie aus der Küche.

»Nein, schwarz bitte.«

Im Fernsehen vollführt ein kleiner Junge in Fußballkleidung Freudentänze auf dem Spielfeld. Er hat genau hingesehen, wie seine professionellen Helden sich verhalten, wenn sie ein Tor geschossen haben. Die Werbung, für Calvé-Erdnußbutter, ist rührend – selbst wenn man keine Kinder hat, selbst wenn dein Sohn nicht dein Sohn ist, sondern der Sohn des Mannes, bei dessen Frau du jetzt im Wohnzimmer sitzt.

Mein Gott!

Ich werde mit dem Kaffeetrinken warten müssen, bis meine Hände nicht mehr zittern. Ich will weg. Ich will das ganze Haus von oben bis unten durchsuchen. Ich will auf die Straße rennen, in den Regen hinaus, in die Nacht hinaus, in das dunkle Wasser der Spaarne. Ich will ihre Kinder wecken, um zu sehen, wie sehr Bo Bo gleicht. Ich will Anke Neerinckx sagen, daß ihr Mann ein Lügner ist, ein Fremdgeher, der Vater eines Bastards, ein Perverser, der seinen ältesten Sohn nach dem Kind genannt hat, das er mit der Frau eines anderen zeugte. Ich will meinen Kopf an ihre Brust legen und sie anflehen, mich zu umarmen, mich zu streicheln, mich mit in ihr Bett zu nehmen und mit mir zu schlafen. Ich will sie über die Anrichte werfen, wo sie Kaffee für mich einschenkt, und ihr die schwarze Jogginghose herunterreißen, sie vergewaltigen ... bis aufs Blut.

»Fühlst du dich nicht wohl?« fragt sie erschrocken.

»Was?«

»Du siehst ganz blaß aus.«

»Das wird«, sage ich matt, »der plötzliche Übergang sein, von der Kälte draußen in die Wärme hier drinnen. Ich habe einen niedrigen Blutzuckerspiegel.« Ich rede einfach drauflos.

»Soll ich dir dann nicht doch lieber ein bißchen Zucker in den Kaffee tun?«

»Nein, nein.«

»Schokolade? Ja, Zartbitterschokolade. Wirkt Wunder. Seit meinen Schwangerschaften kenn ich mich da aus.«

Sie lacht mich an. Sie hat ein schönes Lachen. Niko Neerinckx hat eine schöne Frau geheiratet. Aber das hatte ich auch nicht anders erwartet. Anke gehört zu der Kategorie von Frauen, die ich früher sofort als unerreichbar eingestuft hätte. Zu schön. Die Art von Schönheit, auf die viele Männer fliegen, von der die meisten aber zugleich eingeschüchtert werden. Sie muß für Niko die ideale Herausforderung gewesen sein. Sie war bestimmt schon vergeben, als er ihr zum ersten Mal begegnete.

Ich nehme ein Stück Schokolade. Sie schaltet den Fernseher aus und macht es sich auf der anderen Hälfte der L-förmigen Couch bequem, an derselben Stelle, wo ich sie vorhin hatte Kaffee trinken sehen. Daß es so leicht sein würde! Daß ich so schnell schon wissen würde, was ich wissen wollte! Mich schwindelt noch, doch zum Glück bemerkt sie nichts. Mit angezogenen Beinen kuschelt sie sich behaglich in die weichen Sofakissen, wie eine Katze.

»Wie war das nun, mit diesem Brief?«

EINUNDZWANZIG

Für Rotterdam machen wir eine Ausnahme, weil die Stadt sonst aufhören würde zu existieren. Doch mit dem Rest des Landes sind wir unerbittlich: alles, was nach 1945 entstanden ist, muß weg.

»Siehst du die Tankstelle da? Weg damit! Den Bürokoloß? Sprengen!«

Scheunen, Viadukte, Trafohäuschen, Wohnanlagen, Depots, Einfahrten, Ausfahrten, Telefonzellen, Heimwerkermärkte, Laubenganghäuser, Bushaltestellen, Ampeln, Golfplätze, Kontrolltürme, Pisten, Werbetafeln, verglaste Wohnungen, Schulzentren, Kartbahnen, Ferienhäuschen, Schweineställe, Ministerien – abreißen, schleifen, vernichten!

Wir sitzen im Zug und räumen die Niederlande auf.

»Was bekommen wir dafür zurück?« fragt Bo.

»Für diese Straße da Weideland. Für das Bürogebäude dort einen Bauernhof. Für dieses Wohnviertel Gärtnereien.«

Wir heben alte Gräben wieder aus. Geben Flüssen Raum. Wir demontieren Leuchtreklamen und Vordächer von alten Giebeln. Wir stellen alte Fassaden wieder her, mit Bleiglas im Oberlicht und Fensterrahmen aus Hartholz. Kilometerweise graben wir Asphalt unter den holländischen Klei.

Research voor beleid. Nichts da. *Nokia Copiers.* Weg damit.

»Wo fahren wir hin?« hatte Bo gefragt.

»Wir machen eine Zeitreise. In die Niederlande, in denen Opa aufgewachsen ist.« Mein Vater war 1940 dreizehn, zweimal so alt wie Bo an diesem strahlenden Frühlingstag.

»Wir könnten die Wassergräben wiederbevölkern«, sage ich zu Bo auf halber Strecke zwischen Leiden und Den Haag. »Jetzt, wo das Land nicht mehr überdüngt wird, ist das Wasser klar und rein.«

»Es müssen große fette Hechte hinein«, sagt Bo.

»Und Bitterlinge«, sage ich.

»Stabwanzen.«

»Stichlinge.«

»Gelbrandkäfer.«

Bo hat eine Vorliebe für Räuber und Banditen. Die Stabwanze, die mit erhobenem Schnorchel reglos unter der Wasseroberfläche hängt und auf andere Wasserinsekten lauert, die sie mit einem einzigen Biß ihrer kräftigen Kiefer tötet. Der Gelbrandkäfer, der sich nicht scheut, auch Fischen zu Leibe zu rücken, die dreimal so groß sind wie er selbst. Und seine nicht minder gefräßige Larve, die, wenn es sich ergibt, gern mal einen Salamander verspeist: Über ihren hohlen Kiefer spritzt sie Magensaft in ihr Opfer, um es anschließend auszusaugen.

»Elritzen«, sage ich.

»Wasserspinnen«, sagt Bo.

»Wasserläufer.«

»Taumelkäfer.«

Mit der einen Hälfte seines Auges sucht der Taumelkäfer den Himmel ab, um bei drohender Gefahr untertauchen zu können; mit der anderen Hälfte späht er hinunter ins Wasser, auf der Suche nach eßbaren Passanten. Wenn er untertaucht, nimmt er eine Luftblase mit, um nicht zu ertrinken. Vollendete Formgebung bis ins Detail.

»Dort können wieder Trauerseeschwalben nisten.«

»Und Störche herumlaufen.«

»Es kommen aber weniger Fischreiher.«

»Macht nichts.«

»Nein, macht nichts.«

In Den Haag holen wir zehntausend Autos von der Straße.

»Was für Autos fuhren in den dreißiger Jahren?«

Der Peerless V16 mit einem 7,6-Liter-Motor und einer Motorhaube, die kein Ende zu nehmen schien. Am Mathesserplein in Rotterdam konnte man ihn sich bei Peerless Motor Import, die die Autos aus Cleveland, Ohio, holten, in einem Ausstellungsraum ansehen. Der Peerless war so teuer und exklusiv, daß Ende der dreißiger Jahre im ganzen Land gerade einmal achtunddreißig solcher Wagen herumfuhren. Als der amerikanische Präsident Roosevelt die Prohibition aufhob und überall in Amerika wieder alkoholische Getränke verkauft werden durften, stieg der Hersteller auf die Produktion von Bier um, damit ließ sich mehr Geld verdienen.

»Und was noch für welche?«

Rapides aus Belgien. Gebaut in Antwerpen nach einem Entwurf des Amsterdamer Konstrukteurs Silvain de Jong. Der billigste Typ war der mit 12 PS, der für 5400 Gulden zu haben war. 1936 ging die Rapide-Fabrik wegen der mörderischen amerikanischen Konkurrenz, vor allem von Ford, pleite.

»Wieviel kostete ein Ford?«

Einen Ford V8 bekam man schon für 1025 Gulden. Cabrios waren etwas teurer, ab 1190. Für 135 Gulden kriegte man ein eingebautes Autoradio dazu. Als der Krieg ausbrach, gab es in den Niederlanden 22937 Fords. Von solchen Zahlen konnten andere Hersteller nur träumen.

»Wie still es auf der Straße gewesen sein muß«, sagt Bo.

»In viele Dörfer«, sage ich, »durfte man mit dem Auto nur hinein, wenn der Ortspolizist vor einem herlief, um die Fußgänger vor der drohenden Gefahr zu warnen.«

»Hatten sie bei Opa zu Hause ein Auto?«

»Bei Opa Minderhout nicht. Aber bei Opa Paradies. Und die Mutter von Opa Paradies hatte ein Motorrad. Sie war die erste Frau in den Niederlanden, die ein Motorrad fuhr.«

»Schade, daß wir die nie sehen, Oma und Opa Paradies«, sagt Bo.

»Ja«, sage ich.

Bei Rotterdam schweigen wir. Bo weiß vom Krieg und der Bombardierung. Darum zählt Rotterdam nicht mit – es wäre unschicklich, die Stadt aufs neue auszulöschen. Wir halten am Hauptbahnhof. Passieren die Station Blaak. Dann fahren wir mit viel Geratter über das Hef, die große alte Eisenbahnbrücke. Der Fluß ist dunkelgrau und stark frequentiert wie immer. Der Anblick des glitzernden Wassers erweckt in uns eine große Sehnsucht nach fernen Küsten, fremden Städten. Wir lieben Rotterdam, Bo und ich. Wir gehen sogar manchmal zu Heimspielen von Feyenoord.

Ein paar Jahre später ist der Eisenbahntunnel unter der Maas in Betrieb genommen worden. Das schönste Stück Eisenbahnlinie der Niederlande ist seither ein nutzloser Haufen Schrott. Bei Feyenoord ist ein ehemaliger Ajax-Spieler als Trainer angestellt worden. Noch nie wurde im Stadion De Kuip so schlecht Fußball gespielt.

Kurz vor Dordrecht lassen wir eine riesige Schiffswerft in der Merwede versinken.

»Ordnung muß sein.«

Ein rechteckiges Stück Land, auf dem reihenweise trostloses Gesträuch steht – Obstbäume sollen das sein –, graben wir ohne Pardon um. Wir pflanzen statt dessen hochstämmige Bäume: die Triumph von Vienne, ein Gedicht von einer Birne, die es in den Niederlanden so gut wie gar nicht mehr gibt, weil sie zu schnell matschig wird und außerdem zu einem Zeitpunkt reift, an dem das Birnenangebot am größten und der Preis deshalb am niedrigsten ist.

Im Nationalpark Biesbosch lassen wir die Gezeiten zurückkehren, und der Wald weicht wieder dem Röhricht.

»Schade für die Biber.«

»Sehr schade.«

Ein Fischer kontrolliert seine Reusen und holt einen Lachs aus dem Netz.

»Woher sollen wir wissen, wo wir hinwollen«, sage ich zu Bo, »wenn wir nicht einmal wissen, wo wir herkommen?«

Und Bo drückt sich die Nase an der Fensterscheibe platt und sprengt die Raffinerien bei Moerdijk in die Luft. Ganz der Vater, denke ich stolz – dachte ich stolz.

ZWEIUNDZWANZIG

Die Story von dem Brief ist eine alte Geschichte, die ich mir von Monika ausgeborgt habe. Eine wahre Begebenheit, verarbeitet zu lügenhafter Fiktion wie der Golfkrieg:

Als ich acht Jahre alt war, habe ich meiner Mutter einen Brief geschrieben. Ich war oft mit meiner Mutter allein, denn mein Vater arbeitete in einer weit entfernten Stadt und kam erst spätabends nach Hause. Ich habe keine Geschwister. Wenn ich mit meiner Mutter allein zu Hause war, ignorierte sie mich, so gut sie nur konnte. Am liebsten war es ihr, wenn ich ein Buch las oder still in einer Ecke spielte, solange ich nur keinen Lärm machte und sie nicht mit Fragen oder Geschichten aus der Schule belästigte.

Nun erlebte ich nie besonders viel in der Schule, und meiner Mutter Fragen zu stellen, hatte ich mir längst abgewöhnt. Sie verstand nicht, was ich meinte, oder sie verstand nicht, daß ich die Frage nicht selbst beantworten konnte. Jedenfalls gab sie mir nie eine normale Antwort. Darum hob ich mir meine Fragen für einen Schulfreund auf, der sie dann seiner Mutter stellte und manchmal sogar selbst beantworten konnte, was ihn mit Stolz erfüllte und mich auch, weil es unsere Freundschaft noch unverbrüchlicher machte.

Da ich meine Mutter also nie etwas fragen durfte, beschloß ich eines Tages, ihr einen Brief zu schreiben. Das war gar nicht so einfach, denn in einem Brief muß man sich ganz genau an die Wahrheit halten. Wenn der andere etwas falsch auffaßt, kann das zu fatalen Mißverständnissen führen, soviel begriff ich damals schon. Ich nahm mir also Zeit zum Schreiben dieses Briefs. Jeden Tag wurde er länger. Jeden Tag gab es neue Dinge, von denen ich dachte: eigentlich möchte ich, daß meine Mutter das weiß, daß sie weiß, wie ich darüber denke. Ich schrieb auch immer mehr darüber, was ich von ihr oder meinem Vater hielt. Ich erinnere mich, daß ich manchen Satz wohl noch zehnmal gelesen habe, um sicher zu sein, daß da genau das stand, was ich meinte.

Eines Tages entschied ich, daß der Brief fertig sei. Ich schrieb: »Das wollte ich sagen.« Und setzte meinen Namen darunter.

Dann kam der Moment, wo ich meiner Mutter den Brief geben mußte, und das traute ich mich nicht. Ich habe ihn zuerst eine Weile in einem Schulheft aufbewahrt. Doch ab und zu kontrollierten mein Vater oder meine Mutter die Hausaufgaben, so daß er dort nicht sicher war. Da habe ich mir überlegt, daß es wohl das beste sei, ihn auf dem Dachboden zu verstecken. Ich spielte oft auf dem Boden, wo eine Truhe mit alten Kleidern stand. Über dieser Truhe kreuzten sich zwei Dachbalken. Zwischen den Balken war ein Spalt. Da hinein habe ich den Brief gesteckt. Und wie das so ist bei Kindern: Danach habe ich ihn vergessen.

Das ist Monikas Geschichte, die ich jetzt Anke Neerinckx erzähle, der Frau des Vaters meines Sohnes – denn daß er es ist, der Monika geschwängert hat, daran habe ich keinen Zweifel mehr. *Bo!* hämmert es in meinem Kopf. *Bo!* Der traut sich was!

»Vor ein paar Wochen«, sage ich zu Anke, »ist meine Mutter gestorben. Und da fiel mir dieser Brief wieder ein. Es ist auf einmal sehr wichtig für mich zu wissen, was da drin stand. Wie ich sie damals gesehen habe.«

»Man kommt nie ganz von ihnen los«, sagt sie, »von den Eltern.«

Es ist still im Zimmer. Draußen fährt ein Auto durch die Pfützen. Es scheint nicht mehr so stark zu regnen.

»Magst du noch einen Kaffee«, fragt Anke, »oder willst du etwas Stärkeres? Einen gegen die Kälte? Dann habe ich auch einen Vorwand zum Trinken. Ich trinke nie, wenn ich allein zu Hause bin.«

»Geschieht das oft?« frage ich und bereue es sofort. »Sorry«, sage ich schnell. »So habe ich es nicht gemeint.«

Sie lacht. »Es geschieht ziemlich oft. Niko, mein Mann, ist viel im Ausland. Er ist Kameramann und Regisseur. Hat eine eigene Videofirma. Ich habe Rotwein, Weißwein, Bier, Whisky, Cognac, Blue Curaçao, Jonge Genever und Baileys.«

»Machst du einen Wein auf?«

»Mit dem größten Vergnügen. Am liebsten einen roten.«

»Klingt gut. Für mich auch.«

Sie kommt mit der Weinflasche zurück ins Zimmer. Holt zwei Gläser aus einem antiken Schrank.

»Hat Niko aus Sri Lanka mitgebracht. Stand auf einmal ein Container voller Möbel im Kolonialstil am Kai in Rotterdam.«

Sie fragt, ob ich etwas von Wein verstehe, und zeigt mir die Flasche. Ein Corbières.

»Sicher nichts Besonderes?« fragt sie.

»Nein, nichts Besonderes, aber sehr lecker. Ein leicht säuerlicher Nachgeschmack mit einem Hauch Erde.«

»Huuh«, schüttelt sie sich.

»Das war nur so dahergeredet. Ich habe keine Ahnung von Weinen.«

Für einen Moment erwäge ich, ihr von der Weinsammlung meines Vaters zu erzählen. Aber ich habe Angst, Fehler zu machen, mir selbst zu widersprechen, wenn ich zuviel von mir erzähle. Also sage ich nichts.

Sie öffnet die Flasche und schenkt zwei Gläser ein.

»Bo, Sam und …«

»Pim«, sagt sie.

»Hübsche Namen.«

»Danke. Es sind auch hübsche Kinder.«

»Bo«, sage ich. »Hatte er einen speziellen Grund, warum er ihn Bo nennen wollte?«

»Er kannte einen Jungen, der so hieß, glaube ich. Ich weiß es nicht genau. Der Name gefalle ihm einfach, sagte er. Und er sei schön kurz. Obwohl manche Leute denken, daß er b-e-a-u geschrieben wird, aber es ist einfach Bo: b-o.«

Monikas Eltern waren über unsere Namenwahl sehr verstimmt. »Bo?« fragte ihre Mutter am Telefon. Monika lag noch im Wochenbett und hatte mir mit einem Blick zu verstehen gegeben, daß sie ihre Mutter nicht sprechen wollte.

»Wie schreibt man das? B-e-a-u?«

»Nein, einfach: Bo, b-o«, sagte ich.

»Bo.« So wie sie es aussprach, klang es wie *Bôh*.

»Buh«, sagte ich.

»Was?«

»Buh! Kleiner Scherz.«

»Gib mir mal Monika.«

»Die schläft.«

»Du lügst, und ich weiß, daß du lügst, aber das ist nun mal deine Art. Ich kann nur hoffen, daß Bôh nicht zu sehr nach seinem Vater gerät.« Und als erschrecke sie selbst über ihre Unhöflichkeit in diesem für mich so denkwürdigen Augenblick, fügte sie hinzu: »Nun ja, wir sind natürlich nicht mehr so zeitgemäß wie ihr. Ihr werdet schon wissen, was das beste ist, nicht wahr?«

Die größte Ungerechtigkeit an der ganzen Geschichte mit Bo und meiner Unfruchtbarkeit ist, daß es nicht Monikas Eltern trifft, sondern meinen Vater: er hat sein einziges Enkelkind verloren. Noch keinen Augenblick habe ich auch nur erwogen, es ihm zu sagen – es würde ihm das Herz brechen. Seit dem Tod meiner Mutter hält sein Herz nicht mehr viel aus. Er arbeitet jeden Tag in dem Schuppen hinter dem Haus, das jetzt *sein* Haus ist – was er schrecklich findet.

Er restauriert alte Möbel und schenkt sie Altersheimen oder der Heilsarmee. Manchmal glaube ich, er will sich auf diese Weise doch noch ein Plätzchen im Himmel sichern oder in einem der Altersheime. Aber das sage ich nicht. Abends trinkt er ein Gläschen Rotwein und liest ein Buch oder sieht sich ein Fußballspiel im Fernsehen an. Wenn ich mit Ellen und Bo zu Besuch komme, lebt er richtig auf. Das macht mich traurig.

In den letzten Wochen habe ich oft gedacht: Wenn es Monikas Eltern gewesen wären, deren Blutsbande mit Bo so plötzlich durchtrennt worden wären, ihnen hätte ich es mit dem allergrößten Vergnügen gesagt. Ich wäre in meinem besten Anzug ins Auto gesprungen und hätte bei ihnen geklingelt, mit einem Grinsen im Gesicht. Und wenn sie nicht geöffnet hätten, dann hätte ich die Neuigkeit mit großen weißen Buchstaben auf die Straße geschrieben. »BO IST NICHT EUER ENKELKIND, HAHAHA!«

Aber wieso sollte Bo nicht ihr Enkelkind sein?

Vielleicht ist das ja der wichtigste Unterschied zwischen Mutterliebe und Vaterliebe: eine Mutter weiß immer hundertprozentig genau, daß ihr Kind auch wirklich ihr Kind ist. Eine Mutter braucht sich also nichts zu beweisen.

»Wo genau war dieser Spalt zwischen den Balken?«

Ich erschrecke; es ist, als nehme sie mich ins Verhör. Doch als ich sie ansehe, hat sie wieder dieses freundliche Lächeln um den Mund, das sie so anziehend macht. Sie ist kokett, denke ich bei mir. Wie so viele schöne Frauen.

»Ehrlich gesagt, weiß ich das nicht mehr genau«, sage ich. »Ich meine, ich sehe den Spalt vor mir, aber ich weiß nicht, wo er sich auf dem Dachboden genau befand. Von der Bodentreppe aus gesehen, zum Beispiel.«

Ich habe keine Ahnung, was für eine Bodentreppe ich mir dabei vorstellen muß. Haben sie eine Luke mit einer ausklappbaren Leiter, oder ist es eine richtige Treppe? Gibt es ein Bodenfenster? Auf der Straßenseite jedenfalls nicht.

»Auf der linken Seite des Bodens ist so eine Klappe mit einer Leiter. Ungefähr an dieser Wand.« Sie zeigt in eine Ecke des Wohnzimmers.

»So, daran hat sich dann jedenfalls nichts geändert.«

Wir nippen eine Weile schweigend an unserem Wein. Und gerade als ich denke, daß ich nun langsam gehen sollte – ich komme ja schließlich noch einmal wieder und muß jetzt vorsichtig manövrieren, ich will Bo sehen, den anderen Bo! –, erhebt sie sich vom Sofa und sagt: »Wir haben Fotos aus der Zeit vor dem Umbau. Vielleicht erinnerst du dich dann.«

Sie geht zu einem zweiten antiken Schrank und nimmt ein Fotoalbum heraus. Sie legt es vor mir auf den gläsernen Couchtisch, dessen Mahagonigestell zweifellos auch aus jenem Container vom Rotterdamer Kai stammt, und kniet sich daneben. Als ich mich vorbeuge, um besser sehen zu können, rieche ich ihr Parfüm. Cacharel. Das konnte Monika nicht ausstehen. »Übelst«, sagte sie. Aber ich mochte es. Und ich mag es noch immer.

Anke Neerinckx blättert mit ihren gepflegten Händen in dem Fotoalbum. Ich sehe einen Mann im Overall mit Farbspritzern. Niko? Ich weiß es nicht. Ein Kind spielt an einem Bretterstapel in einem schlammigen Garten. Bo?

»Hier«, sagt sie und schiebt das Album etwas weiter zu mir. »Das erkennst du bestimmt. Das kam zum Vorschein, als wir die Tapete der vorigen Bewohner herunterholten.« Ich sehe eine Wand mit grau-grün gestreifter Tapete. So etwas Häßliches habe ich noch nie gesehen.

»Verdammt«, sage ich. »Wie ist das möglich?« Und lache dümmlich. »Mein Vater hatte einen gräßlichen Geschmack. Meine Mutter übrigens auch. Gott hab' sie selig.«

»Wir haben viel Arbeit damit gehabt«, sagt Anke. Eine Strähne ihres dunklen Haars, das mit einer exotischen Nadel (Sri Lanka?) hochgesteckt ist, hat sich gelöst. Die Spitzen streifen ihre Wange. Sie streicht die Strähne mit der Hand weg, doch das Haar fällt sofort wieder zurück. Es ist eine schöne Geste, gerade wegen ihrer Vergeblichkeit.

Sie zeigt mir noch zwei Fotos von Zimmern, die ich nicht kenne, doch ich nicke zustimmend.

»Ja, so war es. Ich hatte es vergessen, aber nun erkenne ich es. So sah es früher bei uns aus.«

Und dann passiert es.

Sie blättert eine Seite in dem Album um. Ein Foto rutscht heraus. Es fällt auf den Boden, mit der Rückseite nach oben. Sie hebt das Foto auf. Blättert noch einmal zurück. Da, wo das Foto geklebt hatte, ist ein leerer, weißer Fleck. Sie legt das Foto wieder an seine Stelle, drückt die Ecken an und klappt das Album zu. Es dauert nur ein paar Sekunden.

Als wir uns an der Tür verabschiedet haben – »Ruf mich morgen an, dann machen wir was aus« –, als ich die Straße hinuntergelaufen und um die Ecke gebogen bin, als ich genau weiß, daß sie mich nicht mehr hören kann, schreie ich es heraus: »MOOONIKAAAA!«

Und dann renne ich los. Ich renne durch Pfützen, durch den Verkehr, durch eine Menschentraube, die sich vor der Tür einer Disco oder einer Moschee oder eines Theaters, ich habe keine Ahnung, gebildet hat, ich renne, bis ich völlig außer Atem bin, und renne doch immer weiter.

Es ist also wahr.

Niko Neerinckx ist der Vater meines Sohnes.

Warum sollte er sonst ein Foto von Monika in seinem Familienalbum aufbewahren?

DREIUNDZWANZIG

Dees ist sprachlos.

»Und jetzt?«

»Ja, das frage ich mich auch schon die ganze Zeit. Und jetzt?«

»Wann kommt er zurück?«

»In anderthalb Wochen.«

»Wer hätte das gedacht, ein paar Nachforschungen und voilà, da hast du den Täter. Niko … wie hieß der noch mal?«

»Neerinckx. Mit c-k-x.«

»Was für eine Vornehmtuerei. Niko Neerinckx. *Bo* Neerinckx. Mein Gott, ist das ein Theater. Whisky?«

Am nächsten Tag hatte ich sie wie vereinbart angerufen – die Frau mit dem hochgesteckten Haar und der Jogginghose, die Frau, die Gesellschaft brauchte, um sich das Trinken zu gestatten, die Frau des Mannes, der der Vater von Bo war, von zwei Bos sogar. Anke Neerinckx.

»Paßt es dir heute nachmittag?« fragte sie.

Es paßte mir.

Diesmal trug sie schwarze Jeans und ein weißes Herrenoberhemd, das ihr gut stand, wie ihr fast alles gut stehen dürfte. Sie ging mir voraus auf den Dachboden. Auf der Treppe blickte ich auf ihren Hintern – er tanzte direkt vor meinem Gesicht hinauf, ein schöner, straffer Hintern. Dann öffnete sie die Luke, die Leiter klappte mit kurzen Klicktönen herunter.

»Bitte«, sagte sie.

Auf dem Boden standen lauter Dinge, die auf einen Boden gehören. Koffer und Kartons und Skier und ein alter Ohrensessel. Ich betrachtete die Dachbalken. Es gab nur wenige Spalte.

»Erkennst du es wieder?«

»Nein«, sagte ich wahrheitsgemäß. »Es standen viel mehr Sachen herum, als wir hier wohnten. Es war ein richtiges Labyrinth. Deshalb war ich auch so gern hier. Ich konnte mich in einer anderen Welt wähnen.« Meine Fähigkeit, Anke Neerinckx mit Lügen zu überschütten, hatte noch nicht nachgelassen. Ich inspizierte die Dachkonstruktion und fand schließlich einen Spalt an einer Stelle, wo zwei Balken sich kreuzten, genau wie ich es mir vorgestellt hatte.

»Verdammt«, sagte ich. »Hier ist es.«

Sie stellte sich direkt neben mich. Wieder roch ich ihr Parfüm. Ich schaute angestrengt in den Spalt.

»Ich sehe nichts.«

Ich trat einen Schritt zurück, damit sie auch hineinsehen konnte. Ihr Arm berührte meinen.

»Nein«, sagte sie. »Aber warte mal.«

Sie ging zu einem großen Schrankkoffer, der neben der Luke stand, öffnete ihn und holte eine Taschenlampe heraus.

»Hier, probier's mal damit.«

Ich nahm ihr die Taschenlampe ab und knipste sie an. Sie funktionierte nicht.

»Ach ja, vergessen«, sagte sie und lachte. Ich gab ihr die Lampe zurück, sie schraubte sie auf, nahm die oberste Batterie heraus und steckte sie umgekehrt wieder hinein. »Kleiner Sicherheitstrick von Niko«, sagte sie. »Der dreht immer die Batterie um, damit das Ding nicht aus Versehen anbleiben kann.«

»Praktisch«, sagte ich.

»Überhaupt nicht.« Sie lachte, als hätte sie etwas Ungezogenes gesagt. Sie flirtet, dachte ich. So eine ist sie also, sie schäkert und flirtet. Doch wehe dem Mann, der daraus die falschen Schlußfolgerungen zieht. Sie gab mir die Lampe zurück, und ich leuchtete damit in den Spalt. Es war nichts zu sehen. Und wieder stellte sie sich neben mich, um auch nachschauen zu können. Ihr Gesicht kam meinem ganz nah. Ich spürte die Strähne, die sich heute, genau wie gestern, gelöst hatte, an meiner Wange. Ein Schauer überlief mich.

»Schade!« sagte sie und schaute mich an mit einem Blick, aus dem aufrichtige Enttäuschung sprach. »Schade, was?« sagte sie noch einmal. Ich schämte mich, daß sie jetzt enttäuscht war, während ich selbst natürlich nichts empfand – bis auf die verwirrende Erregung, die ihre Nähe in mir hervorrief. Ich lief noch einmal quer über den ganzen Boden, als hätte ich Zweifel über die Stelle. Vielleicht war es ein anderer Spalt gewesen? Aber es gab keinen anderen.

»Ich hatte früher immer Angst vor Dachböden«, sagte sie auf einmal.

»Warum?«

»Ich hatte Angst, daß sich dort fremde Männer verstecken würden. Und jetzt ... Jetzt nehme ich einfach so einen fremden Mann mit auf den Dachboden.«

»Ich bin ungefährlich.«

»Das weiß man nie.«

Wir stiegen die Leiter hinunter, erst ich, dann sie, so daß ich wieder ihren Hintern sah, der diesmal abwärts tanzte.

»Willst du die Kinderzimmer sehen?« fragte sie, als ich die Leiter hochgeklappt und die Luke geschlossen hatte.

»Wo hast du früher geschlafen?«

»Hinten raus.«

»Das ist Bos Zimmer.«

Dacht ich's mir doch. Sie ging mir voraus in das Zimmer. Dort erinnerte nichts an das von meinem Bo. *Meinem* Bo?! Der hatte erst ein eigenes Zimmer bekommen, als er vier war. Nicht lange nach Monikas Tod hatte ich über einen Geschäftspartner meines Vaters eine andere Wohnung gefunden. »Es ist nicht gut, wenn du hier wohnen bleibst«, hatte mein Vater gesagt. Ich glaube, meine Eltern wußten wohl, daß ich meinen Kummer in der Kneipe herunterspülte. Doch sie sprachen es nie an. Sie fragten aber regelmäßig, wie es mir gehe, und luden mich zum Essen ein oder zu einem gepflegten Glas Wein, wie mein Vater sagte. Ich folgte ihren Einladungen nicht oft. Das zu erklären fällt mir auch jetzt noch schwer, es hatte mit Scham zu tun. Ich hatte das Gefühl, versagt zu haben. Meine Mutter und mein Vater waren schon so lange zusammen, und auch wenn sie einander vielleicht nicht mehr richtig glücklich machten, *unglücklich* machten sie einander auch nicht. Und ich? Was hatte ich dagegenzusetzen? Knapp fünf Jahre hatten Monika und ich zusammengelebt. Und natürlich war es nicht meine Schuld, daß sie sterben mußte, wie ihre Eltern mir einreden wollten, und doch ... Wenn ich den Arzt eher gerufen hätte, würde sie dann noch leben? Ich habe diesen Gedanken weit von mir geschoben, aber ganz verbannen kann ich ihn nicht. Das Gefühl, meinem Vater ebenbürtig zu sein, das in mir wuchs, als Monika schwanger war, dieses Gefühl ist mit ihr begraben worden. Ich war zurückgefallen. War wieder Sohn. Es tat mir weh, daß ich meine Mutter enttäuschte, aber ich fand nicht die Worte, ihr zu erklären, was in mir vorging.

Bos Zimmer in unserer neuen Wohnung war nicht sehr groß, nicht viel größer als das Zimmer von dem anderen Bo, in dem ich jetzt stand. Aber man konnte sich schwerlich zwei unterschiedlichere Zimmer vorstellen. Hier lag feuerwehrrotes Linoleum auf dem Fußboden, bei meinem Bo, *meinem* Bo?, grober Sisal. Hier stand ein Bett mit einer Ajax-Bettdecke, und an der knallgelben Wand gegenüber dem Fenster hing ein großes Poster von Bert und Ernie. Bei Bo lag, auf seinen ausdrücklichen Wunsch hin, eine Matratze auf dem Fußboden. »Ganz nah am Boden ist die Welt am schönsten«, sagte er. Tagsüber lag darauf eine Flickendecke, die meine Mutter für ihn gemacht hatte. An den Wänden von Bos Zimmer hingen Dutzende Fotos von exotischen

Tieren aus der *National Geographic*. Furchterregende Spinnen mit behaarten Beinen, eine Seekuh mit ihrem Jungen, eine Beutelratte, ein Flughund, viele Echsen. In all den Jahren hat sich sein Zimmer kaum verändert. Die Flickendecke ist durch ein südamerikanisches Tuch ersetzt worden, das Ellen von einer ihrer Reisen mitgebracht hat. Bos Mäuse hatten auf die Decke gepinkelt, und ein Meerschweinchen hatte Löcher hineingefressen. Die Echsen an der Wand haben im Laufe der Zeit, als Bo aus der Mäuse- und Meerschweinchenphase herausgewachsen war, Gesellschaft von richtigen Echsen in einem Terrarium bekommen. Als er zehn war, tauschte er die Bilder an der Wand gegen einen Satz Dinosaurierposter aus. Sie hängen immer noch. Und neben dem Terrarium stehen inzwischen jede Menge Gläser und Plastikbehälter, in denen er Insekten als Futter für die Echsen und als Studienobjekte züchtet. Unter all dem Spielzeug, das ich im Zimmer von *diesem* Bo sah, dem Bo von Niko und Anke Neerinckx, war nichts, womit mein Bo jemals gespielt hatte.

»Er ist bestimmt ein fröhliches Kerlchen«, sagte ich, um irgendwas zu sagen.

»Das hat er von mir«, sagte sie, »und nicht von seinem Vater.«

Das andere Kinderzimmer war eine Kopie des ersten, nur daß das Feuerwehrrot und das Kanariengelb hier durch Kobaltblau und Apfelgrün ersetzt waren. Und statt eines Bettes standen hier zwei. Beide mit einem Ajax-Bezug.

»Ich wollte kein Mädchenzimmer für Sam«, sagte sie. »Und Pim gefällt es, mit seinem Schwesterchen in einem Zimmer zu schlafen. Besser als mit Bo, denn dann ist er immer der Kleinere. So kann er wenigstens den großen Bruder spielen.« Ihr Geplauder über die Kinder gab unserem Zusammensein fast etwas zu Intimes. Das Schlafzimmer von ihr und Niko blieb mir allerdings verschlossen. Und mir fiel so schnell kein Vorwand ein, warum ich auch das hätte sehen wollen.

»Hast du eigentlich Kinder?« fragte sie, als wir wieder unten waren.

»Nein«, sagte ich. Und ich dachte: Du lügst die Wahrheit.

»Ich werd dir jetzt mal was sagen, was dir wahrscheinlich nicht gefallen wird.«

Dees hat eine ganze Weile geschwiegen und zwei Whisky getrunken. Derweil habe ich an Anke Neerinckx gedacht und an die Fotos, die sie mir zeigte. Wieder hatte sie sich damit einen Vorwand verschafft, ein Glas Wein zu trinken – um zwei Uhr nachmittags.

»Ich glaube, du würdest besser daran tun«, sagt Dees, »ihn nicht damit zu konfrontieren. Warte, warte, warte doch mal! Ich habe doch gesagt, daß dir das nicht gefallen wird, was ich dir sagen will, aber ich bin dein bester Freund. Laß mich wenigstens ausreden.«

Ich lehne mich in meinem Stuhl zurück und verschränke die Arme.

»Das unwillige Ohr«, sagt Dees, »so sollte man diese Haltung nennen. Aber versuch doch mal, dir vorzustellen, Armin, was passiert, wenn du ihm erzählst, was du herausgefunden hast.« Wenn Dees mich Armin nennt, meint er es ernst.

»Zum Beispiel könnte er das Sorgerecht einklagen.«

»Warum sollte er das tun nach all den Jahren?«

»Weil seine eigene Ehe in die Brüche gehen könnte, zum Beispiel. Was meinst du, wie Anke reagiert, wenn sie dahinterkommt, daß er ihren ältesten Sohn nach einem Kind benannt hat, das er mit einer anderen Frau zeugte! Ich glaube nicht, daß sie das einfach so hinnehmen wird. Er wird also der Meinung sein, daß du seine Ehe zerstört hast. Und das einzige, was er dann tun kann, um doch noch etwas davon zu haben, daß er dieses Kind nun mal gezeugt hat, ist, das Sorgerecht einzufordern.«

»Er würde vor dem Richter nicht die geringste Chance haben.«

»Erstens bin ich mir da gar nicht so sicher, aber was mir noch wichtiger scheint: Willst du, daß es zu einem Prozeß kommt? Willst du dir das antun? Und Bo? Und Ellen?«

Ich nehme einen Schluck Whisky. Es stimmt schon, was er sagt. Es ist wirklich viel vernünftiger, die Sache auf sich beruhen zu lassen.

»Aber ich will Antworten, Dees«, sage ich. »Ich will wissen, wie und warum und wann und wo und noch viel mehr.«

»Willst du das wirklich? Wird es dir helfen, wenn du weißt, wie Monika sich vor ihm auszog? Willst du im Ernst wissen, ob sie einen Orgasmus hatte? Ob es bei euch zu Hause passiert ist oder bei ihm oder auf einem Tisch voller bunter Reiseprospekte in diesem erbärmlichen Reisebüro? Bringt es dich irgendwie weiter zu wissen, ob ihn die Narbe auf ihrem Bauch erregt hat? Ich meine nur, Armin, wenn du erst einmal mit ihm redest, wenn du ihn ausfragst, dann hast du nicht mehr in der Hand, was du zu hören bekommst und was nicht. Denk an den Schmarren, den Robbert dir weismachen wollte. Es kann gut sein, daß es viel schwieriger ist, mit den Antworten zu leben als mit den Fragen. Das wollte ich nur gesagt haben. Noch zweimal dasselbe für uns!«

Ehrlichkeit ist die Basis aller Freundschaft, doch sie kann eine Freundschaft auch zerstören. Genau wie die Liebe.

Anke Neerinckx hat mir ein Foto ihres ältesten Sohnes gezeigt.

»Wie alt ist er da?«

»Fünf.«

»Und jetzt?«

»Fast neun.«

Der fünf Jahre alte Bo sitzt auf einem Plastiktraktor. Der Traktor steht vor einem Gartenzaun. Der Junge späht über den Zaun in die Welt hinaus. Eine große Sehnsucht liegt in seinem Blick.

»So klein wie er ist«, sagt die stolze Mutter, »er ist doch schon ein richtiger Mann. Träumt von großen Abenteuern.«

»Träumen Frauen denn nicht von Abenteuern?«

»Doch. Aber im Unterschied zu den Männern suchen sie die Abenteuer nicht in der Ferne.«

»Living on the edge at home.«

»Genau.«

Unsere Blicke treffen sich. Und unsere Körper berühren sich, ganz flüchtig. Auf der Couch, zwischen uns das Fotoalbum, das auf ihrem Schoß liegt und auch ein bißchen auf meinem.

Ellen hat mich einmal mit einem stumpfen Messer verglichen. »Darum gewinnst du so schnell das Vertrauen von Frauen«, sagte sie. Ich wußte nie, ob ich darüber froh sein sollte oder nicht, doch jetzt überkommt mich zum ersten Mal seit Jahren die Lust, dieses Vertrauen auf schändliche Weise zu enttäuschen. Aber ich tue nichts. Rühre mich nicht. Ich betrachte das Foto von dem Jungen auf seinem Traktor. Und der Moment geht vorüber, und sie schlägt die Seite um, und gemeinsam schauen wir uns ein Foto von ihr und Niko an, wie sie lachend mit Farbpinseln herumhantieren.

Das Leben ist eine endlose Aneinanderreihung von Umbauarbeiten.

VIERUNDZWANZIG

Am Morgen von Bos achtem Geburtstag stand ich um fünf auf. Ich machte Licht in der Küche, setzte Wasser auf, duschte. Mit nassen Haaren briet ich Eier und Speck, füllte eine große Thermoskanne mit Kaffee und eine kleinere mit Tee. Ich starrte mein Spiegelbild in der Fensterscheibe an, während die Butter in der Pfanne spritzte. »Du wirst alt und häßlich«, sagte ich zu mir. Dann weckte ich Bo.

»Bo! Bo! Herzlichen Glückwunsch!«

Wir aßen schweigend Müsli und Obst zum Frühstück, und als Bo sich anzog, machte ich herzhafte Sandwiches mit Eiern, Speck und Mayonnaise statt Butter und viel Salz, genau so, wie er sie am liebsten mochte.

Erst im Auto wurde Bo richtig wach.

»Wo ist mein Geschenk? Bekomme ich kein Geschenk?«

»Wir gehen angeln, ist das kein Geschenk?«

In den fünf Jahren mit Monika bin ich nicht ein Mal angeln gewesen. Es war das einzige wirkliche Opfer, das ich für sie bringen mußte. Angeln hätte sie mir nie verziehen. »Einfach so aus Spaß einem lebendigen Tier einen Haken ins Maul zu spießen«, sagte Monika, als sie in einer Ecke meines Zimmers meine Angeln entdeckte, »das ist so ziemlich das Niederträchtigste, wozu ich einen Menschen für fähig halte.«

»Ist das ein Grund, um es dir anders zu überlegen?« fragte ich. Sie hatte gerade ihrem Freund Robbert gebeichtet, daß ein anderer Mann in ihr Leben getreten sei. Das waren ihre Worte, nicht meine – wenn es um die Liebe ging, bevorzugte Monika hochtrabende Formulierungen. Sie sagte auch nie »vögeln«, sondern »sich lieben« oder »mit jemandem schlafen«. Obwohl, was sie tat, was *wir* taten, in meinen Augen nun wirklich vögeln war.

»Es müßte ein Grund sein, daß ich es mir anders überlege«, sagte sie. »Doch ich fürchte, daß das Fleisch auch diesmal wieder stärker ist als der Geist.«

»Würde es helfen, wenn ich verspreche, nicht mehr zu angeln, solange es dich in meinem Leben gibt?«

»Das würde sicher helfen«, sagte Monika. Und so geschah es. Ich ging erst wieder angeln, als Bo fünf Jahre alt war, und nur deshalb, weil er es so gern wollte.

Bo sah mich prüfend an, als ich sagte, daß Angeln doch auch ein Geschenk sei. Aber ich konzentrierte mich auf die Straße, die neblig war und noch in Dunkel gehüllt, und schwieg. Der östliche Himmel war tiefviolett, als wir zum Bootsverleih kamen. Zögernd nahm das Land erste Farben an.

»Deine Angel!« rief ich, als ich die Heckklappe geöffnet hatte. »Wir haben deine Angel vergessen!«

Bo schwieg.

»Dann mußt du eben immer mal meine nehmen.«

Bo starrte auf den Boden.

»Komm.«

Er zögerte, aber nicht lange.

»He«, sagte ich, als der Mann vom Bootsverleih uns unseren Kahn gezeigt hatte. »Was ist denn das?« Ein dunkelgrüner, länglicher Gegenstand mit einer gelben Schleife lag darin.

»Mein Geschenk!« rief Bo erstaunt.

Und so ruderten wir auf den Tümpel hinaus. Die Ufer waren leer, es war ganz still. Nur ein Teichhuhn sah uns, erschrak und zog sich wieder ins Schilf zurück. Bos kleine Hand umklammerte seine neue Angel. Seine Knöchel waren weiß. Ab und zu tauchten unsere Schwimmer unter. Ab und zu blubberte und spritzte es.

Um neun ruderte ich das Boot zum Ufer zurück. Ein Café öffnete gerade. Von dort aus rief ich Bos Schule an.

»Mein Sohn ist krank.«

»Nichts Ernstes hoffentlich.«

»Nein, nichts Ernstes.«

»Würden Sie ihm dann bitte einen schönen Geburtstag wünschen?«

Am Ende des Tages hatten wir zusammen elf Plötzen, vier Bleie, sechs Brachsen und einen Spiegelkarpfen. Den Spiegelkarpfen hatte Bo gefangen. Es war der erste Karpfen seines Lebens, und es war ein Wunder, daß seine Leine gehalten hatte. Als der Fisch auf dem Boden des Kahns lag und mit seinem großen Maul nach Luft schnappte, beugte ich mich über ihn und sog den Geruch ein.

»Was riechst du?« fragte Bo.

»Riech mal selbst.«

Er beugte sich über den Fisch und schnupperte.

»Ich rieche Fisch.«

»Und den wundersamen Duft des Wasserreiches«, sagte ich.

Er schnupperte noch einmal und nickte. »Ja«, sagte er, »den wundersamen Duft des Wasserreiches.«

Nächste Woche wird Bo vierzehn. Zum ersten Mal habe ich keine Idee, was ich ihm schenken könnte.

FÜNFUNDZWANZIG

»Das Licht und die Finsternis, das Leben und der Tod, die Rechten und die Linken sind Brüder voneinander«, schreibt der Evangelist Philippus. »Es ist nicht möglich, daß sie sich voneinander trennen. Deswegen sind weder die Guten gut, noch sind die Bösen böse, ist weder das Leben lebendig, noch ist der Tod tödlich.«

Monika betrog Robbert P. F. Hubeek mit mir. Monika betrog mich mit Niko Neerinckx. Ich betrog Monika mit Ellen. Ellen betrog Monika mit mir.

Ein Mal.

Es passierte ein halbes Jahr nach jener Nacht, in der Monika uns erzählt hatte, daß sie schwanger sei. An einem kalten Samstagabend im Januar ging ich allein in die Stadt. Durch die Schwangerschaft war Monika seit einiger Zeit müde und gereizt. Sie lag in eine Decke gewickelt auf dem Sofa und sah fern, ihr Bauch wölbte sich unter dem Schottenkaro.

»Tschüß«, sagte ich und küßte sie auf die Stirn.

»Viel Spaß.«

Die Luft war klar, und die Parkbäume standen reglos in der Winterabendstille. An den Rändern des Teiches bildete sich das erste Eis. Eine Ente quakte. Ich beschloß, mein Rad stehenzulassen und in die Innenstadt zu laufen. Die Stadt kann mein größter Feind sein, wenn die Straßen überschwemmt werden mit Autos und Mopedkurieren und ungeduldigen, übellaunigen Fußgängern und Radfahrern, die nur ihr eigenes Überleben im Sinn haben – aber auch mein bester Freund. An diesem Abend half die Stadt mir, das Unbehagen zu vertreiben, das ich seit einigen Tagen verspürt hatte und das in unserer Wohnung an der Ceintuurbaan hing wie kalter Zigarettenrauch.

Im Café De Kerk trank ich zwei Bier und belauschte ein verworrenes Gespräch zwischen Ramses Shaffy und einer heruntergekommenen Frau, in deren Handtasche ein winziger Yorkshireterrier saß, der jedesmal, wenn der berühmte Sänger und Schauspieler die Stimme hob, nervös zu fiepen anfing.

»Wir spinnen selbst die Fäden unseres Lebens, doch Gott webt den Teppich!«

De Kerk war der ideale Ort, einen fröhlichen Zechabend zu beginnen. Oder zu beenden.

Auf dem Muntplein warf ein Junge einen Milchshakebecher gegen eine vorbeifahrende Straßenbahn. Der rosafarbene Shake spritzte in alle Richtungen und hinterließ einen bizarren Fleck auf dem Fenster. Ein Passagier erhob den Mittelfinger.

Ich lief den schmalen Gehweg entlang, der das Wasser auf dem Rokin von der Fahrbahn trennt. Wieder quakte eine Ente. Ohne Vögel wäre die Stadt absolut unbewohnbar. Königin Wilhelmina saß wie immer versteinert auf ihrem Pferd. Sie sah aus, als könnte sie die dicke Winterjacke gut gebrauchen, die sie auf einem anderen Denkmal trägt, am anderen Ende der Stadt, auf einem Platz, der nach ihr benannt ist.

Bei Zeppos, in der engen Gasse mit dem wunderbaren Namen Gebet Ohne Ende, trank ich noch zwei Bier, beobachtete die Studentinnen und Studenten und stellte zum wiederholten Male zufrieden fest, wie froh ich war, daß Monika und ich der Universität endgültig den Rücken gekehrt hatten. Diese Spießigkeit tat meinen Augen weh. Ich hatte nicht übel Lust, ein paar dieser Kerle mit Goldbrille und gestreiftem Hemd mal richtig zu provozieren. Monikas Vater gegenüber hatte ich kurz zuvor behauptet, daß meiner Ansicht nach nur wenige Dinge unverzeihlich seien. Intelligent und trotzdem rechts zu sein, gehöre auf jeden Fall dazu. Was ihrem Vater zufolge bewies, wie himmelschreiend mein Mangel an Intelligenz sei und wie falsch die Wahl seiner Tochter.

Ich beherrschte mich, dieses Mal, bezahlte die Getränke und setzte meine Tour fort. Die Nacht war noch jung. Warum sollte ich meine Zeit mit Jungen vertun, die sich an Börsenberichten aufgeilten, und Mädchen, die glaubten, daß man sich einen Pullover um den Hals binden müsse, statt ihn an- oder auszuziehen.

Ich beschloß, mir im De String auf der Nes noch ein wenig Livemusik anzuhören, bis es spät genug sei, in die Disco zu gehen. Monika und ich mochten zwar demnächst Eltern werden, doch wir hatten uns geschworen, uns nicht in brave Stubenhocker zu verwandeln. Und heute abend wollte ich dieses Versprechen einlösen. Ein bißchen trinken, ein bißchen tanzen, ein bißchen schönen Mädchen hinterherschauen, ein bißchen flirten und schließlich müde und trunken, aber zufrieden nach Hause wanken und neben ihren warmen, schwangeren Leib kriechen. Das wollte ich tun – und das hätte ich auch getan, wenn mir nicht im De String Ellen über den Weg gelaufen wäre.

Sie errötete, als sie mich sah. (»Du bist rot geworden, als du mich gesehen hast«, würde Ellen später sagen.) Wir hatten uns seit jener wundersamen Nacht nur noch einmal gesehen, und das war in der Gesellschaft von Monika gewesen, in der wir uns beide wohl gefühlt hatten und in der, was wir füreinander empfanden, genauso selbstverständlich war wie das, was wir für sie empfanden. Genau wie damals war Ellen auch diesmal braungebrannt, eine Bake der Gesundheit in einem Meer von holländischem Grau.

Ein Quartett spielte irische Trinklieder und Balladen voller Seemannsromantik und Emigrantenleid. Ich bestellte einen Jameson mit Eis. Ellen trank Rotwein.

»Wie geht es dir?«

»Gut.«

»Bist du allein hier?«

»Ja. Du auch, wie man sieht.«

»Monika ist zu schwanger für Samstagabendstreifzüge. Wo bist du zuletzt gewesen?«

»In Ecuador.«

»Doch nicht wieder mit ... wie hieß der Kerl noch mal?«

»Niko. Nein, mit einer Reisegruppe. Anstrengend. Aber schön. Und weniger frustrierend als mit jemandem, der deine Liebe nicht erwidert.«

Ein Paar an einem Tisch in der Ecke des kleinen Saals stand auf und ging. Ellen und ich schoben uns schnell durch die Menge, um die frei gewordenen Stühle zu ergattern. Eine Weile lauschten wir schweigend der Musik. Dann zupfte Ellen mich am Ärmel, und ich beugte mich zu ihr, damit sie die Musik nicht zu überschreien brauchte. Den Mund dicht an meinem Ohr, fragte sie: »Warst du vorher schon einmal mit zwei Frauen gleichzeitig im Bett?«

Ich lachte und schüttelte den Kopf. »Und du ... ich meine?«

»Nein.«

Wieder schwiegen wir, und als ich sie flüchtig von der Seite ansah, bemerkte ich, daß ein Lächeln um ihren Mund spielte. Sie wandte mir das Gesicht zu, sah mir in die Augen, und das Lächeln wurde breiter.

»So was geht nur mit Monika«, sagte sie.

Und ich nickte und dachte: Es ist noch nicht vorbei.

Für Ehebruch gibt es immer eine Entschuldigung. Neuesten soziobiologischen Erkenntnissen zufolge ist der Drang zum Fremdgehen sowohl bei Männern als auch bei Frauen genetisch verankert: Ehebruch, sofern unentdeckt, vergrößert die Fortpflanzungsaussichten.

Wir blieben, bis das Quartett aufhörte zu spielen. Dann schlug ich vor, woandershin zu gehen. Draußen hakte sich Ellen bei mir ein und führte mich in eine mir unbekannte

Kneipe in einer mir ebenso unbekannten Gasse. Es war nicht zu voll und nicht zu ruhig. Als wir eintraten, erklang gerade ein Titel von The Velvet Underground, und die ganze Nacht hindurch würden dort alte Hits von Dr. Hook and the Medicine Show und Creedence Clearwater Revival und den Rolling Stones gespielt werden. Das Publikum glich einem sorgfältig ausgewählten Querschnitt dessen, was einem im Amsterdamer Nachtleben alles begegnen kann, wodurch eine für diese Stadt sehr untypische Gemütlichkeit erzeugt wurde. Wir machten es uns an einem Tisch auf einem Podest im hinteren Teil des Lokals bequem, und Ellen bestellte eine Flasche Rotwein und zwei Gläser – auch das sprach für diese Kneipe: daß man den Wein flaschenweise bestellen konnte und dann für zwei Zehner einen mehr als anständigen Rioja bekam statt eines säuerlichen Corbières oder eines Côtes-du-Rhône, der im Supermarkt vier Gulden fünfundsiebzig pro Liter kostete.

»Auf das neue Leben«, sagte Ellen.

»Auf das neue Leben.«

»Was sind die zwei wichtigsten Dinge, die du deinem Kind mitgeben willst?« fragte sie.

Ich mußte einen Moment überlegen. Ich dachte selten so konkret über das Vatersein nach.

»Liebe und ein tiefes Mißtrauen gegenüber vorgefertigten Meinungen«, sagte ich dann.

»Welchen Ort in den Niederlanden würdest du ihm oder ihr am liebsten zeigen?«

»Das Wattenmeer bei Ebbe im Herbst, wenn dort ein Wanderfalke jagt und die Sonne durch Wolken von Stelzenläufern buchstäblich verdunkelt wird.«

»Welche Musik willst du ihn hören lassen?«

»Bachs *Matthäus-Passion*.«

»So etwas Trauriges!«

»Aber auch Tröstliches. Und alles von Dolly Parton natürlich.«

»Was ist deine früheste Erinnerung?«

»Ist das ein Verhör?«

»Ja.«

»Daß ich mich als Prinzessin verkleidet habe. Wir hatten zu Hause einen großen Korb mit alten Kleidern. Da war auch der Schleier drin, den meine Mutter bei ihrer Hochzeit getragen hatte. Den habe ich aufgesetzt. Was ich noch anhatte, weiß ich nicht mehr. Aber ich erinnere mich, daß ich vor dem Spiegel stand und daß ich mich sehr schön und sehr anmutig fand. Meiner Mutter zufolge war ich damals drei.«

»Wer war deine erste große Liebe?«

»Jacqueline van Essen. In der dritten Klasse. Ein Mädchen mit Brille, einem runden Gesicht und Pausbacken, wie Königin Beatrix sie auf Jugendfotos hat. Sie nannte mich ihren Augenstern. Darüber habe ich viel nachgedacht, über dieses Wort: Augenstern, Augen-Stern. Ein schönes Wort. Und mysteriös. Warum nannte man jemanden seinen Augenstern? Aber ich fühlte mich sehr geschmeichelt. Und war auf der Stelle verliebt. Hat bestimmt ein halbes Jahr gehalten, was in diesem Alter natürlich eine Ewigkeit ist.«

So saßen wir und redeten, bis der Wein ausgetrunken war. Danach bestellte ich noch ein Bier und Ellen ein Mineralwasser.

Als wir wieder draußen standen, sagte ich: »Ich bring dich nach Hause.«

She lives on Love Street, lingers long on Love Street sang drinnen Jim Morrison.

»Du mußt doch in eine ganz andere Richtung?«

»Monika würde es mir nie verzeihen, wenn ich ihre beste Freundin mitten in der Nacht allein nach Hause gehen lasse.«

Es war nicht weit bis zu Ellens Wohnung. Sie wohnte am Rand des Jordaan. Und natürlich fragte sie, ob ich noch mit hochkommen wolle, um mich aufzuwärmen. Es fror inzwischen kräftig, und ein Ostwind war aufgekommen, der durch meinen Mantel hindurchblies. Und außerdem: der Abend war einfach nicht danach gewesen, sich vor einem windigen Hauseingang zu verabschieden.

Ihre Wohnung war klein und schlicht. Dielenböden, hier und da ein Teppich oder Läufer aus Asien oder Lateinamerika. Ein einziges Bücherregal voller Reisebücher. Ein hölzerner Buddha auf dem Kaminsims. Ein Poster von guatemaltekischen Indianern an der Wand. Sie setzte in der winzigen Küche Wasser auf und kam zu mir aufs Sofa. Und noch ehe das Wasser kochte, küßten wir uns. Und noch ehe der Tee gezogen hatte, lagen wir auf dem Fußboden, meine Hände glitten über ihre Brüste, und sie blies mir sanft ins Ohr.

Alles war vertraut, und alles war neu.

Wir gingen in ihr Schlafzimmer. Sie nahm die Teekanne und zwei Tassen mit. Sie zündete zwei Kerzen an. Wir zogen uns aus und krochen in ihr Bett, das kalt war, aber schnell warm wurde. Wir küßten und streichelten uns, und sie sagte: »Ein Mal. Nicht öfter.«

Und ich sagte: »Ja, ein Mal.« Und wir sahen einander an, als ich in sie eindrang, und sagten wieder: »Ein Mal.«

Danach tranken wir unseren Tee, eng aneinandergeschmiegt, die Zudecke so hoch gezogen wie nur möglich. Und ich sagte: »Es war noch nicht vorbei.«

Und sie sagte: »Nein.«

Doch auf einmal klangen unsere Stimmen anders. Auf einmal waren wir unser nicht mehr so sicher. Und als ich meinen Tee ausgetrunken hatte, zog ich schnell meine Kleider an und küßte sie zum Abschied.

»Paß auf dich auf«, sagte sie noch.

Auch das Geheimhaltenwollen des Ehebruchs ist genetisch bedingt, sagen die Soziobiologen. Entdeckung erhöht die Gefahr von Gewalt und Verlassenwerden und vermindert somit die Überlebenschancen der Nachkommenschaft. Doch Dees meint, daß Soziobiologen an chronischem Wissensmangel auf dem Gebiet der Molekularbiologie leiden und ihre Theorien auf Sand gebaut sind.

SECHSUNDZWANZIG

»Buchhalter sind das«, sagt Dees. »Und noch nicht einmal kreative Buchhalter.«

Wir sitzen beim dritten Glas Cognac. Das Thema »Der biologische Vater von Bo«, inzwischen eingegrenzt auf »Niko Neerinckx«, haben wir nach Dees' weisen Worten über das Leben mit Fragen und das Leben mit Antworten nicht mehr berührt. Vom Schmelzen des Polareises über die Einkaufspolitik von Feyenoord sind wir wie von selbst bei einem seiner Steckenpferde gelandet.

Er sagt: »Sie führen die Bücher eines bankrotten Weltbildes, so wie die Rechenmeister des Dritten Reiches, die noch systematisch aufzeichneten, wieviel Zyklon B sie verbrauchten, als die alliierten Bombenflugzeuge schon das halbe Land in Schutt und Asche gelegt hatten und die Russen in Berlin einmarschierten.«

Wenn Dees sich aufregt, fängt er immer vom Krieg an. Das hat er von seinem Vater. »Das sind die Gene«, sagt er selbst, dabei weiß er wie kein anderer, daß das Unsinn ist. Daß alles in unseren Genen liegt, ist die größte populäre Lüge unserer Zeit – sagt Dees.

»Diese sogenannten modernen Biologen haben ein paar Hypothesen, wie die Welt funktioniert, und alles, was diese Hypothesen unterstützt, wird bis zum Überdruß erforscht und aufgedröselt. Sie tun nichts anderes, als gewissenhaft und verzweifelt zu beweisen, daß ihr reduktionistisch-mechanistisches Weltbild stimmt. Natürlich gibt es hier und da auch mal einen Naseweis, der vorschlägt, Dinge zu untersuchen, die dieses Weltbild untergraben. Was sage ich: ab und zu gibt es sogar mal einen Verrückten, der solche Untersuchungen durchführt und einen Artikel darüber schreibt!«

Er nimmt noch einen Schluck Cognac.

»Solche Artikel veröffentlichen wir natürlich nicht. Es wird *nicht* geflucht in unserer Kirche!«

Es gibt kein besseres Mittel gegen Depression, Verzweiflung, Niedergeschlagenheit und das Gefühl völliger Hilflosigkeit, als einen Abend lang mit Dees über den Zustand der Welt im allgemeinen und den der Wissenschaft im besonderen zu diskutieren. Dees arbeitet schon seit Jahren an einem Buch, in dem er beweisen will, daß Darwins Evolutionstheorie nicht stimmt.

»Die Mikrobiologie wird Darwin den Gnadenstoß versetzen, paß nur auf!« Das sagte er in der Zeit, als er mich aus dem Verlag verbannt hatte, weil er fand, ich müßte erst einmal den Verlust von Monika verarbeiten, auch wenn er es nicht so formulierte. In jenen Tagen sahen wir uns nur in der Kneipe, wo ich öfter war als er – und das will was heißen. Manchmal brachte ich Bo zu meinen Eltern, die ihn in meinem alten Zimmer schlafen ließen, in meinem alten Bett, in dem ich ein Mal mit Monika geschlafen hatte. Meine Eltern waren im Urlaub. Wir kümmerten uns um die Post und die Pflanzen. Wir fühlten uns wie unartige Kinder. Hinterher fragte Monika: »Worüber hast du als Teeny phantasiert?« Und als ich es ihr erzählte, mußte sie so laut lachen, daß sie ins Bett machte. Aber das wußten meine Eltern alles nicht und Bo, Gott sei Dank, auch nicht.

Meistens nahm ich Bo einfach mit in die Kneipe. Er konnte dort wunderbar schlafen, und niemand bemerkte es, weil er seine Augen nicht mehr schloß. In der Kneipe hatte er nie Alpträume. Er trank große Gläser Milch oder Apfelsaft aus einem Fläschchen. Und er fand, daß es dort gut roch. »Hier stinkt es aber lecker«, sagte er bei seinem ersten Kneipenbesuch. Von Passivrauchen sprach seinerzeit noch niemand – die grünen Fundamentalisten mußten erst noch erfunden werden.

»Zu Darwins Zeiten«, sagte Dees, »hatte man keine Ahnung, wie eine Zelle von innen aussieht. Deshalb konnte er leicht behaupten, daß sich das Auge aus lichtempfindlichen Zellen entwickelt habe. Was wußte er schon, was in einer lichtempfindlichen Zelle vor sich geht – geschweige denn *wie* es vor sich geht. Er hatte nicht den blassesten Schimmer davon, was alles dazugehört, auch nur die simpelste Funktionsveränderung in einer Zelle zustande zu bringen, ganz zu schweigen von einer strukturellen *Verbesserung*. Darwin konnte nicht wissen, daß Zellen aus lauter irreduzibel komplexen Systemen bestehen – und solche Systeme sind tödlich für die Evolutionstheorie.«

Irreduzibel komplexe Systeme, hat Dees mir seitdem mehrfach erklärt, können nicht Schritt für Schritt entstehen, über kleine, zufällige genetische Mutationen. Sie funktionieren, genau wie zum Beispiel eine Mausefalle, nur, wenn sich alle Teile an der richtigen Stelle befinden und im richtigen Moment die richtige Funktion erfüllen. Ist ein Teil nicht vorhanden, oder tut es nicht, was es tun sollte, funktioniert das ganze System nicht – und ist damit eine nutzlose Adaptation, die unter dem Druck der natürlichen Auslese wieder verschwinden wird.

»Jeder Molekularbiologe«, fuhr Dees fort, »weiß heutzutage, daß die übergroße Mehrheit der Systeme, die er erforscht, irreduzibel komplex ist. Und daß somit das Fundament der ganzen modernen Biologie durch und durch morsch ist. Nur: keiner wagt es zu sagen. Denn dann würde das ganze neodarwinistische Kartenhaus in sich zusammenfallen!«

Dees trank in jenen Tagen Margueritas, was etwas mit einer Urlaubsliebe zu tun hatte. Ich trank Rotwein. Im Rotweinrausch wird Kummer größer und zugleich erträglicher. Ich konnte Dees zuhören, und währenddessen konnte mein Kummer über Monikas Tod so groß werden, daß das ganze

Lokal davon erfüllt wurde. Dann war es, als erreichten mich der ganze Lärm, die Stimmen, die Musik durch eine Wand aus Watte. Nur die Stimme von Dees blieb klar, jedes Wort seiner leidenschaftlichen Argumentation drang laut und deutlich zu mir durch, so daß ich sie – zu seiner Verblüffung – Jahre später noch fast wörtlich wiedergeben konnte. Gleichzeitig war es, als säße ich nicht mehr auf diesem Stuhl, ihm gegenüber an diesem Tisch, mit meinem dreijährigen Sohn auf dem Schoß, sondern schwebte durch den Raum, durch den Zigarettenqualm und den Gestank von abgestandenem Bier, verschwitzten Leibern, billigem Parfüm und beobachtete das Treiben aus der Höhe wie ein Vogel, eine tote Seele, Gott. Und um mich herum schwoll mein Kummer immer mehr an, füllte die Stadt, das Land, die Stratosphäre. In solchen Momenten glaubte ich zu wissen, was Bo träumte, wenn er von der Welt fiel.

»Ich sage dir«, sagte Dees, »Hitlers Ansichten über die Rassen waren besser untermauert als Darwins Evolutionstheorie.«

Darauf tranken wir und bestellten noch einen Marguerita und ein Viertel Rotwein. Und ich sagte: »Hast du das gehört, Bo? Such nicht nach dem, was deine Auffassungen bestätigt, sondern nach dem, was sie umstößt. Also sprach Onkel Dees.«

Aber Bo hatte nichts gehört. Bo schlief mit weit geöffneten Augen. Und jetzt, zehn Jahre später, sitze ich wieder mit Dees in der Kneipe, und wir reden wieder über Theorien, die nicht stimmen, und Weltbilder, die wider besseres Wisses am Leben erhalten werden, und ich denke: Der Mensch ist nicht lernfähig.

SIEBENUNDZWANZIG

Untersuchungen haben ergeben, daß Menschen, die eine Frau im Wochenbett besuchen, häufig sagen, das Kind sehe dem Vater sehr ähnlich. Die Erklärung, die die Forscher dafür geben, ist, daß der Besucher unbewußt versucht, den Vater zu beruhigen.

Natürlich gibt es auch Fälle, in denen das Baby dem Vater tatsächlich wie ein Ei dem anderen gleicht. Die Ähnlichkeit zwischen George Bush junior und seinem berühmten Vater ist so groß, daß man sich fragt, ob Frau Bush überhaupt etwas damit zu tun gehabt hat. Andererseits: Wenn Jordi nicht Cruijff heißen würde, wer hätte in ihm dann den Sohn des größten Fußballers aller Zeiten gesehen? Und wer würde, nur aufgrund des Äußeren, Claus von Amsberg für den natürlichen Vater von Willem-Alexander von Oranien-Nassau halten? Alex kommt nun einmal vor allem nach seiner Mutter. Genau wie Bo, der älteste Sohn von Niko und Anke Neerinckx. Während Bo, einziger Sohn von Monika Paradies selig, ebensosehr – oder ebensowenig – seiner Mutter ähnelt wie dem Mann, den er seinen Vater nennt, der es aber nicht ist.

Sieht mein Bo Niko Neerinckx ähnlich? Nein. Jedenfalls nicht auf dem Foto, das ich von ihm gesehen habe. Und nicht in der Erinnerung, die ich an ihn bewahre, wenngleich diese vage und zweifellos unzuverlässig ist. Aber sagt das etwas?

Für jemanden, der nach dem Vater seines Sohnes sucht, ist äußerliche Ähnlichkeit eine sehr unzuverlässige Orientierungshilfe. Ein DNA-Test könnte vielleicht Aufschluß geben, aber ich glaube nicht, daß ich den Mut habe, es so weit zu treiben. Dees hat, wie so oft, recht: Niemand garantiert mir, daß es leichter ist, mit den Antworten zu leben als mit den Fragen. Ich werde Niko Neerinckx deshalb nicht mit meinen Erkenntnissen konfrontieren.

Doch die Chance, noch ein wenig in seinem Privatleben herumzustochern, lasse ich mir nicht nehmen!

Nenn es Rachsucht oder nenn es Perversion, aber als Anke und ich an jenem Nachmittag vergeblich in dem Spalt zwischen den Deckenbalken nach dem erfundenen Brief gesucht und wir uns danach die Fotos angeschaut hatten und sie sagte, daß sie nun die Kinder von der Schule abholen müsse, als ich aufstand und meine Jacke anzog und mich an der Tür nach ihr umdrehte, da sah sie mich mit einem Blick an, der unschuldig und durchtrieben zugleich war – eine fünfunddreißigjährige Frau mit dem Blick eines jungen Mädchens. Sie sagte: »Wenn du mal wieder in der Gegend bist, dann komm einfach vorbei. Ich fand es sehr schön.«

Und ich sagte: »Mach ich.«

Die einsame Hausfrau, die den Fensterputzer, Klempner oder Briefträger ins Bett zerrt, ist das größte Klischee in der Mythologie der modernen Sexualität. Aber daß es zu einem solchen werden konnte, versichern uns die Sexualforscher, ist die unmittelbare Folge der alltäglichen Praxis unseres Liebeslebens, und diese wiederum ist die unmittelbare Folge unserer selbstsüchtigen Gene. Ein Mann in einer guten Stellung bei einer Versicherungsgesellschaft mag zwar jene Sicherheit bieten, die historisch gesehen einer der wichtigsten Faktoren für das erfolgreiche Aufziehen von Nachkommen ist, ansonsten ist so ein Mann jedoch vermutlich kein Gewinner. Er kann es physisch nicht mit Männern aufnehmen, die sich viel an der frischen Luft aufhalten, Männern, die ihr Brot mit ihrem Körper und ihren Händen verdienen, nicht mit dem Kopf oder Overheadprojektoren, Arbeitsblättern, Computerprogrammen, Videokameras und Monitoren.

Fensterputzer, Klempner und Briefträger bilden die ideale Partei für einen guten Spermienkrieg, nicht zuletzt deshalb, weil das Risiko der Entdeckung minimal ist.

Und wie paßt Erik Aldenbos, das Alter ego, mit dem ich in das Leben und das Haus von Anke Neerinckx eingedrungen bin, hier hinein? Will Anke Neerinckx mit ihm ins Bett? Steuern ihre Gene sie auf den Pfad des Ehebruchs und des Betrugs oder erkennen sie in dem Mann, der schließlich kinderlos ist, sofort einen minderwertigen Spermadonor, und entwickelt sie dadurch keinerlei Lustgefühl für ihn?

Mir war vorher nicht bewußt gewesen, wie angenehm es ist, plötzlich über eine zweite Identität zu verfügen. Für einen Moment nicht mehr Armin Minderhout sein zu müssen, mit einer toten, untreuen Geliebten und einem Kind, das nicht von ihm ist, und einer Frau, die ihn zwar heiraten will, mit der er aber nie Nachkommen zeugen wird. Erik Aldenbos ist die preiswerte Alternative zum Buchen eines One-way-Tickets ans andere Ende der Welt. – Auch dieser Gedanke kam mir, nachdem ich zum ersten Mal das Wort »Klinefelter-Syndrom« gehört hatte.

An einem sonnigen Frühlingstag, kurz vor Mittag, steht Erik Aldenbos wieder bei Anke Neerinckx vor der Tür. Unter dem Arm hat er eine Holzkiste mit zwei Flaschen eines besonders guten weißen Bordeaux: einem Château Anniche 1992. Diesmal hat er vorher angerufen. Ob es ihr passe. (Ob ihr Ehemann nicht zu Hause sei.) Es paßte ihr. (Er ist nicht zu Hause.)

Sie öffnet in einer leichten Sommerhose und einem weiten T-Shirt. Häuslich, bequem, und doch wohldurchdacht, sorgfältig ausgewählt. Das zarte Blau des Shirts paßt gut zu ihren Augen. Sie trägt Leinenschuhe, eine Art Mittelding zwischen Espadrilles und Pantoffeln. Sie ist Hausfrau, aber eine Hausfrau von Welt. Ich überreiche ihr die Kiste mit dem Wein und denke: Das ist wie in einem schlechten Film. Und schlechte Filme haben immer ein Happy-End, nur halte ich selten so lange durch.

Sie hat den Tisch gedeckt. Schwarze Kunststoffplatzdeckchen, derbe Keramikteller und schweres rostfreies Besteck in einem auffälligen Design. Die Weingläser stehen auf hellblauen Füßen. Über unseren Köpfen tickt eine alte Bahnhofsuhr an der gelb getünchten Wand.

»Prost«, sagt sie, als alles auf dem Tisch steht: die Butter, der frische Lachs, die Kapern und die Oliven, die Chorizo und das Ciabatta, das Schälchen Schwarze-Johannisbeer-Konfitüre mit dem silbernen Löffelchen aus Schwiegermamas Erbe und natürlich die frischen Croissants.

»Auf das gute Leben.«

»Auf *living on the edge at home.*« Und wir stoßen an und trinken und lachen und essen, und die Sonne scheint herein, und über unseren Köpfen tickt die Uhr, und sie will wissen, wer ich nun eigentlich bin, und ich selbst bin langsam auch neugierig geworden, und so betrete ich den ungewissen Pfad von Wahrheit, Lüge und Dichtung, der zur Antwort auf die Fragen führen soll: wer ist Erik Aldenbos und schläft er gleich mit Anke Neerinckx?

»Was machst du beruflich?« fragt sie.

»Ich bin freier Redakteur bei einem wissenschaftlichen Verlag.«

»Bist du verheiratet, verlobt, geschieden, alleinstehend?«

»Alleinstehend.«

»Warum?«

»Warum nicht?«

»Weil es zu zweit schöner ist als allein.«

»Ja?«

»Meinst du nicht?«

»Nicht unbedingt. Kommt drauf an.«

»Worauf?«

»Auf den anderen, zum Beispiel. Ich meine: der andere muß es wert sein.«

»Was wert sein?«

»Es wert sein, viel für ihn aufzugeben.«

»Müßtest du denn viel aufgeben?«

»Das sollte ich lieber dich fragen. Hast du viel aufgeben müssen?«

»Ja«, sagt sie.

»Und jetzt wirst du gleich sagen, daß du auch viel dafür zurückbekommst«, sage ich.

»In der Tat.« Und sie lacht und beißt in ihr Croissant, ein wenig Konfitüre bleibt an ihrer Oberlippe hängen, sie leckt sie mit der Zungenspitze ab, nimmt einen Schluck Wein und fragt: »Hast du mal jemanden so geliebt, daß du dein Leben mit ihm teilen wolltest?«

»Ja.«

»Und was ist schiefgegangen?«

»Sie ist mit einem anderen durchgebrannt.«

»Weißt du«, sagt sie mit plötzlicher Heftigkeit, »als ich achtzehn war, wußte ich eines genau: ich will nie in die Klischees verfallen, in die all die anderen Leute um mich herum verfallen sind. Und sieh mich jetzt an.«

»Wie hast du deinen Mann kennengelernt?«

»Auf einer Reise. Er war der Reiseleiter. Das totale Klischee!« Sie lacht spöttisch.

»Du warst mit deinem damaligen Freund unterwegs«, sage ich. »Ihr wolltet eure Beziehung durch eine gemeinsame Reise retten.«

Sie schaut mich erstaunt an. Lacht dann laut. »Ja, genau! Genau! Mein Gott, ist das so durchschaubar? Das ist ja furchtbar!«

»Macht nichts«, sage ich. »Daß man mit achtzehn absolut sicher weiß, daß man nie so werden will wie all die bescheuerten anderen Leute, ist genauso ein Klischee wie, daß man später doch so wird. Was Popidole über die Liebe zu berichten wissen, ist genauso hohl wie die Ehe der Eltern eines durchschnittlichen Teenagers – nur: der Teenager weiß das noch nicht.«

»Aber was sollen wir denn machen? Ich meine: Was sollen wir machen, wenn wir einmal dahintergekommen sind? Sollen wir die Liebe dann aufgeben, abschreiben, in den Müll werfen?«

»Wir müssen sie neu erfinden«, sage ich und habe keine Ahnung, was damit gemeint sein könnte.

»Wie meinst du das?«

»Es gibt die Liebe unserer Eltern oder zumindest das Bild, das Kinder von der Liebe ihrer Eltern haben, und das ist zeitlos. Das ist eine Liebe, die auf Absprachen beruht, auf einem praktischen Überlebensdrang. Es ist eine Liebe, die in den Augen der Jugendlichen ihren Namen nicht verdient. Es ist eine pragmatische und damit bestenfalls eine halbe Liebe. Und dann gibt es die Liebe der Jugend: die bedingungslose Liebe, die große, berauschende Liebe, die Liebe, die alles verzehrt wie ein Feuer, die Liebe, die in hunderttausend Nummer-eins-Hits besungen wird. Aber auch das ist bestenfalls eine halbe Liebe, weil sie utopisch ist. Und Utopien, die Wirklichkeit werden, verkehren sich sofort in ihr Gegenteil. So wie auch große, berauschende Lieben sich unweigerlich in eine Hölle verwandeln, wenn sie von Dauer sind. Siehe Pinter. Darum können romantische Helden nur unter einer Bedingung überleben: indem sie jung sterben. Wenn Romeo und Julia die Chance gehabt hätten zu heiraten, hätten sie nie einen Platz in der Weltliteratur bekommen. Es sei denn in *Who's afraid of Virginia Woolf?*.«

»Also?«

»Also?«

»Ja. Du sagtest, daß wir die Liebe neu erfinden müssen. Aber wie denn?«

»Die Liebe der Eltern und die Liebe der Jugend haben eines gemein«, sage ich, ohne zu wissen, was folgen würde. »Sie sind beide egoistisch. Vielleicht ist die Liebe, die wir entdecken müssen, ja eine, die nicht mehr selbstbezogen ist. Vielleicht sieht Liebe ganz anders aus, als wir denken. Vielleicht kommt sie überhaupt nicht aus uns selbst. Weder aus unserem Herzen, wie die Romantiker glauben, noch aus unserem Hirn, wie die Rationalisten denken, noch aus unseren Genen, wie die Biologen behaupten. Vielleicht ist Liebe nichts anderes als das, was Leben schenkt. Und daran kann man teilhaben oder sich verschließen. Man kann es befördern oder bekämpfen. Aber vielleicht ist das auch alles wirres Zeug.«

Hat Erik Aldenbos mit Anke Neerinckx geschlafen?

Nein.

Hätte er es gekonnt?

Ja, sagt Erik Aldenbos, unbeirrt von aller Relativierung, die die unvermeidbare Folge der Entdeckung ist, daß dein Kind nicht dein Kind ist.

Wäre es die ultimative Rache gewesen, mit der Frau des Mannes zu schlafen, der es mit deiner Frau getrieben hat?

Nein. Die ultimative Rache ist, es nicht zu tun, obwohl es möglich gewesen wäre. Rede ich mir im Zug zurück nach Amsterdam ein. Viel länger gelingt es mir nicht.

ACHTUNDZWANZIG

»War Niko Neerinckx bei der Beerdigung?«

»Ach Armin, denkst du etwa immer noch, daß er es gewesen ist?«

»Ich frage nur, ob er bei der Beerdigung war.«

»Ja natürlich. Alle vom Reisebüro waren da.«

Das stimmt. Sie waren alle gekommen. Bis auf zwei Reiseleiter, die gerade in Afrika unterwegs waren. Monika hatte kurz zuvor ihre letzte Reise gemacht. Wenige Wochen später wollte sie eine neue Stelle antreten.

Ich hatte am Tag, als Monika starb, selbst bei *Die Kleine Welt* angerufen. An diesem Nachmittag wollten zwei Kollegen im Krankenhaus vorbeikommen. Ich rief an, um zu sagen, daß es nicht mehr nötig sei. Die vielen Telefonate, die ich in diesen wenigen Tagen geführt habe, sind mir alle noch sehr gegenwärtig. Es war, als hätte ich mich allen anderen Eindrücken verschlossen und nur diese Gespräche registriert, mit peinlicher Genauigkeit. Was sich mir am stärksten eingeprägt hat, waren die Pausen am anderen Ende der Leitung, jedesmal wenn ich sagte, was geschehen war.

»Ihr braucht nicht mehr zu kommen. Monika ist heute morgen gestorben.«

Stille.

»Gestern nachmittag war sie noch einmal kurz bei Bewußtsein. Sie sagte: ›Ich sterbe. Es tut mir leid.‹ Sie ist nicht wieder aufgewacht.«

Stille.

»Monika ist tot.«

Stille.

»Sie seufzte noch einmal. Ganz tief. Dann war es vorbei.«

Stille.

Jedesmal wählte ich andere Worte, doch jedesmal war die Reaktion dieselbe. Außer bei Monikas Mutter. Die legte sofort den Hörer auf.

Meine Mutter war sehr lange still. Begann dann leise zu schluchzen. »O Armin! O Armin! O Armin!« Mein Vater kam an den Apparat. »Sag, daß das nicht wahr ist!« – »Es ist wahr.« – »O Gott!« – »O Gott! O Gott!«

Es wurde viel geweint am anderen Ende der Leitung.

Nur ich konnte nicht weinen.

Nicht einmal beim *Erbarme dich* aus der *Matthäus-Passion*, das in der Kapelle nach Dolly Partons *I will always love you* erklang und zu viel unterdrücktem Schluchzen und Schniefen führte.

Ellen kann sich Bachs schönste Arie noch immer nicht trockenen Auges anhören. Dann sitzen wir zusammen auf dem Sofa, und wenn Petrus seinen Herrn zum dritten Mal verleugnet hat und der Evangelist erzählt, wie der Hahn kräht und der feige Jünger sich der Worte Jesu erinnert – *Ehe der Hahn krähen wird, wirst du mich dreimal verleugnen* – und wie er hinausgeht und bitterlich weint, dann nehme ich ihre Hand und streichle sie, streichle sie, streichle sie, bis es vorbei ist und der Chor uns beide tröstet:

Bin ich gleich von dir gewichen,
stell ich mich doch wieder ein;
hat uns doch dein Sohn verglichen
durch sein Angst und Todespein.
Ich verleugne nicht die Schuld;
aber deine Gnad und Huld
ist viel größer als die Sünde,
die ich stets in mir befinde.

Man braucht für Bach nicht gläubig zu sein. Ein Herz zu haben, das nicht aus Stein ist, genügt.

»Niko Neerinckx hat einen Sohn, der Bo heißt.«

»Wie meinst du das?«

»Genau wie ich es sage: Niko Neerinckx' ältester Sohn heißt Bo.«

»Niko Neerinckx ist nicht der Vater von Bo, Armin.«

»Er hat einen achtjährigen Sohn, der Bo heißt. Und er hat ein Foto von Monika in seinem Familienalbum.«

»Wovon redest du? Wie kommst du darauf? Woher weißt du das alles?«

»Ich habe seine Frau besucht. Anke heißt sie. Anke Neerinckx.«

»Seine Frau? Wann? Was um Himmels willen hast du vor, Armin?«

»Antworten zu finden. Ich bin auch bei Robbert gewesen, Robbert Hubeek, mit dem Monika zusammen war, bevor wir uns kennengelernt haben. Er ist es auf jeden Fall nicht. Und ihr Hausarzt auch nicht.«

»Ihr Hausarzt? Du verdächtigst ihren Hausarzt?!« Ellen lacht.

»So komisch ist das gar nicht.«

»Aber er war es nicht?«

»Nein.«

»Was hast du ihn denn gefragt? Wie um alles in der Welt bist du vorgegangen? Sind Sie der Vater meines Sohnes?«

»Genau. Und er war es nicht. Ich habe ihn auch noch gefragt, ob sie sich ihm vielleicht anvertraut hat. Ob sie irgendwann mal was von einem anderen gesagt hat. Aber das war nicht der Fall.«

»Und jetzt weißt du auf einmal ganz genau, daß Niko Neerinckx der Vater von Bo ist.«

»Ja. Niko Neerinckx ist der Vater von Bo. Von zwei Bos, um genau zu sein.«

»Mein Gott, Armin, und das hast du seiner Frau gesagt?«

»Nein. Noch nicht.«

»Das würde ich an deiner Stelle auch lieber nicht tun. Er ist es nicht, Armin. Monika hatte nichts mit Niko. Sie fand nichts an dem Kerl. Das weiß ich ganz genau.«

»Ach komm, Ellen! Wenn du nicht weißt, wer es ist, wenn du nie geahnt hast, daß Monika überhaupt fremdgegangen ist, wie kommst du dann dazu, mir zu erzählen, auf wen sie stand oder nicht stand? Was weißt du schon von ihr, Ellen?«

»Armin, hör auf. Es ist nicht wahr.«

»Nenn mir einen vernünftigen Grund, warum ich dir glauben soll. Einen vernünftigen Grund! Weißt du vielleicht doch etwas, was ich nicht weiß? Nein? Na dann! Warum mußte Niko seinen Sohn unbedingt Bo nennen, obwohl seine Frau den Namen komisch fand? Erklär mir das mal, Ellen, wenn du das alles so genau weißt! Ist das nicht ein bißchen viel Zufall?«

»Hör auf, Armin!«

»Nun? Dann antworte mir! Du willst einfach nicht glauben, daß Monika so etwas getan haben könnte. Daß sie mit dem Kerl, in den du so hoffnungslos verliebt warst, gebumst haben könnte. Das bricht dir das Herz. Aber, verdammt noch mal, Ellen, was glaubst du denn, was mit meinem Herzen geschehen ist? Ich kann mich nicht vor der Wahrheit verstecken, ich kann mich nicht verkriechen wie du. Ich kann nicht die Augen verschließen! Du weißt nicht, wie es ist, nach dreizehn Jahren seinen Sohn zu verlieren. Du weißt nicht, was das ist: die Liebe von Eltern für ihr Kind. O Gott, Ellen, nein! Nicht! Nicht jetzt! Mein Gott!«

Ich habe sie mit ihren Tränen allein gelassen. Ich bin gegangen. In den Regen hinausgelaufen. Durch die Straße, in der wir wohnen, führte früher eine Güterzuglinie. Waggonladungen Kaffee und Kakao und gekühlte Tierkörper aus dem Schlachthof kamen hier vorbei. Jetzt sieht man vor allem Umzugswagen mit den IKEA-Möbeln von jungen, ehrgeizigen Paaren, die das Viertel als Zwischenstopp auf dem Weg zum unvermeidlichen Einfamilienhaus gebrauchen.

Wir wohnen in den Resten einer ruhmreichen Vergangenheit, unter Menschen voller Zukunftsträume. Vor nicht allzulanger Zeit fand ich das beruhigend.

Ich lief, bis mir die Füße weh taten. Dann ging ich nach Hause zurück. Ellen saß noch im Zimmer auf dem Sofa. Doch ich legte mich ins Bett, ohne ein Wort zu sagen. Ich fiel in tiefen Schlaf. Ich träumte, daß ich mit Anke Neerinckx schlief und daß Ellen zusah und daß sie heulte und heulte und heulte, und doch machte ich weiter, bis Anke schreiend kam. Am Morgen hatte ich schreckliche Kopfschmerzen. Am Morgen war der Platz neben mir kalt und leer.

Ich gehe in Bos Zimmer. Er schläft noch, doch als ich mich auf die Bettkante setze, wird er wach.

»Was ist?«

»Nix. Ellen und ich, wir haben uns gestritten.«

Er schaut mich mit verschlafenen Augen an. »Schlimm?«

»Ich weiß nicht. Nein. Es wird schon wieder gut werden. Es wird immer alles wieder gut.«

Aber das glaubt Bo nicht. Das glaubt er nicht mehr, seit er drei war und seine Mutter verlor. Er ist besorgt. Er sieht mich nicht an. Setzt sich auf die Bettkante. Er wird groß, denke ich. Er bekommt schon Haare an den Beinen. Und plötzlich werde ich von Panik ergriffen. Ich kann ohne ihn nicht leben! Ich darf ihn nicht verlieren! Sie dürfen ihn mir nicht wegnehmen! Sie. Sie? Wer?

»Du bist in letzter Zeit so ... anders«, sagt er. »Abwesend.« Er sieht mich noch immer nicht an. Ich folge seinem Blick. Er beobachtet eine Schildechse, die reglos auf einem Stein sitzt, den Kopf dem fahlen Morgenlicht zugekehrt, das durch das Fenster hereinfällt. Bo hat die Geduld seiner Lieblingshaustiere. Wie die Echsen auf den Moment warten, in dem eine Fliege ihre Vorsicht aufgibt, so kann Bo auf den Moment warten, in dem ich meinen Schild sinken lasse.

»Ja«, sage ich. »Der Befund im Krankenhaus hat mich stärker mitgenommen, als ich erwartet hatte.« Ich verachte mich selbst, weil ich ihn anlüge – anlügen muß. »Vielleicht«, sage ich, »sollten wir wieder mal zusammen wegfahren, du und ich.«

Er sieht mich an. »Wir beide? Und Ellen?«

»Ellen kommt schon allein zurecht. Sie hat auch einiges, worüber sie nachdenken muß. Und sie wird froh sein, wenn sie mich mal eine Weile los ist.«

»Ja«, sagt er. Und dann, nach einer langen Pause, ganz behutsam: »Ja, das ist wahr.«

Die Echse dreht ihren Kopf eine Winzigkeit mehr zum Licht. Dann erstarrt sie wieder.

»Wo wollen wir hinfahren?« fragt er.

»Wie lange?«

»Ein verlängertes Wochenende?«

»Auf die Watteninseln?«

»Welche?«

»Ameland?«

»Gut.«

»Armin ist doof«, hatte sie auf Ameland in den Sand geschrieben.

»Was steht da?« fragte Bo. Er war gerade drei geworden. Er stellte den ganzen Tag Fragen. Ich erzählte ihm, was seine Mutter von seinem Vater behauptete. Er pflichtete ihr aus tiefster Seele bei.

»Armin ist doof! Armin ist doof!« rief er. Und ich drohte, ihn an die Möwen zu verfüttern, ihn in die Brandung zu werfen, ihn in den nassen Sand einzugraben. Und er kreischte und lachte und rannte vor mir weg in seinen kleinen Stiefelchen. Und die See kam und spülte die Buchstaben weg. Und auf einmal verfinsterte sich sein Gesicht.

»Was hast du, Bo?« fragte Monika.

Aber er antwortete nicht. Er ergriff ihre Hand, und zusammen liefen sie zurück zu den Dünen. Und ich sah ihnen nach, während das Wasser meine Knöchel umspülte, und ich dachte: Ich bin rundum glücklich.

NEUNUNDZWANZIG

Ich stehe mit Bo auf dem Deich bei Enkhuizen. Das Wasser des IJsselmeers ist tiefgrün. Der Wind setzt ihm weiße Kronen auf. Wolken werfen dunkle Schatten, die in hohem Tempo über das Wasser gleiten. Am anderen Ufer sehen wir die friesische Küste und den Turm von Stavoren.

Bo nimmt das Fernglas und schaut hinüber. Der Wind bringt ihn fast aus dem Gleichgewicht.

»Komm«, sage ich. Wir laufen den Deich hinunter, dorthin, wo das Wasser an den schwarzen Basalt klatscht. Der Deich schützt uns jetzt ein wenig vor dem Wind. Wieder setzt Bo das Fernglas an die Augen. »Ein blaues Auto fährt über den Deich«, sagt er. – »Welche Marke?«

Aber das kann er nicht erkennen.

Er hat große rote Flecken auf den Wangen, und als er mir das Fernglas gibt, glänzen seine Augen. Er kichert. Ein Schwarm Kormorane fliegt tief über dem Wasser auf uns zu.

»Guck mal, Bo«, rufe ich, »Kormorane!«

Doch Bo ist schon weggelaufen. Er hockt auf dem Basalt und polkt mit seinen schlanken Fingern etwas zwischen den Steinen hervor. So geht das schon seit Jahren: ich schaue nach den Vögeln in der Luft, Bo nach dem, was zu seinen Füßen herumkraucht. Um zu sehen, was in der Welt um uns herum geschieht, brauchen wir andere, wie Blinde einen Blindenhund.

Zu Hause am Küchentisch hatte ich es Bo erklärt. Auf einem Blatt Papier zog ich mit dem Zirkel einen Kreis. »Angenommen, das ist die Erde«, sagte ich, »dann ist das hier der Nordpol, das der Südpol und das der Äquator«, und ich schrieb oben ein *N* an den Kreis und unten ein *S* und teilte ihn mit einer horizontalen Linie genau in der Mitte.

»Wissenschaftler sagen, daß die Entfernung vom Mittelpunkt der Erde bis zum Rand ungefähr sechstausendvierhundert Kilometer beträgt. Diese Entfernung nennt man Radius. Aber es bringt natürlich mehr, wenn man weiß, wie groß zum Beispiel die Entfernung vom Nordpol zum Äquator ist. Um die zu berechnen, braucht man eine Formel, die von Pythagoras, einem alten griechischen Philosophen, entdeckt wurde. Diese Formel lautet: der Umfang eines Kreises ist gleich zwei mal der Radius mal π. Und was ist π? π ist ein Buchstabe des griechischen Alphabets, so wie unser P. Aber π ist auch eine Zahl mit sehr vielen Stellen hinter dem Komma, die ungefähr 3,142 entspricht.«

»Oh«, sagte Bo.

»Wenn also der Umfang eines Kreises gleich zwei mal der Radius mal π ist, können wir die Entfernung vom Nordpol zum Äquator leicht berechnen. Die ist dann nämlich zwei mal sechstausendvierhundert mal 3,142 geteilt durch 4.« Ich nahm den Taschenrechner und ließ Bo die Berechnung ausführen.

»Die Entfernung vom Nordpol zum Äquator«, sagte er mit gewichtiger Stimme, »beträgt zehntausendvierundfünfzig Komma vier Kilometer.«

»Gut so«, fuhr ich fort. »Zumindest wenn Pythagoras recht hatte. Laß uns das mal überprüfen.« Ich holte ein Knäuel Bindfaden aus dem Schrank und schnitt ein Stück davon ab. »Leg das so genau wie möglich auf die Linie des Kreises.«

Mit herausgestreckter Zungenspitze tat Bo, worum ich ihn gebeten hatte. Mit einem Lineal vermaßen wir anschließend die Länge des Fadens, der nötig gewesen war, um den Kreis ganz zu umfassen. Danach maßen wir den Radius des Kreises.

»Jetzt teilen wir den gemessenen Umfang durch zwei und durch π, also 3,142. Was ist das Ergebnis?«

»Das stimmt genau mit dem Radius des Kreises überein!« rief Bo erfreut.

Wir zeichneten auf zwei andere Blätter noch zwei unterschiedlich große Kreise. Und wieder maßen wir mit dem Bindfaden den Umfang und den Radius. Und Bo tippte die Ergebnisse in den Taschenrechner und führte die Berechnungen aus. Und jedesmal stimmte das Ergebnis haargenau.

»Darum wurde π eine heilige Zahl genannt«, sagte ich. »Weil sie den Menschen auf wundersame Weise in die Lage versetzt, den Umfang eines Kreises aufgrund des Wissens über den Radius vorherzusagen. Und das ist noch längst nicht alles. Die Zahl π verbirgt sich in vielen natürlichen Phänomenen. In den Zahlenverhältnissen zwischen Noten in der Musik zum Beispiel. Und sogar im Verhältnis der Abstände zwischen neuen Blättern an einem jungen Zweig. Aber das wirst du zu gegebener Zeit alles noch entdecken. Jetzt wollen wir uns mit etwas ganz anderem beschäftigen.«

Ich schenkte uns etwas zu trinken ein. Ein Glas Cola für Bo, einen Whisky für mich.

»Wir wissen jetzt also, daß man, um vom Nordpol zum Äquator zu gelangen, zehntausend Kilometer zurücklegen müßte. Und wenn wir nun den Nordpol als höchsten Punkt der Erdkugel betrachten, wieviel Kilometer verliert man dann, relativ gesehen, an Höhe?«

»Sechstausendvierhundert Kilometer!«

»Genau! Aber jetzt kommt der schwierigste Teil. Wenn wir dich hier auf den Nordpol stellen (ich zeichnete ein kleines Strichmännchen neben das *N*), dann scheint es anfangs, als ob die Erde sich kaum krümmt, aber je weiter du kommst, desto größer wird das Gefälle, bis du schließlich am Äquator fast senkrecht nach unten läufst. Das ist das, was die Wissenschaftler kugeltheoretischer Abfall nennen. Ihn zu berechnen ist sehr kompliziert, doch das Ergebnis ist genauso vorhersagbar wie der Umfang eines Kreises, dessen

Radius bekannt ist – man benutzt nur eine andere Formel. Wissenschaftler, die diese Berechnungen durchgeführt haben, meinen, daß ein Punkt, der sich zum Beispiel acht Kilometer von dir entfernt befindet, relativ gesehen, ungefähr vier Meter tiefer liegt. Deshalb, sagen sie, kann man ein Schiff, das aufs Meer hinausfährt, langsam hinter dem Horizont verschwinden sehen. Es scheint, als würde es von den Wellen verschlungen. Die alten Griechen glaubten, daß die Sonne jeden Abend hinter dem westlichen Rand der Erde untergehe. Dort würde dann ein großer Wagen mit feurigen Rossen bereitstehen und sie in der Nacht schnell ans andere Ende der Welt bringen, so daß sie am Morgen im Osten wieder aufgehen konnte.«

»Aber in Wirklichkeit«, sagte Bo, »dreht sich die Erde wie eine Kugel im Kreis und wird das Schiff nicht von den Wellen verschlungen und geht die Sonne überhaupt nicht auf oder unter.«

»Genau!«

Bo trank einen Schluck Cola und sagte dann: »Ist das alles, was du mir heute abend beibringen wolltest? Ich weiß doch schon lange, daß die Erde eine Kugel ist. Und daß Schiffe am Horizont nicht versinken, sondern verschwinden, weil sich das Meer genau wie das Land krümmt.«

»Ich war auch noch nicht fertig«, sagte ich. »Denn es gibt da ein Problem. Der kugeltheoretische Abfall nimmt nämlich zu, je größer die Entfernung wird, wie man an unserem Kreis gut sehen kann. Während es bei acht Kilometern nur vier Meter sind, beträgt er bei sechzehn Kilometern nicht acht, sondern schon zwanzig Meter. Und bei zwanzig Kilometern sogar fünfunddreißig Meter. Mit anderen Worten: nach den Berechnungen, die davon ausgehen, daß die Erde eine Kugel ist, müßte es unmöglich sein, in zwanzig Kilometer Entfernung einen Deich, ein Haus oder gar einen Kirchturm liegen zu sehen. Wir werden morgen die Probe aufs Exempel machen. Holst du mal bitte deinen Atlas?«

Bo rutschte vom Stuhl und rannte in sein Zimmer. Er brauchte nicht einmal das Licht anzuknipsen, um den Atlas zu finden.

»Schlag mal die Karte der Niederlande auf. Siehst du Enkhuizen? Und Stavoren?«

Bo zeigte auf die beiden Städtchen.

»Wie groß ist die Entfernung zwischen diesen Orten?« Mit Hilfe von Lineal und Maßstab hatte Bo es im Handumdrehen ausgerechnet.

»Etwas mehr als zwanzig Kilometer.«

»Gut, dann muß der kugeltheoretische Abfall also etwas mehr als fünfunddreißig Meter betragen. Und dann dürfte man selbst vom Deich in Enkhuizen aus Stavoren nicht sehen können. Morgen fahren wir nach Enkhuizen und überprüfen, ob die Theorie mit der Praxis übereinstimmt.«

»Papa, ist die Erde dann doch eine Scheibe?« fragte Bo auf der Rückfahrt im Auto.

»Das denke ich nicht, Bo. Schließlich sind sich alle darüber einig, daß sie eine Kugel ist. Oder fast alle. Und auf Fotos aus dem All kann man das auch sehen. Doch merk dir eins: die Menschen meinen, sehr viel zu wissen, aber vor allem glauben sie viel. In der Schule lernt man, daß die Erde eine Kugel ist, und darum sagt jeder, daß es so ist. Ich habe meinen Geographielehrer einmal gefragt, wie es sein kann, daß man in Enkhuizen den Deich von Stavoren sieht. Aber Armin, sagte er, das ist doch ganz einfach. Er begann mit einer simplen Zeichnung an der Tafel. Es war am Anfang der Stunde. Am Ende war die ganze Tafel mit Berechnungen übersät. Der Lehrer hatte einen knallroten Kopf, und der Schweiß lief ihm in Strömen über das Gesicht, aber er hatte meine Frage noch immer nicht beantwortet. Zwei Tage später traf ich ihn auf dem Flur. Ah, Armin Minderhout, sagte er. Wegen dem Deich in Stavoren. Ich habe noch einmal darüber nachgedacht, und die Antwort ist natürlich, daß man den Deich durch Luftspiegelungen von Enkhuizen aus sehen kann. Es ist im Grunde eine Fata Morgana. Dumm von mir, daß ich nicht gleich darauf gekommen bin, aber jetzt kannst du jedenfalls wieder beruhigt sein: glaub mir, die Erde ist wirklich eine Kugel und keine Scheibe, wie du wohl einen Moment gedacht hast. Das ist es, was die Menschen tun: sie nehmen an, daß Dinge stimmen, weil irgendeine Autorität es ihnen gesagt hat und weil andere auch sagen, daß es stimmt. Ob es aber wirklich stimmt, ob die Dinge sind, wie wir glauben, das wissen die meisten Menschen überhaupt nicht. Das darfst du nie vergessen.«

DREISSIG

Mein Vater ist tot.

Das Telefon klingelte.

»Spreche ich mit Herrn Minderhout? Herr Minderhout, Ihr Vater ist tot.«

Es ist der Nachbar meines Vaters, ein pensionierter Steuerbeamter, der im Tausch gegen eine gute Flasche Wein jedes Jahr die Steuererklärung meines Vaters ausfüllt.

»Er sitzt mir hier gegenüber in seinem Sessel am Fenster, Ihr Vater«, sagt er. »Ich bin mit Boris Gassi gegangen. Da habe ich ihn schon sitzen sehen und ihm noch zugewunken, aber er hat nicht zurückgewunken. Ich dachte: der träumt wieder mal von Marijke. Er vermißt Ihre Mutter noch jeden Tag, sagt er. Aber als ich zurückkam, saß er noch genau so da. Und sah mich wieder nicht. Also ich denke: Hier stimmt was nicht. Bin ich gleich hintenrum gelaufen. Die Hintertür war nicht verschlossen. Ich sage zu Boris: Boris, draußen bleiben! Der Hund verstand gar nichts. Aber ich denke: Das Tier muß ich nicht dabeihaben. Ich ahnte es schon. Die Stehlampe war noch an. Die habe ich ausgemacht. Ich glaube, er hat die ganze Nacht so dagesessen. Sein Glas Wein steht auch noch da. Halbvoll. Oder halbleer. Wie man's nimmt, natürlich. Ein Burgunder. Ihr Vater hat ein paar sehr gute Burgunder.«

Er redet und redet.

»Die Post von gestern liegt hier vor mir auf dem Tisch. Zwei Kontoauszüge und ein Prospekt mit Sonderangeboten von einem Baustoffgroßhandel. Er hat in einem Buch gelesen. Irgend etwas Religiöses. Ich wußte gar nicht, daß Ihr Vater religiös war. Aber nun ja, wenn wir älter werden und wenn wir ... Ich meine, vielleicht hat er es ja gespürt, das kann man nicht wissen. So was liest man doch öfter. Bach wußte auch, an welchem Tag er ... Dieses Datum soll er in verschiedenen Kompositionen verarbeitet haben. Ich verstehe ja nichts von Musik, aber das habe ich mal gelesen. Vor Jahren. Und nie vergessen. Das ist ja manchmal so bei solchen Dingen. Daß man sich noch sehr lange daran erinnert. Daß man was gelesen hat und denkt: Ist das möglich?«

Im Hintergrund höre ich einen Hund jaulen.

»Jaja, jaja, ruhig, ich komme! Das ist Boris. Der versteht überhaupt nichts, der arme Hund. Den habe ich draußen gelassen. Ich denke: Den Hund, den muß ich nicht dabeihaben. Herr Minderhout?«

»Ja.«

»Ja, ich denke..., ich höre Sie gar nicht mehr. Ich meine, vielleicht wäre es gut ... Ich meine.«

»Ich komme«, sage ich. »Gehen Sie nur zu Boris. Ich komme. Ich klingle bei Ihnen, wenn ich da bin.«

»Oh, das ist gut. Ja, das ist sehr gut.«

Er klingt erleichtert. Die Panik verschwindet aus seiner Stimme. »Lassen Sie sich Zeit. Ich meine ...«

»Ist schon gut, Herr Bruggeman. Vielen Dank. Ich komme.«

Ellen ist auf Arbeit.

Bo ist in der Schule.

Mein Vater ist tot.

Ich rufe Ellen an und sage es ihr.

»Ich komme sofort«, antwortet sie.

»Nein, ich hole dich ab. Dann fahren wir gleich weiter.«

Sie ist lieb zu mir, als sie einsteigt. So wie nur sie es sein kann. Mit einer kleinen Geste, einer Berührung, einem einzigen Satz.

»Man kann sich an fast alles gewöhnen. Nur nicht an das Unvorhergesehene.«

Wir fahren nach Abcoude. Ich kann das Auto vor der Haustür abstellen. Mein Vater sitzt da und sieht zu, wie ich rückwärts einparke. Ich schätze die Entfernung zur Bordsteinkante falsch ein. Das rechte Hinterrad schrammt am Beton entlang. Unter dem Fenster stehen gelbe Narzissen. Es dauert sehr lange, bis ich wage auszusteigen. Mein Vater steht nicht auf. Er öffnet nicht die Tür.

Mein Vater ist tot. Ich glaube, ich fange langsam an, es zu begreifen.

Boris, eine schwarze, flauschige Promenadenmischung, bellt und springt ausgelassen an der Milchglasscheibe von Herrn Bruggemans Haustür hoch. Es dauert eine Weile, bis der alte Mann erscheint. Er ist bleich, seine Hände zittern. So alt, wie er ist, glaubt er gewiß, daß er nun wohl der nächste sein wird. – Ich denke: Wäre er nicht erst einmal dran gewesen? Man sieht doch sofort, daß er vor meinem Vater hätte gehen müssen. Doch das Schicksal hat anders entschieden. Das Schicksal entscheidet in meinem Leben häufig anders.

»Herr Minderhout, gnädige Frau«, sagt er. »Ich bin froh, daß Sie da sind. Kommen Sie herein. Boris, aus! Sitz! Brav! Ihr Vater …«

»Wir haben ihn gesehen.«

»Ja, natürlich. Ich wußte nicht, was ich mit ihm machen sollte, verstehen Sie? Ich meine …«

»Das verstehen wir«, sagt Ellen. Sie lächelt ihm freundlich zu. »Können Sie uns drüben hineinlassen?«

»Natürlich, natürlich. Boris, Fuß!« Der Hund, der schon wieder bellend und schwanzwedelnd auf dem Weg zur Haustür war, läuft ins Zimmer zurück. Der alte Mann schlurft in die Küche, öffnet eine Keksdose und holt ein paar Brocken heraus.

»Sitz!« Der Hund setzt sich.

»Warte.« Der Mann nimmt einen weißen Freßnapf aus Emaille, auf dem in roten Buchstaben HUND steht. Der Hund fiept und läßt seine Zunge heraushängen. Doch er rührt sich nicht. Der Mann stellt den Napf auf die Erde, der Hund wartet ab.

»Na los!« Gierig stürzt sich das Tier auf die Brocken.

Wir gehen aus dem Zimmer, auf den Korridor hinaus, und Herr Bruggeman zieht die Tür hinter sich zu. Am Ende des Gangs befindet sich ein Zugang zum Garten. Der alte Mann geht uns voraus.

»Bitte machen Sie richtig zu«, sagt er, »Boris öffnet neuerdings die Flurtür.«

Als wir den Garten betreten, hören wir tatsächlich, wie im Haus eine Türklinke mit einem Schlag heruntergedrückt wird. Dann ertönt aufgeregtes Bellen im Flur. Am Fenster der Hintertür erscheint der schwarze Kopf von Boris. Wir müssen alle drei darüber lachen. Dann sind wir im Garten meines Vaters. Ein paar Gartengeräte stehen unter dem Vordach des Schuppens. Ein Karton Stiefmütterchen, die noch in die Erde müssen. Herr Bruggeman öffnet die Hintertür und tritt ein. An der Wohnzimmertür bleibt er stehen.

»Bitte nach Ihnen«, sagt er. Und wir schieben uns an ihm vorbei, erst Ellen, dann ich, wir betreten das Zimmer und schauen auf den toten Mann in dem Sessel am Fenster. Es ist unleugbar mein Vater. Doch ebenso unleugbar ist er es nicht mehr. Ein sonderbarer Geruch hängt im Zimmer, oder vielleicht bilde ich mir das nur ein, auch Ellen zögert einen Moment, bevor sie auf den Leichnam zugeht. Dort wartet sie, bis ich neben ihr stehe. Sie nimmt meine Hand. Ich weiß, daß sie meinen Vater nie sonderlich gemocht hat. Seine Selbstsicherheit störte sie. »Er tut zwar so, als ob er mich akzeptiert, aber im Grunde toleriert er mich höchstens.«

Es war mir immer ziemlich egal gewesen, wie sie über ihn dachte. So intensiv ist der Kontakt zwischen ihm und mir auch nie gewesen. Erst in den letzten Jahren, seit dem Tod meiner Mutter, sahen wir uns wieder häufiger. Vielleicht ja deshalb, weil wir beide im gleichen Boot saßen. Weil wir einander wieder ebenbürtig waren: beide Witwer.

»Offensichtlich hat er keine Schmerzen gehabt.«

Herr Bruggeman unterbricht als erster die Stille.

»Nein«, sagt Ellen. »Er ist einfach eingeschlafen.«

Sie geht einen Schritt näher heran. »Wollen wir seine Augen schließen?«

»Versuch es mal«, sage ich.

»Willst du es nicht selbst tun?«

»Nein, lieber nicht.«

Sie schließt seine Augen. Ich sehe, wie ihr ein Schauer den Rücken hinunterläuft.

»Er ist kalt und steif.«

»Wollen wir ihn aufs Bett legen?« fragt Herr Bruggeman, und seiner Stimme ist anzuhören, daß er hofft, wir würden nein sagen.

»Nein«, sage ich. »Lassen Sie ihn noch einen Moment so sitzen. Ich rufe das Bestattungsunternehmen an, dann wird alles geregelt.«

»Ich habe den Rest von seinem Wein schon weggeschüttet«, sagt Herr Bruggeman. »Und das Glas abgewaschen. Und das Buch habe ich zurück ins Regal gestellt.«

»Vielen Dank«, sagt Ellen. Sie hält noch immer meine Hand fest. »Soll ich anrufen?«

»Nein, ich mach das schon.«

Ich suche mir aus dem Telefonbuch die Nummer des Bestattungsunternehmens heraus, das die Beerdigung meiner Mutter organisiert hat. Sie versprechen, sofort jemanden zu schicken.

Eine Stunde später sitzen wir am Küchentisch und besprechen die Dinge, die in so einem Moment besprochen werden müssen, genau wie vor zwei Jahren. Es ist sogar derselbe Mann. Nur mein Vater nimmt nicht an dem Gespräch teil. Er sitzt mit geschlossenen Augen in seinem Sessel. Was er zu seiner Beisetzung zu sagen hatte, das hat er fein säuberlich aufgeschrieben. Der Mann vom Bestattungsunternehmen liest es uns mit ruhiger, getragener Stimme vor. Als er bei der Musik angekommen ist und das *Ave Maria* nennt, das auch auf dem Begräbnis meiner Mutter gespielt wurde, wird mir plötzlich kalt. Unter dem Tisch legt Ellen die Hand auf mein Bein.

»Ihr Vater zieht es vor, eingeäschert zu werden«, sagt der Mann.

Das habe ich nicht gewußt.

Es sind nicht viele Leute zur Trauerfeier gekommen.

Vom Rednerpult aus lasse ich meinen Blick über die Gesichter schweifen. Ein Onkel und eine Tante, alt und grau, den Tod in den Augen, ein paar unbekannte Gesichter, vermutlich ehemalige Angestellte der Baufirma meines Vaters, zwei Cousinen, die eine schön und schlank, aber ungepflegt, die andere dick und häßlich, doch tipptopp gekleidet. Ihre Ehemänner, die ich zum letzten Mal bei der Beerdigung meiner Mutter gesehen habe, hielten es dieses Mal offenbar nicht für nötig, sich freizunehmen – aber wer bin ich, daß ich etwas dazu sagen dürfte? Ich hasse Beerdigungen und würde jede sich bietende Entschuldigung ergreifen, um nicht hingehen zu müssen. Für dieses Begräbnis gab es leider keine Entschuldigung.

Ich schaue zu Ellen und Bo, die nebeneinander in der ersten Reihe sitzen. Ellen nickt mir ermutigend zu. Es wird Zeit, daß ich etwas sage.

»Ich habe sechsunddreißig Jahre Zeit gehabt, mich auf diesen Tag vorzubereiten«, sage ich. »Es war nicht lange genug. Was soll man auf der Beerdigung seines Vaters sagen? Daß man ihn vermissen wird? Daß er wichtig für einen gewesen ist? Daß man ihn geliebt hat, auch in Momenten, in denen man ihn haßte? Daß man sich selbst regelmäßig dabei ertappt, daß man Dinge zu seinem Sohn sagt, die er früher zu einem gesagt hat? Es ist alles wahr, aber was hilft das?«

Bo schaut auf seine Schuhspitzen. Ellen schaut mich an.

Die beiden Cousinen schauen auf den Sarg. Herr Bruggeman schaut auf seine Hände, die gefaltet in seinem Schoß liegen. Wieder durchfährt mich der Gedanke, daß eigentlich er tot sein müßte und nicht mein Vater. *Das* würde ich gern sagen, tue es aber nicht.

Ich sage: »Ich werde nicht versuchen, meinen Vater mit ein paar Worten zu charakterisieren. Damit würde ich ihm nicht gerecht werden und Ihnen auch nicht und letztlich auch mir selbst nicht. Ein Menschenleben läßt sich nicht in Worte fassen, und das ist gut so. Was bleibt noch zu sagen? Jemand meinte vor ein paar Tagen zu mir: Man kann sich an alles gewöhnen, nur nicht an das Unvorhergesehene. Und so ist es. Man kann sich an alles gewöhnen, nur nicht an den Tod.«

Als das *Ave Maria* erklingt, bin ich der einzige, der weint. Bo sitzt neben mir. Ich höre ihn schlucken, aber er weint nicht. Ellen legt wieder ihre Hand auf mein Bein. Als ich sie ansehe, spitzt sie die Lippen, als wolle sie meinen Schmerz mit einem Kuß lindern, wie Mütter es bei kleinen Kindern tun.

Mein Vater ist tot, denke ich. Er liegt in diesem Sarg da und wird gleich verbrannt werden. Wen hab ich dann noch? Ellen und Bo. Wird das genug sein? In dem Jahr, als ich mich in rasendem Tempo auf den Abgrund zu soff, ja, da waren sie mir genug – genug jedenfalls, um mich kurz vor dem Abgrund umkehren zu lassen.

Meine Trinkerei hatte angefangen, als ich nach zwei Monaten harter Arbeit und Verdrängung endlich nicht mehr die Augen vor der Tatsache verschloß, daß Monika tot war. Zuerst trank ich vor allem in der Kneipe, oft mit Dees, oft mit Bo, manchmal ganz allein. Dann fing ich an, auch zu Hause zu trinken. Whisky vor allem und Rotwein. Innerhalb weniger Monate führte ich eine Existenz, die ich nie überlebt hätte, wenn Ellen nicht gewesen wäre. Sie war es, die mich rettete. Sie und Bo. Es gab Nächte, in denen ich mit ihm bis vier Uhr morgens in der Kneipe saß und anschließend noch stundenlang durch die Stadt irrte, während er auf meinem Rücken schlief. Ich stritt mich mit anderen Trunkenbolden und Stadtstreichern, und es war nur der Anwesenheit des Kleinkindes auf meinem Rücken zu verdanken, daß es nie wirklich zu Handgreiflichkeiten kam.

An einem frühen Sommermorgen saßen Bo und ich auf einer Bank im Sarphatipark. Ich hatte wieder einmal die ganze Nacht durchzecht, und er war gerade aufgewacht. Wir beobachteten die Enten im Teich, und Bo fragte, warum Enten schnattern und Bläßhühner piepen.

Ich hatte keine Ahnung.

Dann fragte er, warum Bläßhühner ihren Kopf so komisch hin und her bewegen, wenn sie schwimmen, und Enten nicht. Und wieder wußte ich nichts zu sagen. Er blieb eine Weile still. Zwei Erpel jagten ein Weibchen über den Teich.

»Warum tun sie das?« fragte Bo. Und diesmal hatte ich, Gott sei Dank, die Antwort parat. »Weil die Männchen«, sagte ich, »sich schrecklich langweilen. Normalerweise sind Enten einen großen Teil des Tages damit beschäftigt, nach Nahrung zu suchen. Aber Stadtenten haben es leicht: die brauchen nicht zu suchen, die bekommen alles von netten Menschen wie dir und mir zugeworfen. Also haben sie viel Zeit für andere Dinge. Das Problem ist nur: Enten haben nicht so viel Phantasie. Sie wissen also nicht, was sie mit all der Freizeit anfangen sollen. Das einzige, was ihnen einfällt, ist, hinter den Weibchen herzujagen. Und das machen sie dann auch. Manchmal wird ein Weibchen von den Männchen so fürchterlich gehetzt, daß es schließlich ertrinkt.«

Das fand Bo ziemlich schlimm.

»Wir dürfen sie nicht mehr füttern«, sagte er.

»Vielleicht wäre das wirklich besser.«

»Und die Möwen?« fragte er dann. »Machen die das auch?«

»Nein, die machen das nicht.«

»Gott sei Dank«, sagte Bo.

In diesem Moment sah ich, wie Ellen den Park betrat. Ich hatte sie seit Monikas Beerdigung vor gut acht Monaten nicht mehr getroffen. Sie hatte mich zweimal angerufen, aber ich war kurz angebunden gewesen und hatte gesagt, daß ich mich melden würde, wenn es mir etwas besser ginge. Doch die Monate verstrichen, und ich rief nicht an. Ich fühlte mich übrigens auch nicht besser.

Sie trug eine Jogginghose, joggte aber nicht.

»Laß uns gehen«, sagte ich zu Bo.

Ich wußte nicht, ob Ellen uns schon erblickt hatte, aber ich war mir ganz sicher, daß sie nicht bemerkt hatte, daß ich *sie* gesehen hatte. Es konnte also einfach Zufall sein, daß ich nun vor ihr weglief. Bo und ich verließen den Park und überquerten die Ceintuurbaan. An der Haustür drehte ich mich noch einmal um. Ellen war nirgends zu sehen. Doch kaum waren wir drinnen, klingelte es.

Ich zögerte lange, ob ich öffnen sollte, vermutete aber, daß sie mich doch gesehen hatte, und dann wäre es sehr unhöflich gewesen, nicht aufzumachen. Und außerdem: Welchen Grund sollte ich haben, ihr aus dem Weg zu gehen? Ich wußte es selbst nicht. Oder wollte es nicht wissen.

Ich öffnete. Sie stand unten an der Treppe. »Hallo, ich bin's. Darf ich raufkommen?«

»Lieber nicht. Es ist ein ziemlicher Saustall hier.« Das stimmte. Es war ein Saustall.

»Ich will mit dir reden. Will wissen, wie es dir geht. Und Bo.«

»Ja. Gut. Oder geht so. Danke.«

Sie blieb unschlüssig stehen. Eine Straßenbahn klingelte.

»Ich war gerade in der Gegend.«

»Weißt du was«, sagte ich. »Kennst du die Taxifahrerkneipe, ein Stückchen weiter unten an der Ceintuurbaan? Um diese Zeit stehen immer ein paar Taxis vor der Tür. Es ist nicht zu übersehen. Wir treffen uns da. In einer Viertelstunde, zwanzig Minuten.«

»Gut«, sagte sie.

Doch eine Viertelstunde später, als ich mich rasiert, gekämmt und umgezogen hatte und Bo noch in saubere Kleider stecken wollte, warf er sich schreiend aufs Sofa. Er trat und schlug mich und brüllte: »Ich will nicht, ich will nicht, ich will nicht!« Und wie ich auch versuchte, ihn zu beruhigen, es war nichts mit ihm anzufangen. Die Strapazen der Nacht forderten ihren Tribut. Ich war wütend und verzweifelt und traurig, und ich schämte mich meiner Ohnmacht. Und so ging ich in die Küche, schenkte mir ein Glas Whisky ein, setzte mich auf einen Stuhl am Fenster und trank und wartete und trank.

Als das Telefon klingelte, nahm ich nicht ab. Und als es zwanzig Minuten später zum zweiten Mal an diesem Morgen an der Tür läutete, machte ich nicht auf. Bo war inzwischen auf dem Sofa eingeschlafen, und kurz darauf schlief auch ich. Als ich am späten Nachmittag erwachte, hatte Bo mein Whiskyglas am Mund. Ganz vorsichtig nahm er einen Schluck. Und begann sofort, fürchterlich zu husten.

Ich hob ihn hoch und drückte ihn an meine Brust. Und ich tröstete ihn und versprach, daß ich mein Leben ändern und dieses eklige Gesöff aus dem Haus schaffen würde, daß wir nicht mehr nächtelang in Kneipen sitzen, sondern wieder ganz normal die Enten im Park füttern gehen würden. Aber das wollte er nicht, und da erst, ganz langsam, kamen die Erinnerungen an den Morgen zurück, und ich griff zum Telefon und rief Ellen an. Ellen war nicht zu Hause.

Der Sarg senkt sich langsam in einen Raum unter der Kapelle. Dann schließt sich der Fußboden wieder. Und das war's. Ich heule ohne Unterlaß, lautlos, ohne Tränen. Ich schüttele Hände.

»Mein Beileid!«

»Danke.«

»Mein Beileid!«

»Ihnen auch.«

»Mein Beileid!«

EINUNDDREISSIG

An Deck, in einer windgeschützten, sonnigen Ecke, ist es so warm, daß wir unsere Jacken ausziehen können. Wir haben das Auto auf dem Festland zurückgelassen. Unsere Rucksäcke stehen zwischen uns auf der harten Holzbank. Eine dunkelbraune Rauchfahne treibt über unsere Köpfe hinweg aufs Ufer zu. Möwen schweben auf reglosen Flügeln neben uns her. Ein Kind bekommt von seiner Mutter ein Stück Brot und hält es den Vögeln mit ausgestrecktem Arm hin. Eine riesige Silbermöwe segelt heran. Ein paar Dezimeter von der Kinderhand entfernt bleibt sie in der Luft stehen. Mühelos. Mit kühlem Blick schätzt sie die Situation ein. Dann schlägt sie blitzschnell zu. Sofort nehmen ein paar andere Möwen laut schreiend die Verfolgung auf.

Das Kind fängt an zu weinen.

Bo lacht und schaut zu mir herüber. Unsere Blicke kreuzen sich. Mehr ist nicht nötig.

Im Hafen von Nes schwimmen Eiderenten, die jungen Erpel halb im weißen Prachtkleid, halb im traurigen Braun ihrer weiblichen Artgenossen, als hätten sie sich heute morgen in aller Eile angezogen. Wir nehmen den Bus nach Hollum, wo wir ein Häuschen gemietet haben, oder besser gesagt: einen Teil davon, das alte Vorderhaus eines umgebauten Bauernhofs. Es hat zwei Schlafzimmer, das eine gerade groß genug für ein Doppelbett, das andere ein Einzelzimmer mit Blick auf eine Mauer. Bo nimmt wie selbstverständlich das kleinere Zimmer.

»Möchtest du nicht mal in einem schönen großen Bett schlafen?« frage ich.

Er zögert.

»Doch«, sagt er dann. Und er hebt seinen Rucksack wieder auf und wirft ihn in einem eleganten Bogen auf das Doppelbett, das in dem Zimmer auf der anderen Seite des schmalen Flurs steht. Der Rucksack landet auf dem Bett, und Bo läßt sich rücklings daneben fallen.

»Nicht schlecht«, sagt er.

Ich stelle meine Tasche in den leeren Kleiderschrank, der zwischen Bett und Wand des kleinen Zimmers gepfercht ist, und teste mein eigenes, schmales Lager.

»Schön hart«, rufe ich Bo zu.

Mit breitem Grinsen steht er in der Tür.

»Was ist?« frage ich.

»Das gefällt mir.«

Ich werfe mit einem Kissen nach ihm. Er duckt sich.

»Kaffee?« ruft er aus der Küche.

Die Inseln sind, außer Amsterdam, die einzigen Orte in den Niederlanden, wo ich richtig glücklich sein kann. Das Meer, der Wind, die Weite und vor allem: die Unveränderlichkeit. Vom Bus aus habe ich nicht ein Gebäude gesehen, das nicht schon dagestanden hätte, als ich das letzte Mal mit Monika hier gewesen bin, vor gut zehn Jahren. Ein neuer Radweg ist angelegt worden, oder vielleicht wurde er auch nur frisch asphaltiert, das ist der einzige sichtbare Fortschritt. Ich hasse den »Fortschritt« – er ist eine abgegriffene Entschuldigung für Häßlichkeit. »Du bist noch konservativer als dein alter Vater«, sagt Ellen immer, und sie hat recht. Mein Vater konnte ins Schwärmen geraten über einen handgearbeiteten Louis-seize-Stuhl, doch für die Einrichtung seiner eigenen Küche bevorzugte er Plastikklappstühle von IKEA. »Leicht zu verstauen und leicht zu säubern.« Ich habe nichts gegen IKEA, aber warum müssen ihre Läden unbedingt so penetrant knallblau und grellgelb aus der grünen holländischen

Landschaft hervorstechen? Wir wissen doch auch ohne diese Farben, daß die Firma aus Schweden kommt. Und im übrigen: werden die Möbel, Teppiche und Deckbetten, die dort in solch unvorstellbaren Mengen über den Ladentisch gehen, nicht hauptsächlich von unterbezahlten Arbeitern in tropischen Niedriglohnländern hergestellt? Doch mein Vater fand, daß man das Leid der Welt nicht auf seine Schultern nehmen und das Leben möglichst einfach halten sollte. Gegen den Fortschritt anzukämpfen, sagte er, sei genauso sinnlos, wie über das Wetter zu klagen. Er hatte recht. Und doch. Sterben ist auch eine Form von Fortschritt, und gegen den Tod anzukämpfen hat letztlich ebensowenig Sinn, wie über das Wetter zu klagen, aber müssen wir den Tod deshalb freudig umarmen? Nächste Woche werde ich sein Haus räumen müssen. Die Plastikstühle von IKEA, das Bett, in dem er mit meiner Mutter schlief, den Sessel, auf dem er starb. Daß er nicht dasein wird, um mir zu sagen, wie ich heben soll und wie ich das Bücherregal auseinanderschrauben muß und welche Kleidungsstücke weg dürfen und welche auf jeden Fall nicht – ist das Fortschritt?

Wir trinken den Kaffee, den Bo mit der häßlichen weißgrauen Kaffeemaschine gekocht hat, die auf einer ebenso häßlichen Kunststoffanrichte steht, aus altholländischen Tassen mit Darstellungen von Kirchtürmen und Zugbrükken und essen die Spritzkuchen, die ich als Proviant mitgenommen hatte, zu denen wir aber in der Frühlingssonne auf dem ruhigen Wattenmeer nicht gekommen sind, so beschäftigt wie wir waren, die Luftakrobatik der Möwen zu beobachten.

»Wohin wollen wir zuerst«, frage ich Bo, als wir den Kaffee ausgetrunken haben, »an den Strand oder ins Watt?«

»Ist Ebbe?« will er wissen.

Gute Frage. Auch darum liebe ich die Inseln: Auf den Inseln ist die Natur noch wichtig. Ob Ebbe ist oder Flut. Ob der Wind das Wasser gegen den Deich branden läßt oder gegen die Dünen. Ob der Mond es ermöglicht, nachts Eulen zu beobachten. Ob die Kiebitze schon brüten. Ob die Ringelgänse schon zurück sind oder sich gerade zu ihrem Brutplatz in Westsibirien aufgemacht haben.

Wir beschließen, ins Watt zu gehen. Wir werden ja sehen, wie das Wasser steht. – Als wir mit der Fähre ankamen, war Niedrigwasser, aber war es *schon* niedrig oder *noch* niedrig: dummen Stadtmenschen entgehen solche Details.

Ich nehme mein Fernglas mit und Bo die alte Keksdose, in der er die Kuriositäten aufbewahrt, die er bei jeder Wanderung im tiefen Gras, unter dichtem Gesträuch, in Spalten und Ritzen zwischen Ziegeln und Basaltblöcken findet.

Als wir in Stiefeln zum Deich laufen, zwischen Schafen und kreischenden Kiebitzen hindurch, denke ich, wie einfach es hier ist, alles zu vergessen, was einen in der Stadt quält. Wo sich nichts verändert außer dem Wetter und den Gezeiten, ist es leicht, in der Zeit zurückzugehen. Sollte das der Grund für meine Aversion gegen den Fortschritt sein: daß ich in die Vergangenheit zurück möchte? Ich wage nicht, diese Frage zu beantworten.

Wir haben Glück, das Watt ist trocken.

Wir stehen nebeneinander auf dem Deich und schauen auf die Welt, die uns zu Füßen liegt. Über einem zitternden Streifen weißen Lichts hängt die friesische Küste am Horizont.

»Wieviel Kilometer Luftlinie sind das?« fragt Bo.

»Ungefähr zehn.«

»Acht Meter Abfall.«

»In etwa.«

»Eine Luftspiegelung.«

»Genau.« Wir lachen und laufen den Deich hinunter in den dicken, fetten Modder. Zwei Austernfischer fliegen laut protestierend auf.

Wir stapfen eine Weile, ohne etwas zu sagen, auf das friesische Festland zu. Ich suche nach Worten, die den Geruch des Watts beschreiben könnten, finde sie aber nicht. Dann sagt Bo: »Was ich nicht verstehe, ist, warum man im Polderland keine halben Kirchtürme sieht. Oder halbe Hochspannungsmasten.«

»Was?«

»Ich meine: wenn sich ein Segelschiff von der Küste entfernt, sieht man doch, wie es langsam hinter dem Horizont verschwindet, bis nur noch die Spitze des Mastes zu erkennen ist – sagt man jedenfalls. Aber warum sollte das nur auf dem Meer so sein? Das müßte doch auch an Land gelten. In Flevoland kann man leicht bis zum Horizont blicken, aber ich habe dort noch nie einen halben Elektrizitätsmast aufragen sehen. Wie ist das möglich?«

Verblüfft schaue ich ihn an. Daran habe ich noch nie gedacht!

»Das ist doch eine hervorragende Frage für deinen Geographielehrer.«

Wir laufen weiter durch den braunen Schlamm, bis wir an einen Priel kommen. Unsichtbare Fische ziehen Zickzacklinien in dem seichten Wasser.

»Was meinst du?«

»Meeräsche.«

»Das denke ich auch.«

Wir haben sie manchmal gefangen, Bo und ich, die schnellen runden Fische. Mit einer geliehenen Flugangel, an der eine künstliche grüne Fliege hing, die ein herumschwimmendes Algenbüschel imitieren sollte. Sie kämpften spektakulär, sprangen aus dem Wasser, legten beeindruckende Sprints ein. Und sie schmeckten auch noch lecker.

Eine Zeitlang beobachten wir sehnsüchtig die Bewegungen knapp unter der Wasseroberfläche, bis die Stille um uns herum plötzlich durch Gejohle unterbrochen wird. Von Westen nähern sich vor dem fahlen Frühlingshimmel fünf Silhouetten. Der Wind weht Fetzen erregter Gespräche herüber. Schrilles Mädchenlachen. Eine Jungenstimme, die »Feigling« ruft und »Bastard«. Als wären wir ertappt worden, setzen Bo und ich uns gleichzeitig in Bewegung. Der Priel biegt ab in Richtung der fünf Jugendlichen. Drei Mädchen. Zwei Jungen.

»Hallo«, sagt einer der Jungen, als wir näher kommen. »Habt ihr hier Seehunde gesehen?«

»Nein«, antworte ich.

»Aber es gibt doch hier welche?« fragt eines der Mädchen.

»Manchmal schon«, sagt Bo.

»Siehste«, sagt das Mädchen. »Du hast einfach keine Ahnung von der Natur!« Und sie lächelt Bo an und sagt: »Diese schwarzweißen Vögel mit orangefarbenen Schnäbeln, das sind doch Austernfischer?«

»Stimmt«, sagt Bo.

»Siehste! Danke.«

Und weiter gehen sie, die Jungen nun etwas stiller, die Mädchen noch etwas lauter.

Bo bleibt stehen und stochert mit seiner Stiefelspitze im Modder. Nach ein paar Schritten drehe ich mich um und warte. Ich sehe, daß sich das Mädchen, das ihn gerade nach den Austernfischern gefragt hat, noch einmal umschaut. Sie trägt ein schwarzes Basecap, und ihre Augen glänzen im Halbschatten des Mützenschirms.

»Bei der hast du Chancen«, sage ich.

Bo sagt nichts. Er hebt etwas Glitzerndes aus dem Modder auf und steckt es in seine Dose.

ZWEIUNDDREISSIG

Ellen dreht sich auf die Seite und zieht sich die Decke über ihre nackten Brüste. Der Geruch von Sex umgibt uns auf beruhigende Weise. Ihre Füße streicheln meine. Zum ersten Mal seit Wochen ist die Glaswand verschwunden, die uns getrennt hat, seit wir das Ergebnis der Untersuchung erfahren haben. Zum ersten Mal habe ich, als ich kam, nicht gedacht: Wie sinnlos!

Ich weiß nicht, ob das jemals erforscht worden ist, aber Menschen, die auf einer Beerdigung gewesen sind, haben meiner Meinung nach ein viel größeres Bedürfnis nach Sex als sonst. Der Tod als Aphrodisiakum. Sex als lange Nase in Richtung Sensenmann: Sieh her, wie wir das Leben feiern, uns kriegst du nicht klein!

»Woran denkst du?« fragt Ellen.

»An jenes andere Mal, nach einer anderen Beerdigung.«

»Bereust du das noch immer?«

»Nein … Nein, ich bereue es nicht. Aber.«

»Aber was?«

»Genau wie damals waren wir auch jetzt nicht zu zweit.«

»Sondern zu dritt.«

»Ja.«

»Mußtest du auch an sie denken?«

»Ja.«

Wir schweigen beide. Ihre Hand streichelt meine Seite, meine Brust. Ich schließe die Augen und denke an Monika. Zehn Jahre – und noch immer nicht tot und begraben. Ich spüre, wie eine Träne über meine Wange läuft, an meinem

Kinn hängenbleibt, als zögere sie, und dann auf meine Brust tropft. Ellen küßt mich auf die Stirn, die Augen, die Nase, die Wangen, den Mund. Ich ziehe sie an mich.

»Weine nur«, sagt sie. »Weine nur.«

Und ich vergrabe mein Gesicht in ihrem Haar. Ich küsse ihren Hals. Ich küsse meine eigenen Tränen von ihrer Brust. Ich lege meinen Kopf auf ihren Bauch, der feucht und klebrig ist.

»Lieber Armin, lieber, armer Armin.«

»Küß mich, küß mich.«

Und sie küßt mich, und sie streichelt mich. Sie umklammert mich. Sie kneift mich. Und dann bricht ihr das Herz. Dann brechen die Deiche, hinter denen sie ihren Kummer schon seit Wochen verbirgt. Ich spüre, wie ihr Körper unter der Macht der Emotionen zuckt. Ich halte sie fest. Ich streichle ihr Haar, ihren Rücken, ich drücke sie an mich, mit aller Kraft, die in mir ist.

»Weine nur«, sage ich. »Weine nur.«

Und sie weint und weint und weint, und diesmal kann ich sie trösten. Das habe ich in diesen zehn Jahren jedenfalls erreicht: daß ich sie nicht von mir wegstoße wie ein in die Enge getriebenes Tier.

Sie saß auf der Bettkante. Nackt und verschwitzt und verschreckt.

»Weg!« schrie ich. »Weg! Weg! Weg! Verdammt noch mal, was willst du hier!?« Ich hob ihre Kleider vom Fußboden auf und warf sie ihr ins Gesicht.

»Anziehen!«

Ich selbst fuhr in meine Jeans, zog mir einen Pullover über den Kopf. Wie betäubt blieb sie auf dem Bett sitzen.

»Anziehen!« schrie ich noch einmal. Ich packte sie roh an den Schultern und zog sie hoch. Und sie erwachte aus ihrem Schockzustand, schob mich mit sanftem Druck zur Seite und zog sich an. Ruhig und schnell.

»Es tut mir leid«, sagte ich, als sie an der Tür stand. Sie

drehte sich um und ging. Ich riß die Laken vom Bett und stopfte sie in die Waschmaschine. Auf dem Flur fand ich einen Ohrring, der aus der Bettwäsche gefallen sein mußte. Ich hob ihn auf, ging zurück ins Schlafzimmer, öffnete das Fenster und warf ihn hinaus. Dann zog ich mich wieder aus, stellte mich unter die Dusche und schrubbte mich mit Seife und Wasser, das so heiß war, das ich es kaum ertragen konnte. Ganz langsam kam ich wieder zu mir, und nachdem ich mich abgetrocknet hatte, zog ich Monikas Bademantel an, setzte mich aufs Sofa, rief meine Mutter an und fragte: »Wie geht es Bo?«

»Er schläft. Wie geht es dir?«

»Gut. Schlecht.«

»Bist du sicher, daß du nicht bei uns schlafen willst?«

»Ja, ich bin sicher.«

Aber ins Schlafzimmer wagte ich in jener Nacht nicht mehr zu gehen. Ich blieb auf dem Sofa sitzen und vergrub mein Gesicht in den Falten des Bademantels, in denen noch Monikas Geruch hing, die wir am Mittag begraben hatten.

Zehn Sträuße weiße Rosen hatte ich auf dem Albert-Cuyp-Markt gekauft. Und zusammen mit Bo hatte ich die Knospen von den Stielen geschnitten und in einen Plastikeimer getan, mit dem er immer im Sand spielte.

»Die Blumen sind für Mama.«

»Wann darf ich sie ihr geben?«

»Morgen. Morgen früh.«

Und an jenem Morgen, am Rande des frisch ausgehobenen Grabes, in das die Leichenträger gerade den Sarg hinabgelassen hatten, sagte ich zu Bo: »Wollen wir ihr jetzt die Blumen geben?«

»Ja.«

Und Bo hatte mit seiner kleinen Kinderhand in den Eimer gegriffen, und als die ersten Rosenknospen mit sachtem Klopfen auf dem Sarg landeten, hörte ich, wie Monikas Mutter hinter uns in Tränen ausbrach, doch wir ließen uns dadurch nicht beirren und warfen weiter Blüten ins Grab, bis der Eimer leer war, und dann machte Bo einen Schritt nach vorn und sagte: »Tschüß, Mama.« Und ich nahm ihn an die Hand, und wir liefen zusammen zurück zur Kapelle, zu den Beileidsbezeugungen, zu Kaffee und Kuchen. Monikas Eltern ließen sich kondolieren, kondolierten selbst aber niemandem. Nur Bo hoben sie beide kurz hoch. Sie erdrückten ihn fast. Dann gingen sie, ohne sich zu verabschieden.

Als alles vorbei war, sagte meine Mutter: »Komm mit zu uns.« Und ich sagte: »Wenn ich jetzt nicht nach Hause gehe, gehe ich nie mehr hin. Aber vielleicht kann Bo heute nacht bei euch schlafen, dann brauche ich mir um ihn keine Sorgen zu machen.«

Bo fuhr also mit zu meinen Eltern. Er nickte sehr verständnisvoll, als ich sagte, daß Oma und Opa Minderhout sich im Moment besser um ihn kümmern könnten als ich. Ich ließ ein Taxi rufen. Und Ellen, die mit einem Kollegen von *Die Kleine Welt* mitgefahren war, sagte: »Ich ruf dich heute abend mal an.« Doch statt anzurufen, stand sie ein paar Stunden später vor meiner Tür.

»Ich werde zu Hause verrückt. Aber wenn du lieber allein sein willst, mußt du es sagen.«

»Ich bin froh, daß du da bist«, antwortete ich, und so war es auch, denn die Wohnung war ohne Bo und ohne Monika auf einmal wie ein Feind, ein Ort, an dem aus jeder Ecke Erinnerungen auf mich abgeschossen wurden wie in Gift getränkte Pfeile.

Wir hatten zusammen gekocht, zusammen gegessen, zusammen eine Flasche Wein geöffnet, zusammen auf den Fernsehschirm gestarrt, ohne etwas zu sehen, zusammen an Monika gedacht, ohne etwas zu sagen.

»Darf ich hier schlafen?« fragte Ellen.

»Ja.«

Und wir waren ins Bett gekrochen, und Ellen hatte sich an mich geklammert, und ich hatte sie auf den Rücken gedreht und mich auf sie gelegt, und sie hatte die Beine gespreizt und ihr Becken an meines gedrückt, und ich schloß die Augen und dachte: Monika, Monika, Monika; und sie bohrte ihre Nägel in meinen Rücken und biß mich in die Schulter, und ich zitterte vor Schmerz und Genuß und Wut und Kummer, und meine Hände glitten unter ihren Hintern, und ich drang in sie ein, und sie bebte und stöhnte und umklammerte mich wie eine Ertrinkende ihren Retter, und als sie kam, wich alle Kraft aus ihrem Körper, und sie fing an zu weinen, und ich richtete mich auf und sah in ihr tränenüberströmtes Gesicht, und eine blinde, sinnlose Wut übermannte mich, und ich zog mich aus ihr zurück und sprang aus dem Bett, und sie setzte sich erschrocken auf, nackt, zitternd und noch schluchzend, und ich schrie und schrie und schrie.

Post-mortem-Sex ist eine komplizierte Form von Sadomasochismus.

»Du darfst nicht immer weglaufen, wenn wir Streit haben«, sagt Ellen, als sie aufgehört hat zu weinen.

»Nein«, sage ich. »Es tut mir leid.«

»Ich hatte solche Angst, daß du mich rauswerfen würdest.«

»Ich dich? Warum sollte ich das tun?«

»Um mir zuvorzukommen. Weil du Angst hast, daß ich dich verlassen könnte, weil du mir kein Kind schenken kannst.«

Ich sinke in die Kissen zurück.

»Habe ich recht?«

Ich seufze und nicke. »Vielleicht solltest du dir jemanden suchen, der dich schwängert.«

»Red nicht solchen Blödsinn.«

»Ich kann das sehr gut, anderer Leute Kinder großziehen, meine ich.«

Sie lacht, doch es kommt nicht von Herzen.

»Armer Armin.«

Ich schaue sie an. Sie sieht müde aus. Und traurig. Vierunddreißig ist sie jetzt. Sie wäre eine gute Mutter. Sie ist eine gute Mutter. Für Bo. Aber Bo ist nicht ihr Kind. Ich sage: »Du kannst das übrigens auch ganz gut.«

»Was?«

»Anderer Leute Kinder großziehen.«

»Komisch, daran habe ich noch gar nicht gedacht.«

»Woran?«

»Daß wir uns darin nun ebenbürtig sind. Daß wir zusammen das Kind von anderen aufziehen.«

»Ihr Kind.«

»Ja, ihr Kind.«

DREIUNDDREISSIG

Bo hat gekocht. Kartoffeln mit Brokkoli und Fischstäbchen. Ich habe den Salat gemacht und Weißwein eingeschenkt. Wir sitzen am Eßtisch vor dem Fenster. Draußen senkt sich der Abend herab. Ein Bauer auf seinem Fahrrad fährt vorüber und hebt die Hand zum Gruß. Inselleben.

Wir stoßen an. »Auf das Inselleben«, sage ich.

»Weißt du noch«, sagt Bo, »wie wir mal zu dritt angeln waren, Opa, du und ich?«

Ich weiß es noch.

»Er verstand nicht viel davon, der Opa.«

»Er verstand nichts davon.«

»Nein. Aber er fing trotzdem den größten Blei des Tages.«

»Anfängerglück.«

»Ja, Anfängerglück.«

Es muß ungefähr acht Jahre her sein. Um die Zeit, als Ellen bei uns einzog. Das Angeln war für Bo und mich zu einer regelrechten Sucht geworden, was nach den Alkoholexzessen ein echter Fortschritt für mich war. Es verging kaum ein Wochenende, an dem wir nicht zusammen loszogen. Beim Angeln lehrte ich Bo den Unterschied zwischen dem Gesang des Drosselrohrsängers und des Teichrohrsängers, den Unterschied zwischen Kornweihe und Wiesenweihe. Ich erzählte ihm vom Kuckuck, der seine Eier von anderen ausbrüten läßt. Und von den Bewohnern Borneos, die glauben, daß das man die Zukunft anhand des Vogelflugs vorhersagen kann. Ich erzählte ihm von den großen Mysterien der frühesten Zivilisationen.

»Vor sechstausend Jahren«, sagte ich, »bauten Angehörige eines neolithischen Stammes im Südwesten von England eine riesige Rechenmaschine, die unter dem Namen Stonehenge bekannt geworden ist. Der offiziellen archäologischen Lesart zufolge ist es ein Tempel, in dem den Naturgottheiten jener Zeit Opfer gebracht wurden. Aber Stonehenge ist viel mehr als das. Es ist auch eine Sonnenuhr und eine Monduhr. Es ist ein mathematisches Modell des Universums, wie wir es von der Erde aus wahrnehmen können. Genaue Messungen haben ergeben, daß die Erbauer von Stonehenge mit den wundersamen Eigenschaften rechtwinkliger Dreiecke vertraut waren und die heilige Zahl π kannten. Sie müssen in der Lage gewesen sein, Mond- und Sonnenfinsternisse vorherzusagen und Sonnenwenden und die Bewegung der Gezeiten unter dem Einfluß des Mondes. Es gibt nur ein Problem: Laut Geschichtsschreibung der westlichen Zivilisation konnten die Barbaren in der Steinzeit diese Dinge überhaupt noch nicht wissen. Und deshalb werden die vielen phantastischen Entdeckungen, die man über Stonehenge gemacht hat, aus den offiziellen Lehrbüchern herausgehalten.«

»Fahren wir da mal hin, nach Stonehenge?« fragte Bo.

Und ich sagte ja, und erst kürzlich habe ich mir noch einmal vorgenommen, dieses Versprechen endlich einzulösen.

Solche Dinge erzählte ich Bo, während wir auf unsere Schwimmer starrten. Und noch viel mehr. Ich erzählte ihm vom Wahnsinn des Rüstungswettlaufs und von der Gotteslästerung christdemokratischer Politiker, die mit raffinierten Steuertricks ihre Millionenvermögen am Fiskus vorbeischmuggeln, und von der Arroganz der Vorstände von Ölmultis, denen Geschäfte mit dem Apartheidregime in Südafrika ebensowenig Probleme bereiten wie die Beschönigung der Umweltverschmutzung, die sie anrichten. Und von seiner Mutter erzählte ich ihm. Von ihrer weißen Haut und ihrem roten Haar. Von ihrer Wut, wenn sie die Artikel las, die ich für den Verlag redigierte, in denen beschrieben wurde, wie Versuchstiere für wissenschaftliche Zwecke gequält und getötet werden. Und Bo fragte: »Warum machen sie das denn, Tiere quälen?«

Und ich sagte: »Um Medikamente zu testen, zum Beispiel. Medikamente, die Menschen das Leben retten können.«

Und Bo sagte: »Aber nicht Mamas Leben.«

»Nein, ihr Leben nicht.«

Eines Tages hatte mein Vater gesagt: »Ich möchte gern mal mit, wenn ihr angeln geht. Ich will herausfinden, was daran so viel Spaß macht.«

Mein Vater hat nie verstanden, daß ich das Angeln liebte. Er hat mich überhaupt nie richtig verstanden. Bis ich eines Tages mit Monika nach Hause kam.

»Daß du dich nicht zu Tode langweilst, so am Wasser«, sagte er immer.

»Daß dir nicht kalt wird.«

»Daß du dich nicht genierst, mit einer Angel herumzulaufen.«

»Daß du nicht kapierst, daß du nie ein nettes Mädchen finden wirst, solange du so einem Altmännerhobby nachgehst.«

»Und dann auch noch dein Vogeltick. Gott weiß, von wem du diese merkwürdigen Abartigkeiten hast, von mir jedenfalls nicht.«

Daß es mir gelungen war, Monika den Kopf zu verdrehen, blieb für meinen Vater ein ungelöstes Rätsel, doch es ließ mich unbestreitbar in seiner Achtung steigen. Und als ich Monika geschwängert hatte – nun ja, das erzählte ich schon. Wie ich auch schon erzählte, daß sich alles wieder umkehrte, als Monika gestorben war. Als sei sie eine Brille gewesen, die mein Vater brauchte, um seinen eigenen Sohn richtig wahrnehmen zu können. Daß ich ein paar Jahre nach ihrem Tod wieder angeln ging, machte es nur noch schlimmer. Ich war wieder dieser sonderliche Sohn geworden, der es im Leben einfach zu nichts bringen wollte. Ich war wieder das Kind meiner Mutter.

Es war typisch mein Vater, daß er an diesem Tag den größten Fisch fing. So wie es typisch mein Vater war, daß er Bo den ganzen Tag mit vergnüglichen Geschichten vom Bau und über die unergründliche Kommunalpolitik und über das Geklüngel von Beigeordneten und über Bestechungen und Trinkgelage imponieren wollte.

»Weißt du noch, wie er von der Steuerfahndung erzählt hat?« sagt Bo.

Ich weiß es noch.

»Was habe ich damals gelacht.«

Es war eine Geschichte, die mein Vater später noch viele Male erzählen würde, zu Geburtstagen oder beim Weihnachtsbraten. Es war eine Geschichte, die mit einem betrunkenen Ermittlungsbeamten endete, der seine Akte in einem zwielichtigen Nachtklub liegenließ und meinen Vater am nächsten Tag verschämt anrief und fragte, ob er sie vielleicht gesehen hätte. Doch mein Vater stellte sich dumm, und zu einem Verfahren des niederländischen Staates gegen die Firma Minderhout ist es nie gekommen.

»Warum hast du dich nicht mit ihm verstanden?« fragt Bo auf einmal.

»Ich habe mich mit ihm verstanden.«

»Von wegen. Nicht so, wie ich mich mit dir verstehe.«

»Nein, so nicht, nein. Er war …« Ich versuche, die richtigen Worte zu finden. »Als ich noch ein Kind war, gab er mir immer das Gefühl, daß ich ihm unterlegen sei. Daß ich nie können würde, was er alles konnte. Und das war auch so. Er war ein Alleskönner.«

»Er konnte nicht angeln.«

»Nein, aber er fing trotzdem den größten Fisch. Typisch!«

»Er war nicht sehr mutig.«

»Wie meinst du das?«

»Er nahm zwar immer den Mund voll, aber eigentlich war er sehr ängstlich. Ängstlich vor Veränderungen.«

Ich sehe Bo an, wie er mir da gegenübersitzt. Gerade vierzehn geworden. Vorsichtig an seinem Wein nippend.

»Woran hast du das gemerkt?«

Er zuckt mit den Schultern. »An allem. Als Oma gestorben war, blieb ja auch nur noch wenig von ihm übrig.«

So. Der Enkel hat gesprochen. Der Enkel? Ich lache.

»Was ist?« fragt er.

»Nichts.«

»Warum lachst du dann?«

»Weil du recht hast. Weil du Dinge sagst, die ich selbst nie wagen würde zu sagen.«

»Weil er dein Vater ist«, sagt Bo verständnisvoll.

»War.«

»Ja, war natürlich.«

VIERUNDDREISSIG

Ich habe Ellen noch sehr lange auf Distanz gehalten. Und auch noch sehr lange weitergetrunken. Ein paar Tage, nachdem sie vergeblich vor unserer Tür gestanden hatte und ich vergeblich versucht hatte, sie abends anzurufen, bekam ich sie doch noch ans Telefon. Ich entschuldigte mich für mein asoziales Verhalten, und sie sagte: »Macht nichts« und lud uns zum Essen ein. Wir gingen hin, und wir redeten und lachten und tranken in Maßen. Bo und ich brachen beizeiten wieder auf, und zum Abschied küßten wir uns auf die Wangen.

Wochen vergingen, in denen wir einander nicht sahen oder sprachen, doch dann stand sie auf einmal wieder vor der Tür, und ich ließ sie ein, und wir redeten und lachten und tranken in Maßen, und immer verabschiedeten wir uns in geziemender Weise: wie Freunde. Manchmal ging sie mit Bo in den Park oder in den Zoo. Manchmal schlief er bei ihr.

Ich hatte in einer Diskothek eine Frau kennengelernt. Ich war nicht in sie verliebt, sie aber in mich, und das nutzte ich aus, indem ich mit ihr schlief, wenn ich Lust hatte – was letztendlich zu selten der Fall war, um sie zufriedenzustellen. Sie machte Schluß, was mich viel trauriger stimmte, als ich mir eingestehen wollte.

Auch Ellen hatte eine Zeitlang ein Verhältnis mit einem anderen Mann. Ich sagte ihr, daß ich mich für sie freuen würde und daß sie alle Liebe dieser Welt verdiene. Aber als er sich von ihr trennte und sie nicht allzusehr darunter zu leiden schien, war ich doch erleichtert. Und als Bo und ich das nächste Mal bei ihr vorbeischauten, brachte ich eine Flasche Champagner mit zur Feier der wiedergewonnenen Freiheit.

Die Zeit verging, und mein Leben verlief wieder in den gewohnten Bahnen. Ich trank weniger, und Bo ging immer länger in die Schule, fand Freunde und Freundinnen, bei denen er spielte und manchmal übernachtete. Ich redigierte wieder Texte über die Wirkung von Oxalat auf die Glukoneogenese bei isolierten Hühnerhepatozyten und lauter solche Sachen. Mit Dees freute ich mich über die Ergebnisse von Untersuchungen zur molekularen Ähnlichkeit zwischen so unterschiedlichen Tierarten wie Fruchtfliege, Karpfen, Schwein und Mensch.

»Es geht«, erklärte mir Dees, »um die Struktur des Eiweißes Zytochrom C. Dieses Eiweiß kommt in fast allen lebenden Organismen vor, und man vermutete, daß es einen Zusammenhang gibt zwischen dem Maß, in dem sich dieses Eiweiß von Art zu Art unterscheidet, und der geologischen Zeit ihrer Entstehung. Zwei Arten, die auf der evolutionären Leiter relativ nah beieinander stehen, müßten in ihrer Eiweißstruktur mehr Übereinstimmungen aufweisen als Arten, die entwicklungsgeschichtlich gesehen weiter voneinander entfernt sind. Die Unterschiede werden nämlich durch zufällige Mutationen verursacht. Je mehr Zeit also zwischen der Entstehung zweier Arten verstrichen ist, desto größer ist die Wahrscheinlichkeit von Mutationen und desto größer sind die Unterschiede. So stellte man es sich jedenfalls vor. Aber es funktioniert nicht. Das Zytochrom C des Karpfens stimmt zu vierundsechzig Prozent mit dem des Bakteriums *Rhodospirillum rubrum* überein. Das gleiche gilt für das Schwein. Und das Zytochrom C des Menschen und das der Fruchtfliege sind sogar zu fünfundsechzig Prozent mit dem dieses Bakteriums identisch. Das bedeutet«, und hier bekam Dees' Stimme etwas Triumphierendes, »daß vom Standpunkt des Bakteriums *Rhodospirillum* aus betrachtet, der Mensch nicht mehr und nicht weniger mit ihm verwandt ist als die Fruchtfliege. Zu dumm für die Evolutionstheorie.«

Als Ausgleich zur Arbeit und zum Familienleben und zu den stimulierenden, aber ziemlich anstrengenden Gesprächen mit Dees stürzte ich mich noch zwei lange, warme Sommermonate ins Nachtleben. Ich hatte einige One-night-Stands und glaubte sogar eine Zeitlang, wieder richtig verliebt zu sein. In ein Mädchen mit kurzem rotem Haar, das die Polizeiführungsakademie besuchte und die Liberalen wählte. »Das kann nicht gut gehen!« lachte Ellen, und es ging auch nicht gut. Und gerade als ich dachte: Für mich wird es nie eine andere als Monika geben, und das ist gut so! – gerade da passierte es natürlich.

»Du hast angefangen«, sollte Ellen später sagen.

»Keiner hat angefangen«, sagte ich. »Wie immer.«

Ein halbes Jahr später zog sie bei uns ein.

»Bist du damit einverstanden, daß Ellen zu uns zieht?« hatte ich Bo gefragt.

Er war einverstanden.

Meine Mutter vergoß Freudentränen, als sie es erfuhr. Und auch mein Vater sagte, daß er sich für mich freue, doch ich merkte ihm an, daß er von Ellen nicht so beeindruckt war wie seinerzeit von Monika. Und Ellen spürte das auch. Sie blieb meinem Vater gegenüber jedenfalls immer etwas reserviert.

»Ich habe einfach Schwierigkeiten mit dieser Art von Männern«, sagte sie einmal entschuldigend.

»Was für eine Art Mann ist mein Vater denn?« fragte ich.

»Zu selbstsicher. Zu erfolgreich. Zu … einfach zuviel *zu*. In allem.«

»Ich liebe dich«, sagte ich. Es war das erste Mal, daß ich das zu ihr sagte.

FÜNFUNDDREISSIG

So sieht ein sorgloser Frühlingstag auf einer Watteninsel aus.

7.45 Uhr. Aufstehen. Duschen. Bo wecken.

8.03 Uhr. Zum Bäcker. Eier braten. Frühstückstisch dekken mit frischen Brötchen, Orangensaft und starkem Kaffee.

8.28 Uhr. Frühstücken.

9.33 Uhr. Endlich fertig mit dem Frühstück. Das ganze schmutzige Geschirr auf der Anrichte stehenlassen.

9.50 Uhr. Zum Fahrradverleih. Zwei anständige Hollandräder aussuchen.

10.04 Uhr. Radfahren. Über die Weiden und den Deich nach Nes. Taumelnde Kiebitze, hysterische Uferschnepfen, ein Schwarm Pfeifenten, zwei Nilgänse in einem langen, geraden, grauen Wassergraben. »Wenn man nun schon wählen kann zwischen dem Nil und diesem Graben.« – »Wenn man nun schon wählen kann zwischen Amsterdam und Ameland.« – »Dann bin ich doch froh, daß wir in Amsterdam wohnen.«

11.28 Uhr. Kaffeepause in Buren. Als wir uns gerade hingesetzt haben, kommen die fünf Jugendlichen herein, die wir tags zuvor auf dem Watt getroffen hatten. »Schon Seehunde gesehen heute morgen?« fragt derselbe Junge. »Hör nicht auf ihn«, sagt dasselbe Mädchen – das Mädchen mit der schwarzen Mütze. »Wohnt ihr hier in Buren?« – »Nein, in Hollum.« – »Ist es da schön, in Hollum?« – »Ja, es ist schön.« – »Und abends?« – »Ähm … Wir sind erst einen Tag hier.«

12.15 Uhr. Wir brechen wieder auf. »Tschüß«, sagt Bo. »Ciao.« – »Auf Wiedersehen«, sagt das Mädchen mit der Mütze. »Du hast Chancen«, sage ich draußen. »Armin!« sagt Bo mit einem Seufzer.

12.43 Uhr. Im Naturschutzgebiet Het Oerd. Trauerenten vor der Küste. Ein krankes Kaninchen, das auf einen Bussard oder Fuchs wartet. Auf den Tod wartet. Bo findet einen Möwenschädel, säuberlich abgenagt und noch völlig intakt. Er steckt ihn in seine Dose.

13.30 Uhr. Mittagsimbiß auf einer Düne. »Wollen wir diese Bohrinsel da in die Luft jagen?« – »Gute Idee.«

14.07 Uhr. Wieder bei unseren Rädern. Wir fahren auf der Landseite der Dünen in Richtung Westen. Späte Krammetsvögel. Hoffen auf eine Sumpfohreule, sehen jedoch nur einen Bussard, der tief über das Weideland dahinstreicht. Ich halte an und greife zum Fernglas. »Bussard«, sage ich zu Bo. »Hab ich mir gleich gedacht.« Besserwisser. Aber ich sage nichts.

14.50 Uhr. Bei Ballum kurz an den Strand. Tote Quallen. Sanderlinge. Bo findet ein Rochenei, ich einen rechten Schuh. Wie war das doch gleich? In England werden an der Nordseeküste mehr linke Schuhe gefunden, in den Niederlanden und Belgien dagegen mehr rechte – oder war es genau umgekehrt? Es hatte jedenfalls etwas mit der Strömung und der spezifischen Stromlinienform von linken und rechten Schuhen zu tun. Wir einigen uns darauf, daß es umgekehrt sein muß.

15.34 Uhr. Wieder auf dem Rad. Zurück nach »Hause«.

16.09 Uhr. Im Dorf kaufen wir eine Flasche Whisky und ein paar Flaschen Bier. Plus eine *Voetbal International* und eine *Bild-Zeitung*.

16.16 Uhr. Zu Hause. Lesen. Einen Drink dazu. *Feyenoord enttäuscht Schlachtenbummler. Schadenfreude in Bonn.*

18.30 Uhr. »Was wollen wir essen?« Ich schrecke aus dem

Schlaf hoch. »Wollen wir essen gehen?« – »Gute Idee.« – »Wo?« – »Hier im Dorf.« – »Seezunge Picasso.« – »So was in der Art. Seewolf.« – »Meeräsche.« – »Sehr gut.«

19.07 Uhr. In einem Restaurant mit Seestücken an der Wand und Fischnetzen an der Decke. »Ich nehme die Seezunge Picasso.« – »Und für mich den roten Knurrhahn in milder Senfsoße. Und ein Viertel Weißwein, bitte.«

So ein Tag. So ein Tag, der einen in keiner Weise auf das vorbereitet, was einen in der Nacht erwartet.

SECHSUNDDREISSIG

Wenn ich nur nicht so betrunken gewesen wäre.

Wenn ich nur nicht so betrunken gewesen wäre, hätte ich mich nicht in Selbstmitleid verloren.

Wenn ich nur nicht so betrunken gewesen wäre, wäre mir aufgefallen, daß er mit geschlossenen Augen schlief.

Wenn ich nur nicht so betrunken gewesen wäre, hätte ich …

Nach dem Essen und dem Kaffee laufen wir hinaus in Richtung Watt. Im Westen blinkt das Leuchtturmfeuer. Im Osten kündet ein blasser Schein vom nahenden Aufgang des Mondes. Ab und an erklingt aus dem Dunkel der nervöse Alarmruf eines Rotschenkels, das unterdrückte *Kiwiiiiitt* eines aufgeschreckten Kiebitzes. Wir laufen an einer Weide mit Schafen vorbei, die uns hinterherstarren, als sähen sie zum ersten Mal menschliche Wesen. Wir reden nicht viel.

Bo sagt: »Eine Stille ist das.«

Ich sage nichts.

Bo sagt: »Was wollen wir machen?«

Ich sage: »Ein Stückchen laufen. Noch einen Kaffee trinken.«

Wir gehen über den unbeleuchteten Asphalt zwischen zwei Wassergräben, in denen sich der Abendhimmel spiegelt. Die frische Luft hat nicht die erhoffte Wirkung auf mich. Statt heiterer werde ich mit jedem Schritt betrübter. Vielleicht liegt es daran, daß in der Dunkelheit das Beruhigende verschwunden ist, das diese unveränderliche Landschaft tagsüber ausstrahlt. Vielleicht liegt es daran, daß der Tod im Dunkeln stärker anwesend ist als das Leben. Vielleicht liegt es daran, daß Bo einfach nicht im selben Rhythmus gehen will wie ich – etwas, was mich früher nie gestört hätte, jetzt schon.

Mit einem kleinen Umweg laufen wir zurück ins Dorf. Die Häuser erwarten uns mit ihren erleuchteten Fenstern, die einladen und zugleich ausschließen. Wir betreten die erstbeste Kneipe und setzen uns an einen Tisch am Fenster. Es sind nur wenige Gäste da.

»N'abend.«

»Guten Abend.«

Ein Bursche mit rosigem Gesicht und riesigen Händen nimmt unsere Bestellung auf: Kaffee und eine heiße Schokolade mit Schlagsahne. Ich nehme einen Cognac dazu, Bo ein Glas Wasser. Als der Junge die dampfenden Tassen vor uns hinstellt, betreten ein paar Jugendliche das Lokal. Es sind die beiden Jungen und die drei Mädchen, denen wir schon zweimal begegnet sind. Offensichtlich haben sie beschlossen, sich mit eigenen Augen zu überzeugen, ob Hollum wirklich so schön ist, wie Bo sie am Morgen glauben machen wollte. Dem Gesicht eines der Mädchen ist deutlich anzusehen, daß das Ergebnis, was sie betrifft, schon jetzt positiv ist – es ist das Mädchen mit der schwarzen Mütze. Als sie sich an unserem Tisch vorbeischiebt, schenkt sie Bo ein strahlendes Mädchenlächeln. Selbst mein bedrücktes Gemüt wird davon erhellt. Bo murmelt ein kaum verständliches »Hallo« und fängt an, umständlich in seiner heißen Schokolade zu rühren.

Ich sage nichts.

Bo sagt: »Was denkst du, wird Ellen uns ein bißchen vermissen?«

Das hatte er beim Essen auch schon gefragt.

»Die ist froh, daß sie uns eine Weile los ist. Oder mich zumindest.«

Das hatte ich beim Essen auch schon geantwortet.

Wir trinken schweigend. Die fünf haben sich schräg hinter uns an die Bar gesetzt. Dem Mädchen mit der Mütze ist es gelungen, sich so zu plazieren, daß sie sich gleichzeitig mit ihren Freunden unterhalten und Bo beobachten kann. Ich sehe, wie ihr Blick immer wieder zu unserem Tisch wandert.

Ich sage nichts. Ich denke. Wie lange sich wohl schon Mädchen in ihn verlieben? Es ist mir noch nie aufgefallen, und Bo selbst wäre der letzte, der darüber spricht – wenn er es denn bemerkt. O diese herrliche, schreckliche Unsicherheit der Pubertät, in der das unmißverständlichste Signal eines Mädchens noch nicht unmißverständlich genug ist. In der jede Verlockung zugleich abschreckend ist, weil das Selbstbewußtsein verletzlich ist wie eine Sandburg in den Wellen. Weil, was in dem einen Moment noch eine an Sicherheit grenzende Wahrscheinlichkeit zu sein scheint, sich im nächsten schon als absolute Unmöglichkeit herausstellen kann. Weil man nichts weiß und nichts begreift. Oder ist das nur das Geschwätz eines alten Mannes? Sind die Teenager von heute viel klüger? Ich sehe Bo an und denke: Nein, diese Unsicherheit ist zeitlos. Aber ganz gewiß bin ich mir dessen nicht. Was weiß ich denn schon von ihm, außer daß er nicht mein Sohn ist?

»Ich muß mal aufs Klo.«

Er steht auf. Sofort fliegen die Augen des Mädchens-mit-der-Mütze in seine Richtung. Bo schaut sich zögernd um. Ich kann an ihrem Gesicht genau den Moment ablesen, in dem ihre Blicke sich treffen. Wieder dieses Lächeln. – Schimpansen zeigen einander auch die Zähne zur Beruhigung, im Gegensatz zu vielen anderen Tieren, wie zum Beispiel Hunden. Einen bösartigen Hund anzugrinsen, kann unangenehme Folgen haben. Es nicht zu tun, übrigens auch. Einen Schimpansen anzugrinsen, kann jedoch nicht schaden. Jemanden, den man begehrt, anzulächeln, ist fast immer ein guter erster Schritt.

Ich kann nicht sehen, ob Bo das Lächeln des Mädchens erwidert, doch er schiebt sich auf dem Weg zur Toilette dicht an ihr vorbei. Ich ertappe mich dabei, daß ich ihn beneide. Darum nehme ich schnell einen Schluck Cognac und schaue demonstrativ aus dem Fenster, obwohl mir die Aussicht durch die Spiegelungen im Glas größtenteils genommen wird.

Bo hat Chancen.

Bo ist kein kleines Kind mehr.

Nun ja, ich hatte ihn ohnehin schon verloren.

Lächerlicher, kleinlicher Gedanke!

Es ist schön für ihn. Ja, es ist schön für ihn. Außerdem ist es ein nettes Mädchen.

Was verstehst du denn davon, du alter Knacker?

Nun ja, ein nettes Mädchen ist ein nettes Mädchen. Zu allen Zeiten. Soviel kann ich nun auch noch sehen.

Vielleicht hat Bo ja einen ganz anderen Geschmack.

Ist Geschmack erblich oder anerzogen? Daß Männer große Brüste lieben, sei biologisch bedingt, sagen die Soziobiologen. Große Brüste und breite Hüften. Das ist erforscht worden. Ich schaue schnell in die Ecke der Bar, wo das Mädchen mit der Mütze sitzt. Hat sie große Brüste? Sie ist nicht mehr da. Ist ja auch lächerlich, daß ich mich dafür interessiere. Ich mag überhaupt keine großen Brüste.

Wo ist sie?

Bestimmt auch auf dem Klo. Ist die Damentoilette in derselben Ecke wie die für Herren? Vermutlich ja. Von meinem Sitzplatz aus kann ich es nicht erkennen. Ob sie ihn abpaßt? Das hätte ich früher nie gewagt. Aber nun ja, die Zeiten haben sich geändert, oder? Oder? O nein. Monika hat solche Sachen bestimmt auch gemacht. Dreizehn war sie, als sie entjungfert wurde. Dreizehn! Das hat mir für einen Moment die Sprache verschlagen. Es hat ein halbes Jahr gedauert, bis ich gewagt habe, ihr zu erzählen, daß sie für mich die erste war.

Dreizehn ... Ich fühlte mich wie ein unglaublicher Trottel. Doch auf Monika hatte meine Unerfahrenheit, nachdem ich endlich den Mut gefunden hatte, mich ihr anzuvertrauen, eine erstaunliche Wirkung.

»Wirklich?« fragte sie.

»Wirklich.«

Sie sah mich eine Weile forschend an. Dann lächelte sie – dieses Lächeln, dieses Lächeln! – und sagte: »Dann bist du ein Naturtalent.« Ob sie das ernst gemeint hatte, oder ob sie es nur gesagt hatte, um mir eine Freude zu machen, war mir egal, denn danach trieben wir es noch öfter als zuvor.

Du hast eine Menge nachzuholen, sagte Monika.

Daß du das alles für mich aufgespart hast! sagte Monika.

Und sie lehrte mich alles über Sex, was es zu lernen gab. Und danach lehrte ich sie, was es bedeutete, wenn Sex an wahre Liebe gebunden ist, denn das, so sagte sie, hätte sie noch nie erlebt.

So schmiedeten wir uns aneinander.

Was Gott zusammengefügt hat, sagen die Pastoren und die Priester, das soll der Mensch nicht scheiden. Aber ich sage: Was der Mensch zusammengefügt hat, das kann Gott nicht scheiden. Nicht einmal, wenn er einen gedungenen Mörder einschaltet. Nicht einmal, wenn … nicht einmal dann? Nein, nicht einmal dann, sage ich zu mir selbst. Und bestelle noch einen Cognac. In der Hoffnung, diesen Glauben nicht zu verlieren.

Bo ist noch immer nicht zurück von der Toilette.

SIEBENUNDDREISSIG

Drei Erinnerungen bewahre ich an das letzte Mal, als ich mit Monika auf Ameland war. Die erste hat mit dem Foto am Strand zu tun – »Armin ist doof«. Die zweite mit einer Sumpfohreule. Wir liegen an einer windgeschützten Stelle der Binnendüne in der Frühlingssonne. Bo schläft zwischen uns. Monika kaut auf einem Grashalm. Sie hat Gras im Haar. Sie stützt sich auf den Ellenbogen, den Kopf in ihre Hand geschmiegt. Sie sagt: »Was bedeutet es für dich, der Vater meines Kindes zu sein?«

Das war eine typische Monika-Frage. »Was meinst du, wenn du sagst: ich liebe dich?« – »Wie hast du dich gefühlt, als du Bo zum ersten Mal im Arm gehalten hast?« – »Was verstehst du unter Treue?« Für Monika war nichts selbstverständlich, jedenfalls nichts, was mit Liebe zu tun hatte. Durch sie habe ich begriffen, was für die Liebe am tödlichsten ist: Selbstverständlichkeit.

Ich denke nach. Antworte dann: »Daß unsere Leben nicht mehr voneinander zu trennen sind. Daß du nicht mehr sagen kannst: Hier hört mein Leben auf, und da beginnt deines.«

»Empfindest du das als Einschränkung?«

»Nicht im geringsten. Daß die individuelle Selbstverwirklichung das höchste Lebensziel sein soll, ist ein Werbetrick von Psychotherapeuten und Pseudogurus. Das höchste Ziel ist, definitiv mit dem exklusiven Denken abzurechnen.«

»Pardon? Was soll das sein, exklusives Denken.«

»Das ist das Denken, das differenziert und isoliert. Ein

Denken, das ein wunderbares Hilfsmittel bei der Wahrheitsfindung ist, das aber leider zum Selbstzweck geworden ist. Und damit bildet es das größte Hindernis auf dem Wege zur Weisheit.«

»Du faselst wieder ein Zeug zusammen, Armin. Red doch mal so, daß es ein Normalsterblicher versteht!«

»Du hast mich doch gefragt«, murre ich. Dieses Argument habe ich schon oft zuvor ins Gefecht geführt, und sie hat sich nie empfänglich dafür gezeigt. So auch dieses Mal nicht.

»Du weißt, daß ich solche Abstraktionen nicht ausstehen kann. Ich habe lediglich gefragt, ob du es bedauerst, daß durch Bo unsere Leben nicht mehr voneinander zu trennen sind? Das ist doch eine ganz konkrete Frage?«

In den ersten beiden Jahren unserer Beziehung endeten solche Gespräche häufig mit einem handfesten Krach. Ich empfand ihre Kritik als regelrechte Aggression und verstand nicht, womit ich die verdient hatte. Sie wiederum fand meine Abstraktionen beleidigend, als wolle ich sie bewußt demütigen, indem ich jede simple Frage zu einem philosophischen Problem erhob. Doch an jenem Nachmittag auf Ameland, in der Vorfrühlingssonne, erkannten wir die Gefahr und mäßigten unseren Ton.

Mit ihrer freien Hand verscheuchte sie ein Insekt, das ihren Kopf umschwirrte, und sagte: »Wie meinst du das nun genau?«

Und ich sagte: »Um zu verstehen, wie der Körper funktioniert, ist es sehr nützlich, ihn auseinanderzunehmen und jedes Teil einzeln zu untersuchen. Zum besseren Verständnis von Genialität und Wahnsinn kann es sehr erhellend sein, zwischen Körper und Geist zu unterscheiden. Und natürlich nimmt unser Verständnis von Blitz, Regenbogen und Sonnenfinsternis zu, wenn wir davon ausgehen, daß es sich dabei nicht um Manifestationen göttlicher Emotionen handelt. In diesem Sinne ist es sehr vernünftig, exklusiv denken zu lernen. In Kategorien des Entweder-Oder zu denken. Das Dumme am exklusiven Denken ist nur, daß es sich auf die Dauer für die einzig richtige Denkform hält – dafür ist es nun mal exklusiv. Und dann führt es zu intellektueller Lähmung oder gar regelrechtem Stumpfsinn.«

»Zum Beispiel?«

»Zum Beispiel in den Diskussionen darüber, was uns determiniert: unsere Gene oder unsere Umgebung. Ganze akademische Feldschlachten hat man sich schon über diese Frage geliefert, dabei hätte doch vom Beginn der Debatte an für jeden klar sein können, daß beide Faktoren eine Rolle spielen und einander sogar beeinflussen. Und man stößt überall auf solche sinnlosen Alles-oder-nichts-Debatten. Über Markt- und Planwirtschaft. Über Homöopathie und Allopathie. Über das Männliche und das Weibliche. Über den Menschen als berechnenden Egoisten und den Menschen als soziales Wesen. Über Gut und Böse.«

»Und nun zurück zu dir und mir und Bo.«

Sie lächelt dabei, der Schimpansencode für »Ich habe keine bösen Absichten«.

Ich sage: »Den Anhängern des exklusiven Denkens zufolge verliert der Mensch seine Eigenheit, wenn er sich an andere bindet. Ich glaube aber, daß die Liebe den Menschen in die Lage versetzt, gerade mehr er selbst zu werden, indem er in einem anderen aufgeht. Durch Bo sind wir für den Rest unseres Lebens untrennbar miteinander verbunden. Doch durch diese Verbundenheit fühle ich mich freier denn je. Das Gegenteil des exklusiven Denkens liegt, glaube ich, in der wirklichen Akzeptanz des Paradoxen. Der Schlüssel zu jeglicher Weisheit ist ein Paradoxon.«

Und just in diesem Augenblick streicht eine Sumpfohreule tief über die uns umringenden Sanddornsträucher hinweg, sie schwenkt ab und neigt sich zur Seite, als sie uns sieht, und verschwindet ebenso geräuschlos, wie sie gekommen ist.

»Reiner Zufall«, sage ich, »aber natürlich nicht ohne Bedeutung.«

Und Monika macht »pffff!« und lacht schallend. Und ich krieche über Bo hinweg, werfe sie ins Gras und küsse sie, bis sie still ist.

Die dritte Erinnerung betrifft die Nacht, die diesem Tag folgte. Über Jahre hinweg wagte ich nur dann, sie mir ins Gedächtnis zurückzurufen, wenn Ellen ganz in der Nähe war. Weil Ellen mich versteht. Daß ich in der Kneipe in Hollum an jene Nacht denken mußte, obwohl Ellen so weit weg war, hätte mir eine Warnung sein müssen.

ACHTUNDDREISSIG

Sie kommen zusammen zurück. Die Augen des Mädchens glänzen noch mehr als zuvor. Bo ist nichts anzumerken. Das Mädchen nimmt auf seinem Hocker Platz. Bo kommt an unseren Tisch, setzt sich aber nicht. Er sagt: »Ich geh da mal kurz hin.« Und er zeigt mit dem Kopf schräg nach hinten. »Das sind die Leute, die wir heute morgen getroffen haben, weißt du noch?«

»Natürlich, amüsier dich.«

Ich starre auf die Spiegelungen in der Fensterscheibe und versuche, an nichts zu denken – was mir nicht gelingt, was mir *nie* gelingt. Als ich wenig später wieder hochschaue, redet einer der Jungen lebhaft auf Bo ein. Hin und wieder entgegnet der etwas. Das Mädchen-mit-der-Mütze, das halb von Bo verdeckt ist, läßt ihn keinen Moment aus den Augen. Ich bestelle bei dem Mann mit den Arbeiterhänden ein Glas Rotwein.

»Ein Rotwein für den Herrn.«

»Danke.«

Zwei Glas Rotwein später steht auf einmal ein Mann an meinem Tisch.

»Ist der Platz noch frei?«

»Bitte.«

Er ist von mächtiger Statur. Ich ziehe den Tisch ein wenig näher zu mir, um Platz für seinen Bauch zu schaffen. Er grinst mich an. Hellblaue Augen in einem Gesicht, das glüht von der frischen Luft. Ein dunkler, nicht sonderlich gepflegter Bart. Zähne, die eine starke Nikotinabhängigkeit vermuten lassen. Kaum sitzt er, zieht er schon ein zerknautschtes Päckchen starken Shagtabak aus seiner Hosentasche und dreht sich eine Zigarette.

»Was dagegen, wenn ich rauche?«

»Nur zu!«

»Urlaub?«

»Mal für ein verlängertes Wochenende raus.«

»Amsterdam, schätze ich?«

»Gut geschätzt.«

»Akzent. Kleidung. An Gleichgültigkeit grenzende Selbstsicherheit. Ich erkenne sie sofort, die Amsterdamer.«

»Hollum?« frage ich.

»Ballum.« Er zündet sich seine Selbstgedrehte an. Nimmt einen kräftigen Zug. Bläst den Rauch in Richtung Decke.

»Ist das Ihr Sohn?«

Er zeigt mit dem Kopf nach hinten, genau so, wie es Bo eine halbe Stunde zuvor getan hatte. Er muß uns schon eine Weile beobachtet haben.

»Ja.«

»Ist Ihnen sehr ähnlich. Dieselbe Motorik. Dieselbe an Gleichgültigkeit grenzende Selbstsicherheit.«

Darüber muß ich lachen.

»Warum lachen Sie?«

»Eins der Mädchen aus dieser Gruppe hat ein Auge auf ihn geworfen. Und meiner Meinung nach fühlt er sich dadurch im Moment ganz und gar nicht selbstsicher.« Alles, was ich sonst noch hätte sagen können, über die Ähnlichkeit zwischen Menschen, die nicht miteinander verwandt sind, und darüber, was das über den Einfluß der Umgebung und der Gene aussagt, das alles sage ich nicht.

Er dreht seinen massigen Körper zur Bar um. Der Tisch wackelt. Wein schwappt über den Rand meines Glases. Sicherheitshalber nehme ich es in die Hand. Er beobachtet eine Weile aufmerksam die jungen Leute. Ich ebenso.

Bo unterhält sich noch immer mit demselben Jungen. Das heißt: der Junge redet auf ihn ein, wild gestikulierend, und Bo erwidert ab und zu etwas. Doch wenn er dann etwas sagt, schaut er nicht mehr seinen Gesprächspartner an, sondern das Mädchen-mit-der-Mütze. Und sie antwortet mit ihren Augen und dann und wann auch mit dem Mund. Und auf einmal scheint der Junge zu begreifen, was sich da vor seinen Augen abspielt. Er macht einen halben Schritt zurück. Sieht das Mädchen an. Sieht Bo an, der gerade wieder etwas zu ihr sagt. Dann wendet er sich demonstrativ dem Mädchen zu, doch sie würdigt ihn keines Blickes. Sie schaut immer noch Bo an. Und Bo redet ebenso unbeirrt weiter. Der Junge versucht erneut, das Gespräch wieder an sich zu ziehen, doch ohne Erfolg. Dann wendet er sich abrupt ab und bestellt etwas an der Bar.

Der Mann, der mir gegenübersitzt, dreht sich zu mir um. Wieder wackelt der Tisch. Das Weinglas ruht sicher in meiner Hand.

»Die erste Liebe!« sagt er, so laut, daß ich befürchte, Bo könnte es hören. Doch der reagiert nicht. »Da wird im Dunkeln geküßt. Und gefummelt. Und befühlt. Hahaha!«

Ich lache mit, wenn auch etwas gequält. Was wirst du doch für ein alter, griesgrämiger Knacker, denke ich. Aber ich sage: »Darf ich Sie zu einem Drink einladen?« Ich darf.

Bas heißt mein Tischgenosse und Trinkkumpan. Und er ist kein Fischer, kein Bauer, kein Ölbohrer, kein Hafenlotse, kein Wilddieb, kein Strandräuber, kein Kioskbetreiber, kein Kneipenwirt, kein Koch. Bas ist Biologe. Er erforscht die Folgen der Muschelfischerei für die Eiderentenpopulation des Wattenmeers. Diese sind schwerwiegend. Zehntausende Tiere sind in den letzten Jahren vor Hunger gestorben, verursacht durch die neuen, intensiven Fischereimethoden, insbesondere der seeländischen Flotte, die das Wattenmeer frequentiert.

»Zum ersten Mal«, sagt Bas mit dem Schaum seines dritten Biers im Bart, »hat mir meine Arbeit eine gewisse Popularität auf der Insel verschafft. Naturschützer sind hier nicht sehr beliebt. Die Insulaner haben oft das Gefühl, daß die

Vögel für wichtiger gehalten werden als die Menschen. Und das ärgert sie. Das kann ich auch sehr gut verstehen. Doch jetzt, wo es um die Seeländer geht, ist das freilich ganz was anderes. Daß diese Fremden hier das Meer leerfischen, ja, das geht natürlich nicht!« Er hat ein ansteckendes Lachen und einen ebenso ansteckenden Enthusiasmus. Er redet über die Eiderenten wie über die Krone der Schöpfung.

»Ein erwachsener Erpel im Prachtkleid, das treibt mir die Tränen in die Augen«, sagt er. »Noch immer. Ich bin kein Dichter, leider, aber wenn ich es könnte, würde ich eine Hymne auf die Erpel schreiben. Dieses clowneske Schwarzweiß und dazu diese zarten Pastelltöne. Ich empfinde bei ihrem Anblick häufig dasselbe wie bei schönen Frauen. Wenn ich eine sehr schöne Frau sehe, denke ich oft: Wie ist es nur möglich, daß sie zur selben Gattung gehört wie so ein dickes Scheusal wie ich. Und wenn ich dann diese plumpen, dunklen Eiderentenweibchen sehe neben solch einem glänzenden, beinahe tropisch gefärbten Mann, dann frage ich mich auch, wie das möglich ist. Ich glaube, Gott ist ein großer Witzbold.«

Und er lacht sein volles Lachen, dreht sich noch einmal halb um und schaut zu Bo und dem Mädchen-mit-der-Mütze, die nur noch Augen füreinander haben. – Sie trinken beide roten Portwein; den habe ich Bo noch nie trinken sehen!

Das Gespräch mit Bas mit dem Bauch und dem Bart und dem Bier hat meinen Trübsinn vertrieben, und ich beschließe, von Rotwein auf etwas Fröhlicheres umzusteigen. Ich bestelle einen doppelten Whisky mit Eis.

»Oder doch lieber ohne Eis.«

Bas schließt sich mir an.

»Entschuldige meine Neugier«, sagt er, als die Drinks gekommen sind, »aber wo ist Muttern?«

»Muttern ist …« Tot will ich sagen. Doch ich habe Angst, sofort wieder in den Sumpf von Melancholie und Selbstmitleid zurückzufallen. »… zu Hause. In Amsterdam. Es war an der Zeit, daß wir zwei Männer wieder mal zusammen losziehen.«

»Sehr gut«, sagt Bas. »Männer unter sich. Ich bin sicher, daß dein Sohn … wie heißt er eigentlich? Bo, hübsch, Bo … ich bin sicher, daß Bo sich längst nicht so wohl fühlen würde mit dem Mädchen da, wenn er wüßte, daß seine Mutter auch hier am Tisch sitzt.«

Und auf einmal sehe ich Monika mir gegenübersitzen. Mit einem Glas Rotwein in der Hand, ihr rotes Haar zerzaust vom Wind, gegen den wir anradeln mußten. Haben wir damals hier gesessen, hier in dieser Kneipe, an diesem Tisch? Möglich. Sie trug eine apfelgrüne Jacke. Sie hatte sich einen lila Schal um den Hals gebunden. Sie war die fröhlichste Erscheinung der ganzen Insel. Und sie wußte es. Das halbironische Lächeln, mit dem sie ihrer Umwelt begegnete, war ihre Art zu sagen: »Jaja, schaut nur gut hin, das ist aus dem häßlichen rothaarigen Sommersprossenmädchen geworden, das ihr als Kind so gehänselt habt. Jetzt tut es euch leid, jetzt wollt ihr mich kennenlernen, jetzt wollt ihr mich berühren, aber jetzt ist es zu spät. Ich brauche euch nicht mehr. Ich bin sehr glücklich ohne euch. Ich habe einen Mann, den ich liebe und der mich liebt, mich allein. Und ich habe ein Kind, mit dem ich weine und lache. Und zusammen lachen wir über euch. Wir drei gegen den Rest der Welt. Und wir gewinnen mit links.«

So schaute Monika in die Welt, im Frühjahr 1987.

Warum mußte Gott einen Heckenschützen auf sie ansetzen?

Ich kippe meinen Whisky in einem Zug hinunter. Bas schaut mich erstaunt an. Aber er sagt nichts. Männer unter sich.

Ich erinnere mich noch, daß Bo irgendwann zu mir kam.

»Ich geh noch eben mit ihnen mit. Woandershin.«

»Gut. Viel Spaß.«

Bas und ich lachten und tranken und redeten. Er erzählte

eine vergnügliche Geschichte über einen betrunkenen Muschelfischer, deren Pointe ich vergessen habe. Oder vielleicht gab es auch gar keine. Er erzählte von seinem Vater, der Skandinavienfahrer gewesen war. Von Stürmen über dem Kattegat und über dem Sund. Von parfümierten Briefen aus Schweden, die seine Mutter zur Verzweiflung getrieben hatten. Er erzählte von Kisten mit kostbarem Wein, die er als Kind nach einem schweren Sturm am Strand gefunden hatte. Und von einer aufgedunsenen Leiche, die vor ein paar Jahren plötzlich in der Brandung aufgetaucht war, mitten in einer Gruppe spielender Kinder. Er erzählte Inselgeschichten. Und ich hörte zu. Schließlich fragte er mich nach dem Leben in Amsterdam. Und ich kehrte zurück zu meinen Trinkerjahren, die mir plötzlich deutlich vor Augen standen.

Ich sagte: »In einer regnerischen Nacht im Oktober lief ich einmal durchs Rotlichtviertel. Es muß gegen vier oder fünf gewesen sein. Es wurde langsam still. Ich trug Bo auf dem Rücken und sah die Frauen in den Fenstern an, und sie sahen mich an. Eine der Frauen klopfte gegen die Scheibe und winkte, und ich dachte: Hier draußen ist es kalt und naß, und da drinnen ist es bestimmt schön warm. Ich griff in meine Hosentasche und fand noch etwas Papiergeld, und obwohl ich nicht wußte, ob es Zehner oder Hunderter waren, ging ich zur Tür. Und die Frau öffnete uns, und ich trat ein und setzte Bo auf den einzigen Stuhl im Raum, und sie zog die Vorhänge zu und fragte, wie ich heiße. Das fand ich sehr lieb von ihr, daß sie wollte, daß ich einen Namen habe. Den ganzen Abend und die ganze Nacht hatte ich mich mit Leuten unterhalten, in Bars, auf der Straße, doch niemand hatte nach meinem Namen gefragt. Die Frau war Deutsche, sie sprach mit einem starken Akzent. Andrea hieß sie. Jedenfalls nannte sie sich so. Sie fand, daß Armin und Bo deutsche Namen seien, und ich beließ es dabei. Sie fragte Bo, ob er seine Jacke ausziehen wolle, aber der schlief. Also sagte ich: Bo schläft mit offenen Augen. Zuerst glaubte sie mir nicht. Sie stellte sich vor ihn hin, in ihrem schwarzen Negligé, und bewegte ihre sorgfältig lackierten Hände vor seinem Gesicht hin und her. Er reagierte nicht. Das überzeugte sie. Wie kommt das? fragte sie. Durch einen Alptraum, sagte ich. Armer Junge. Wir setzten uns aufs Bett, Andrea und ich. Wo ist die Mutter? fragte sie. Die ist tot, sagte ich.« Und als Erklärung für Bas fügte ich hinzu: »Bos Mutter ist schon seit zehn Jahren tot.«

Bas nickte, als sei es die normalste Sache der Welt, daß die Mutter, die gerade noch zu Hause war, jetzt plötzlich seit zehn Jahren tot ist. Und eigentlich war es das auch. Daß die Menschen bei solchen Dingen nicht die Wahrheit sagen, ist die normalste Sache der Welt.

»Darum trank ich so viel in dieser Zeit«, sagte ich. »Darum irrte ich um fünf Uhr in der Nacht mit meinem Sohn durchs Rotlichtviertel.«

Der Barmann brachte mehr Bier. Offenbar waren wir nicht mehr beim Whisky.

»Wir haben eine ganze Weile auf dem Bett gesessen«, fuhr ich fort. »Es war ein liebes Mädchen. Sie erzählte, daß sie eine Tochter habe, die fast genauso alt wie Bo sei. Ich fragte sie, was die ersten Worte waren, die sie ihrem Kind beigebracht hatte. *Mein Vati ist ein Arschloch*, sagte sie. Ihre Tochter heiße Maria. Sie hoffe, daß das Kind sein Leben lang Jungfrau bleibe. Ich habe ihr zweihundert Gulden gegeben. Doch als ich nach Hause kam und Bo auszog, um ihn ins Bett zu legen, fand ich das Geld wieder. Sie hatte es in seine Sachen gesteckt. Das war das einzige Mal, daß ich bei den Huren gewesen bin.«

Als wir unser Bier ausgetrunken hatten, brach ich auf.

»Paß auf dich auf«, sagte Bas noch.

Und ich sagte: »Unser Häuschen steht praktisch um die Ecke. Wird schon schiefgehen.« Aber ich mußte lange suchen, bis ich es fand.

Bo war nicht da.

NEUNUNDDREISSIG

Ich erwachte mit schrecklichen Kopfschmerzen. Meine Zunge war wie Leder, und mein Magen fühlte sich an wie ein chemisches Reaktionsgefäß kurz vor der Explosion. Ich saß in einem Sessel im Wohnzimmer unseres Häuschens. Draußen wurde es langsam hell. Auf dem Gartenzaun vor dem Haus saß eine Amsel. *Djuck-djuck-djuck-djuck-djuck* sagte die Amsel. Ich lief zur Küchenzeile und füllte ein Longdrinkglas mit Wasser. Drei Mal. Dann ging ich zurück zu meinem Sessel, griff nach der Whiskyflasche auf dem Fußboden und nahm zwei kräftige Schlucke.

Es half nicht.

Ich ging aufs Klo, pinkelte und trank noch mehr Wasser. Dann lief ich zu dem Zimmer mit dem Doppelbett, öffnete die Tür und … Im Bett lagen Bo und das Mädchen-mit-der-Mütze. Ohne Mütze. Die lag auf dem Fußboden, auf ihren restlichen Kleidern. Sie hatte ein T-Shirt an. Von Bo. Auch er trug ein T-Shirt. Es war durchaus keine schockierende Szene, eher romantisch, unschuldig gar. Er schlief. Sie schlief. Sie hatte den Arm um ihn gelegt. Ich machte die Tür wieder zu und setzte mich in meinen Sessel. Ich schenkte mir noch einen Whisky ein und fragte mich, warum meine Hände so zitterten.

Ich erinnere mich, daß ich das Mädchen am Morgen durchs Haus laufen sah, in ihrem Slip und dem T-Shirt von Bo. Ich erinnere mich, daß Bo Kaffee gekocht hat. Ein Becher kalter Kaffee stand neben meinem Sessel. Ich erinnere mich, daß ich mir noch einen Whisky einschenken wollte, um die Kopfschmerzen zu vertreiben. Aber die Flasche war leer. Gott sei Dank war noch ein Bier da.

Ich ging wieder in das Doppelbettzimmer. Es war leer. Das Bett ungemacht. Ich ließ mich der Länge nach hineinfallen. Das Bier floß aus der Flasche. Was noch übrig war, trank ich in einem Zug aus. Ich spürte, wie mir die kalte Flüssigkeit über Kinn und Hals lief. Ich schloß die Augen. Die Welt drehte sich. Ich dachte an Monika. Ich dachte an Ellen, der ich nie würde geben können, was sie sich am sehnlichsten wünschte. Ich dachte an meinen Sohn, der nicht mein Sohn war und sich mit vierzehn Dinge traute, zu denen ich erst mit zwanzig den Mut gefunden hatte. Und ich dachte: Das hat er von seinem Vater. Und dann dachte ich an Niko Neerinckx und an Anke. Und ich verfluchte mich dafür, daß ich nicht mit ihr geschlafen hatte. Daß ich noch immer ein Feigling war, ein halber Mann. Und ich versuchte mir vorzustellen, wie sie ohne Kleider aussehen würde, wie ich ihr diese vom Leib reißen würde, wie sie sich mir hingeben würde, wie sie sich vergeblich wehren würde. Ich wollte eine Erektion bekommen. Eine Erektion von *ihr*. Aber dafür war ich viel zu betrunken.

Ich drehte mich auf den Bauch und vergrub mein Gesicht im Kissen. Das Kissen roch nach Mädchen. Ich heulte.

»Armin! Armin! Was machst du hier? Das ist *mein* Bett! Verpiß dich, Armin! Du bist betrunken! Du hast gekotzt! Du Schwein! Armin!«

Bo zerrt an meiner Schulter. Schreit mir ins Ohr. Ich drehe mich um. Die Welt kreiselt in die andere Richtung. Bo hängt kopfüber in der Luft. Trotzdem ist er in der Lage, mir einen Schlag zu versetzen. Er schlägt mich mit der flachen Hand mitten ins Gesicht. Ich höre es klatschen. Bo dreht sich um hundertachtzig Grad und schnellt zurück. Die Wände des Zimmers fliegen auf mich zu.

»Was ist?« rufe ich. Aber ich kann mich nicht hören. Offenbar hört Bo mich auch nicht.

»Geh in dein eigenes Zimmer, du Schwein!« ruft er.

Ich richte mich halb auf. An meiner Wange klebt etwas. Ich wische mir mit der Hand übers Gesicht. Da schwebt sie durch den Raum. Jetzt klebt etwas an meinen Fingern. Etwas Gelbes. Ich schaue auf die Stelle, wo ich gerade gelegen habe. Ich spüre, wie eine Welle Magensäure in meiner Speiseröhre hochschießt. Das Kissen ist mit Erbrochenem bedeckt.

»Großer Gott.«

»Ja, großer Gott, ja!« schreit Bo. Warum schreit er so? Hat er vielleicht Angst, daß ich ihn nicht hören könnte? Und warum hat er mich geschlagen? Er hat mich geschlagen! Dieser Hurensohn! Dieser Bastard!

»Was bildest du dir eigentlich ein?« Jetzt kommen Laute aus meinem Mund. Es sticht und kratzt in meiner Kehle, aber das ist mir egal. Dem werd ich was erzählen. »Was glaubst du denn, wer du bist? Schlägst mich, weil ich dein Liebesnest vollgekotzt habe, was? Schämst dich natürlich vor dem Mädchen, nicht wahr, daß du so einen Trunkenbold zum Vater hast! Nun, mein Junge, ich kann dich beruhigen. Ich bin gar nicht dein Vater! Hast du das gehört? Hast du das gehört? Ich bin nicht dein Vater! Dein Vater ist irgendein dreckiger Schürzenjäger aus Haarlem, der die Finger nicht von deiner Mutter lassen konnte. Da staunst du, was? Der hat garantiert auch schon mit vierzehn kleine Mädchen gefickt!«

Bo machte drei Schritte zurück. Er wurde kreidebleich, während ich raste und tobte. »Was ist denn das für ein Unsinn?« rief er. Und dann sprang er plötzlich auf mich. Mit seiner ganzen Kraft schlug er auf mich ein. Ich spürte seine Fäuste auf meiner Brust, in meinem Gesicht, an meinen Ohren. Ich hielt die Augen geschlossen, und alle Kraft wich aus mir.

Es war heraus. Es war endlich heraus.

VIERZIG

Auf der Titelseite des *NRC Handelsblad* vom 24. März 1983 ist das Foto eines Fotos zu sehen. Die erste Abbildung zeigt den amerikanischen Präsidenten Ronald Reagan. In der einen Hand hält er einen Stapel Papiere. Mit der anderen zeigt er auf etwas, das sich außerhalb des Blickfelds des Fotografen und damit auch des Abendblattlesers befindet. Direkt über dem ausgestreckten Arm steht auf einem dreibeinigen Ständer ein zweites Foto in einem schwarzen Rahmen. Darauf sieht man einige verschwommene weiße Linien auf einer grauen Fläche. Ein Textblock erklärt in schwarzen, fetten Lettern: *Sovjet MIGs Western Cuba*. Es ist ein Spionagefoto von Militäranlagen auf Fidel Castros Zuckerinsel.

Am Tag, als Bo geboren wurde, war der kalte Krieg gerade in eine neue Phase eingetreten. Ronald Reagan hatte seine Star-Wars-Pläne verkündet. Bo wurde in eine Welt hineingeboren, die nicht mehr existiert.

Ich betrachte das Foto, und das Foto auf dem Foto, im Wohnzimmer meiner Eltern. Daß sie eine Zeitung vom Tag der Geburt meines Sohnes aufbewahrt haben! Und nicht nur das. Ich habe die Zeitung in einem Karton voller Bo-Souvenirs gefunden. Fotos. Zeichnungen. Ein Schulzeugnis. Ein Schreibheft. Wo haben sie das alles her?

Ich zeige Dees, der mir beim Räumen des Hauses hilft, die Fotos.

Bo als Baby, an Monikas Brust.

Bos erstes »Schulfoto«, im Kindergarten aufgenommen.
Bo auf dem Schoß meiner Mutter.
Bo an der Hand meines Vaters im Zoo.
Bo mit Schokoladenpudding im Gesicht.
Bo in Kleidern voller Dreck und Sand.
»Wußtest du das?« fragt Dees. »Daß das alles noch da ist?«
»Nein, hab ich nicht gewußt.«
Wir breiten die Zeitung auf dem Boden aus. *Nijpels nimmt Krisendrohung wegen Einsparungen zurück.* Ach Gottchen. *Mann mit Kunstherz gestorben.* Ach herrje. *Barney Clark, der erste Mensch mit einem künstlichen Herzen, ist gestern in Salt Lake City gestorben, gab das Krankenhaus bekannt. Clark hat 112 Tage mit seinem künstlichen Herzen aus Plastik und Aluminium gelebt. – Kümmerlicher Ball eröffnet die Buchwoche. Belgien wünscht keinen Müll aus den Niederlanden mehr. 500 Millionen Dollar-Kredit für Irak: Der Irak hat einen internationalen Kredit in Höhe von 500 Millionen Dollar erhalten. Vierunddreißig große internationale Banken haben den Kredit unterzeichnet, darunter eine der größten amerikanischen Banken, die Chase Manhattan. Letztere, deren Direktoren sehr gute persönliche Kontakte zu einer Reihe von arabischen Würdenträgern unterhalten, hat, wie verlautet, in den Vereinigten Staaten eine mächtige Lobby für eine starke amerikanische Beteiligung an dem Projekt mobilisiert.* Ach ja. Und um 19.00 Uhr begann im ersten Programm des niederländischen Fernsehens die Sendung *Wie der Vater so die Tochter*, während das zweite um 20.10 Uhr zurückschlug mit *Wer von den dreien?*. O wunderbar spießige Niederlande, in denen Bo seine erste Kackwindel produzierte!
»Ich habe es ihm gesagt«, entfährt es mir.
»Was? Wem?«
»Bo. Daß ich nicht sein Vater bin.«
»Du bist verrückt!«
»Ich war vor allem betrunken. Er hat mich geschlagen, Bo. Weil ich auf das Kissen gekotzt habe, auf dem er sein erstes Mädchen geküßt hatte. Oder vielleicht sogar gevögelt.«

»Was? Was, was, was?!«

Dees schlägt mit wilden Gebärden die Zeitung zu. Setzt sich auf einen Stuhl. »Erzähl. In logischer Reihenfolge, bitte.«

Und ich erzähle. Von dem Mädchen-mit-der-Mütze im Watt. Und wie wir es am Abend in der Kneipe wiedertrafen. Und von Bas mit dem Bauch und dem Bart und dem Bier. Und vom Whisky. Und von dem Doppelbett. Und von dem Schlag, den Bo mir versetzte. Und was ich dann sagte. Und was Bo dann tat.

»Shit!« sagt Dees. »Shit Mann! Verdammter Shit!«

Ich sitze auf dem Fußboden, sammle die Fotos von Bo auf und lege sie zurück in den Karton.

Gut, daß mein Vater das nicht mehr erleben muß.

Ich bin froh, daß er mich jetzt nicht sehen kann.

Seinen mißratenen Sohn.

Dees starrt mich mit dunklen Augen an. Ich stehe auf. Gehe ans Fenster.

»Nun spuck's schon aus«, sage ich.

»Idiot.«

»Ja.«

»Unglaublicher Idiot.«

»Ja.«

Es bleibt lange still im Zimmer. Eine Frau mit einem häßlichen Hündchen an einer lächerlich langen Leine geht vorüber. Ich denke an den Nachbarn, Herrn Bruggeman, und an Boris. Ich habe sie heute noch nicht gesehen. Vielleicht ist er ja tot, denke ich. Endlich Gerechtigkeit.

Dees seufzt. »Wie geht es Bo jetzt?«

»Keine Ahnung. Nicht gut, denke ich. Als er aufgehört hatte zu schlagen, sprang er vom Bett und lief, ohne ein Wort zu sagen, aus dem Haus. Ich bin eingeschlafen. Als ich abends aufwachte, war er noch immer nicht zurückgekommen. Ich habe das Bett frisch bezogen. Was zu essen gemacht. Danach habe ich versucht, ein Buch zu lesen, was mir nicht gelang. Gegen eins ist er endlich nach Hause gekommen. Hat nichts gesagt. Ist sofort in sein Zimmer gegangen. Am Morgen habe ich ihn mit einem frischen Croissant und Orangensaft geweckt. Ich habe gesagt, daß wir reden müßten. Daß ich verstehen würde, daß er fassungslos und wütend sei. Und daß er Zeit brauche. Er solle mich nur nach Erklärungen fragen, wenn er die haben wolle. Er hat den ganzen Tag nichts gefragt. Am frühen Nachmittag haben wir die Fähre genommen, einen halben Tag eher als geplant. Schweigend sind wir nach Hause gefahren. Es war das längste, schlimmste Schweigen, seit Monika aufgehört hat zu reden.«

»Allmächtiger«, sagt Dees.

»Ja.«

»Wie hat Ellen reagiert?«

»Ellen weiß noch nichts davon. Sie war nicht da, als wir ankamen. Hatte uns noch nicht erwartet. Als sie abends nach Hause kam, lag Bo schon im Bett. Sie fragte, wie es gewesen ist, und ich sagte: Gut. Und sie fragte: Ist was? Denn ich schaute natürlich nicht besonders fröhlich drein. Aber ich sagte: Nein, ich bin nur sehr müde. Und Bo auch. Der schläft schon. Im Bett habe ich mich eng an sie geschmiegt. Sie war unruhig. Konnte nicht einschlafen. Sie ahnt, daß etwas nicht stimmt. Aber heute morgen bin ich so früh aufgebrochen, daß sie keine Chance hatte, danach zu fragen.«

Wieder bleibt es lange still zwischen Dees und mir.

Er holt ein paarmal tief Luft, als wolle er etwas sagen. Aber er sagt nichts. Schließlich bin ich es, der die Stille unterbricht.

»Weißt du, was das Allerverrückteste ist? Als Bo mit diesem Mädchen in dem großen Bett lag und schlief, hatte er seine Augen geschlossen. Ich schwöre es. Es war mir in diesem Moment nur nicht bewußt. So betrunken war ich.«

Dees lacht gequält.

Zwei Stunden später.

Wir haben sechs Umzugskartons mit Dingen gefüllt, die ich aufheben will. Die Bo-Souvenirs. Klassikplatten. Viel

Beethoven. Ich mag Beethoven nicht. Viel Brahms. Ich mag Brahms nicht. Aber es sind Platten, bei denen meine Mutter geweint hat. Und die mein Vater in seinen letzten Lebenstagen gehört hat. Die kann ich doch nicht für *Piet Kauft Alles* stehenlassen? Drei Kartons mit Büchern. Alte Kinderbücher. Die Bibel meiner Mutter. Die niederländischen Klassiker meines Vaters. Louis Couperus. Frederik van Eeden. Arthur van Schendel. Vestdijk natürlich. Neun Mal Vestdijk. Ich habe auch das religiöse Buch gefunden, das der Nachbar weggeräumt hatte, das letzte Buch, das mein Vater gelesen hat. Der Nachbar hatte ihm einen Platz neben Vestdijks *Der Lebensabend des Pilatus* gegeben, was ich eine schöne Geste fand. Zu meinem Erstaunen war es dasselbe Buch, das ich vor zehn Jahren zwischen Monikas Büchern gefunden hatte: *Die Geheimen Lehren des Jesus von Nazareth*, das die Offenbarungen des Jakobus, das Thomas-Evangelium und das Philippus-Evangelium enthält.

So kommt alles Vergangene doch wieder.

Ich habe das Buch zur Bibel meiner Mutter gelegt, denn zweifellos ist sie es gewesen, die es seinerzeit angeschafft hat – und vielleicht auch Monika geschenkt hat. – Monika war nicht religiös, aber meiner Mutter zufolge sah man ihr sofort an, daß sie aus dem katholischen Süden kam. Und das war natürlich ausdrücklich als Kompliment gemeint.

Als der letzte Karton gefüllt ist, kommt Herr Bruggeman mit Boris vorbei, um nach uns zu sehen und ein Schwätzchen zu halten. Der Hund rennt aufgeregt durch das Haus. Und Herr Bruggeman redet und redet und redet.

»Vor zwei Tagen«, sagt er, »bin ich mitten in der Nacht plötzlich wach geworden. Ich hörte Gepolter und Stimmen. Es klang wie zwei Leute, die sich streiten – ein Mann und eine Frau. Und ich hätte schwören können, daß die Geräusche aus diesem Haus kamen. Aber das ist natürlich unmöglich. Das ist unmöglich. Mit klopfendem Herzen habe ich gelauscht. Ich konnte kein Wort verstehen, obwohl ich mir alle Mühe gab. Ich bin aufgestanden und habe Licht gemacht. Ich dachte: Vielleicht spielt sich das alles nur in meinem Kopf ab. Aber irgendwann wurde es so laut, daß sogar Boris zu bellen anfing. Da habe ich meinen Morgenmantel angezogen, um nachzusehen, ob bei den Nachbarn gegenüber Licht brennt. Aber alles war dunkel. Und draußen hörte ich es auch nicht mehr, das Streiten. Drinnen bellte Boris in einem fort. Als er endlich aufhörte, war es überall wieder still. Ich habe die ganze Nacht nicht mehr geschlafen.«

Dees sagt: »Nachts ist es manchmal schwierig zu erkennen, wo Geräusche herkommen.«

»Ja«, sagt Herr Bruggeman. »Jaja.«

»Die Weinsammlung meines Vaters«, sage ich, »ist für Sie.«

Er protestiert. Aber nicht lange.

Als er weg ist, gehe ich noch einmal durchs Haus, um zu überprüfen, ob ich auch nichts übersehen habe. Dees schleppt derweil schon Kartons zum Auto. Alles, was wir jetzt nicht mitnehmen, bekommt *Piet Kauft Alles*. Das Bücherregal. Den Couchtisch. Das Ledersofa. Den Ledersessel. Das Bett. Auch das Bett? Ja, auch das Bett.

Ich lehne am Pfosten der Schlafzimmertür und versuche, mir meine Eltern in diesem Bett vorzustellen, das jetzt kahl und unfreundlich aussieht ohne Bettzeug. Vor zwei Jahren haben sie hier das letzte Mal zusammen geschlafen. Ob sie es gewußt haben, in jener Nacht vor dem Tag, als meine Mutter ins Krankenhaus ging, daß es das letzte Mal sein würde? Haben sie darüber gesprochen, er in einem seiner vielen gestreiften Schlafanzüge – auch die bekommt *Piet Kauft Alles* –, sie in einem sittsamen Nachthemd? Ich habe keine Kleider meiner Mutter mehr gefunden, keinen Schal, kein vergessenes Paar Handschuhe, nichts. Was mein Vater damit gemacht hat, weiß ich nicht.

Ich reiße mich aus meinen Träumereien los und bücke mich, um noch einen Blick unter das Bett zu werfen. Eine Urlaubsgewohnheit. Und dort steht tatsächlich etwas. Dort steht ein Kästchen, das ich noch nie zuvor gesehen habe. Ich hole es hervor. Es ist aus tropischem Hartholz, Mahagoni mit Intarsien aus Ebenholz und Perlmutt. Ich setze mich auf die Bettkante und öffne es. Briefe. Postkarten. Von meinem Vater an meine Mutter. Von meiner Mutter an meinen Vater. Eine Ansichtskarte aus der Bretagne von Monika und mir. Ein Brief, den ich meiner Mutter schrieb, als sie schon krank war. Unten höre ich eine Tür schlagen. Ich muß Dees helfen. Das hier muß warten, bis zu einem Moment, da ich den Mut dafür aufbringe. Einem Moment, an dem Ellen in der Nähe ist, um mich festzuhalten, wenn ich von der Welt zu fallen drohe. Gedankenlos lasse ich die Briefe und Karten noch einmal durch meine Hände gleiten. Da fällt mein Blick auf einen schmalen Umschlag. »COR« steht in Blockschrift darauf. Der Rufname meines Vaters. Mehr nicht. Der Umschlag ist an einer Seite aufgerissen. Ich schüttle ein Blatt Papier heraus. Es ist ein kleines Briefchen mit einer kurzen Botschaft. In einer Frauenhandschrift steht da geschrieben: »Ich bin schwanger. M.«

Wie pariert man einen Schlag am besten? Zurückweichen. Dafür sorgen, daß man nicht alles auf einmal abbekommt.

»Ich bin schwanger. M.«

Monika hat meinem Vater einen Brief geschrieben, um ihm mitzuteilen, daß sie schwanger ist. Punkt.

Sie hat den Brief offenbar persönlich bei ihm abgegeben, denn es ist keine Adresse auf dem Umschlag, und keine Briefmarke. Punkt.

Was kann das bedeuten?

Das … kann … nur … eins … bedeuten.

Oder?

Nur eins.

Ich versuche, den Brief wieder in den Umschlag zu stekken. Aber meine Hände zittern zu stark. Ich lege ihn zusammen mit dem Kuvert ins Kästchen zurück und schließe es. Gehe die Treppe hinunter.

»Was hast du da?« fragt Dees.

»Briefe und Ansichtskarten.«

Wir trugen die letzten Kartons zum Auto. Mit einigem Zirkeln bekamen wir sie alle unter. Das Kästchen mit den Briefen stellte ich zwischen Beifahrersitz und Rückbank auf den Fußboden. Ich erinnere mich, daß ich in den Rückspiegel schaute, als wir wegfuhren. Das Haus meiner Eltern schob sich in der kleinen rechteckigen Fläche vorbei, während ich das Auto wendete und aus der Straße herausfuhr. Zum letzten Mal durch den alten Dorfkern mit seinen zwei riesigen Kirchen, seinen Brücken über das Flüßchen Gein. »Abcoude – das alte Abc«, wie mein Vater sagte. Ein alberner Witz, doch auf einmal mußte ich unheimlich darüber lachen.

Dees reagierte nicht. Dees war immer noch wütend auf mich. Oder zumindest schwer enttäuscht. Ich dachte: Wenn du wüßtest, was ich entdeckt habe. Aber ich sagte nichts. Wir fuhren auf der A2, und ich brauchte meine ganze Energie, um nicht das Steuer herumzureißen und mit hundertzwanzig Stundenkilometern in die Leitplanke zu rasen.

Nachdem ich Dees zu Hause abgesetzt habe – »Halt mich auf dem laufenden«, hat er gesagt, »und Kopf hoch!« –, fahre ich weiter zum Amsterdamse Bos. Ich will noch nicht nach Hause, kann noch nicht nach Hause.

Ich bin schwanger. M.

Was kann das anderes bedeuten, als ... als das?! Noch immer wollen die Worte nicht kommen. Ich kann nicht einmal mir selbst sagen, was ich denke. Was ich weiß.

Ich parke das Auto an der Ruderbahn, an der Stelle, wo vor Jahren zwei Amsterdamer Polizeibeamte einen verdächtigen kanariengelben Renault 5 stehen sahen. Ich gehe in den Wald hinein. Von fern höre ich das klägliche Rufen der Pfauen auf dem Bauernhof, der die Grenze zwischen Wald und Weideland markiert. Hinter dem Bauernhof biege ich links ab, überquere eine kleine Holzbrücke und betrete das sumpfige Revier der Nachtigallen. Es ist ein feuchtkalter Tag Ende April, und außer dem monotonen Schlagen eines Zilpzalps ist kein Vogelgesang zu hören. Vielleicht sind die Nachtigallen noch nicht angekommen. Sie gehören zu den letzten Zugvögeln, die aus dem Süden zurückkehren. Wenn die Nachtigallen singen, kündigt sich nicht der Frühling an, sondern der Sommer.

Das Wasser der Ringvaart ist schwarz und unruhig. Der Wind treibt die Wellen in alle Richtungen. Ein Bläßhuhn schwimmt laut piepend und mit tief über das Wasser gesenktem Kopf auf eine arglose, buntgefärbte Ente zu. Als es sich dem Stadtvogel bis auf wenige Meter genähert hat, legt es einen Sprint ein. Seine gelappten Füße sausen durch das Wasser, und es schlägt mit den Flügeln, daß das Wasser nur so spritzt. Die Ente fliegt unter lautstarkem Protest auf. Das Bläßhuhn schwimmt noch ein wenig auf der Stelle umher, die es von dem Eindringling zurückerobert hat, als wolle es sich vergewissern, daß die Ente wirklich weg und die Gefahr vorbei ist. – Welche Gefahr? Warum sehen Bläßhühner nur in allen anderen Vögeln eine Bedrohung? Total paranoid sind sie. Aber vielleicht überleben sie ja deshalb so gut in der Stadt.

Ich beschließe, weiter am Ufer des Nieuwe Meer entlangzulaufen und dann quer über die Wiesen zurück zum Wald und zur Ruderbahn. Das heißt, eigentlich beschließe ich überhaupt nichts. Es geschieht mir. Ich werde zum Ufer des Sees getrieben und dann nach rechts dirigiert, über den schmalen Pfad durch die Wiesen. Ich sehe den Bauernhof in dem sprießenden Grün auftauchen. Ich sehe ihn an mir vorüberziehen. Ich komme wieder am Auto an und werde hinters Steuer gesetzt, und der Motor wird gestartet, und das Auto fährt, und jemand lenkt mich sicher durch den Verkehr, über den Ring, zurück nach Hause. Ich werde fehlerlos eingeparkt.

Als ich mit dem Schlüssel in der Hand vor der Haustür stehe, durchfährt es mich: was nun? Aber ich warte die Antwort auf diese Frage nicht ab. Es gibt keine Antwort. Die Tür geht auf. Die Treppe bringt mich hinauf. Wieder öffnet sich eine Tür und noch eine. Ich stehe im Wohnzimmer meiner eigenen Wohnung – dem sichersten Ort auf Erden. Einst stapelten sich hier Kaffeeballen bis zur Decke. Jetzt stehen da Bücherregale und ein Eßtisch, Stühle und ein Sofa. Auf dem Sofa sitzen Ellen und Bo. Auf dem Sofa sitzt der Sohn meines Vaters.

EINUNDVIERZIG

Man kann sich an alles gewöhnen, selbst an das Unvorhergesehene.

Ellen und Bo haben beide geweint. Rote Augen. Streifen auf den Wangen. Wirres Haar. Doch jetzt lachen sie. Bo sagt: »Das ist doch verrückt!« Ich stehe auf der Schwelle und sehe ihn an. Es dauert eine Weile, bis er merkt, daß ich da bin. Er hört sofort auf zu lachen.

»Hallo«, sage ich unbeholfen.

Bo sagt nichts.

Ellen steht auf, kommt auf mich zu, schließt mich in die Arme und drückt mich an sich. »Wie war es bei deinem Vater?«

»Anstrengend.«

»Du mußt dich jetzt mal hinsetzen, Armin.«

Ich lasse mich auf einen Stuhl fallen und habe das Gefühl, nie wieder aufstehen zu können.

»Willst du einen Kaffee?«

Ich will einen Kaffee.

Bo starrt auf den Tisch. Auf dem Tisch liegt ein Briefumschlag. Auf dem Briefumschlag steht: »Für Bo.« Ich erkenne die Handschrift sofort. Es ist dieselbe wie auf dem schmalen Umschlag in dem Kästchen mit den Briefen.

O Gott!

Ellen bringt den Kaffee. Sie stellt die Tasse vor mir auf den Tisch. Direkt neben den Umschlag. Diese saubere, gleichmäßige Handschrift, wo hatte sie die eigentlich her? Sie paßt so gar nicht zu dem, was sie war – was sie gewesen zu sein scheint.

Ich warte.

Es ist still im Zimmer. Ellen rührt mit einem Löffel in ihrem Kaffee. Bo seufzt.

»Bo hat mir erzählt, was passiert ist«, sagt Ellen.

Ich schweige und starre auf den Umschlag.

»Diesen Brief«, sagt Ellen, »hat Monika mir einmal gegeben. Für den Fall, es würde irgendwann nötig sein, daß Bo erfährt, was geschehen ist. Dieser Fall ist ja nun eingetreten.«

Bo beugt sich vor, greift nach dem Umschlag und gibt ihn mir. Ich schaue ihn an. Und ich schaue Ellen an, aber sie schaut auf die Kaffeetasse in ihrer Hand. Ich nehme den Brief aus dem Kuvert und lese. Ich komme nicht weiter als bis zur fünften Zeile. Dann fällt mir der Brief aus der Hand. Ich schließe die Augen und warte. Es kommt nichts.

Die ersten Zeilen des Briefes lauten:

Lieber Bo,
während ich dies schreibe, schaue ich Dich an. Du spielst mit einem Plastikring, von dem ich nicht weiß, wo Du ihn herhast. Ich schaue Dich an und denke: Ich brauche diesen Brief nicht zu schreiben, denn Du siehst Deinem Vater ähnlich, so wie Dein Vater seinem Vater ähnlich sieht. Und wie das kommt, braucht nie jemand zu erfahren. Es ist ein Geheimnis zwischen mir und dem Mann, den Du Opa nennen wirst – und das sollte es auch immer bleiben. Aber Gott weiß, daß meist nicht das geschieht, was für die Menschen das beste wäre.

Ich blicke sehr lange, sehr angestrengt auf meine linke Schuhspitze. Es klebt ein bißchen Schlamm daran, und in dem Schlamm hängt eine kleine Feder. Ich versuche zu erkennen, von welchem Vogel sie stammt, aber es ist ein ziemlich unscheinbares Ding. Grau. Oder schmutzigweiß. Als ich sie lange genug angestarrt habe, sehe ich Bo an. Doch der hat seine eigene Feder zum Anstarren. Ich sage: »Nun weißt du es also auch.«

Er schaut zu mir auf. Verständnislosigkeit im Blick. Seine Augen suchen Hilfe bei Ellen.

»Auch?« fragt Ellen.

»Ja«, sage ich. »Ich habe bei meinem Vater auch einen Brief von Monika gefunden.«

Ich trinke einen Schluck Kaffee.

»Du hast es also all die Jahre gewußt?« frage ich sie. Aber es klingt nicht wie eine Frage. Es klingt eher nach Resignation.

»Ja.«

Ich falte den Brief zusammen, stecke ihn wieder in den Umschlag und gebe ihn Bo zurück. Ich stehe auf. Jeder Muskel tut mir weh.

»Wo gehst du hin?« fragt Ellen.

»Raus. Luft schnappen.«

»Dann komme ich mit.«

Ich will protestieren, habe aber nicht die Kraft dazu.

ZWEIUNDVIERZIG

Der Evangelist Philippus schreibt: »Wenn eine Perle in den Schmutz geworfen wird, wird sie nicht geringer an Wert, noch wird sie erst, wenn sie mit Balsamöl gesalbt wird, wertvoll werden. Sondern sie hat immer denselben Wert in den Augen ihres Besitzers.«

Meine Mutter hat diese Worte angestrichen. So wie sie auch die Passage über den Ehebrecher angestrichen hatte, die ich einst, in meiner Unwissenheit, dem Sohn meines Vaters – meinem Bruder! – vorgelesen habe, aus dem Büchlein seiner Geliebten für ein einziges Mal, meiner geliebten Monika. Meine Mutter muß es die ganze Zeit gewußt haben. »Vielleicht habe ich ihn nicht genug geliebt. Und später konnte ich es nicht mehr.« Woran liegt es nur, daß so viele Frauen sich selbst die Schuld geben, wenn ihre Männer fremdgehen? Ich bin bereit, alles in Erwägung zu ziehen, um zu begreifen, was geschehen ist, aber nicht, daß es meine Schuld sein könnte. Hat meine Mutter den Brief gefunden, den Monika an meinen Vater schrieb? Und hat sie es da sofort gewußt – so wie ich? Hat mein Vater gewußt, daß meine Mutter es wußte, oder kam er erst dahinter, als er das Philippus-Evangelium las und die Unterstreichungen sah?

»Wen eine Frau liebt, dem sind die Kinder, die sie hervorbringen wird, ähnlich. Wenn ihren Gatten, sind sie ihrem Gatten ähnlich. Wenn es ein Ehebrecher ist, sind sie dem Ehebrecher ähnlich.« Die Worte, die meines Vaters Herz zuviel wurden. Ich sollte eine Kachel damit beschriften lassen.

Ich denke an das, was Bas, der bauchige, bärtige Biologe, in der Kneipe auf Ameland zu mir gesagt hat. »Gott ist ein großer Witzbold.« Aber ich lache nicht.

Hundert Fragen sind beantwortet, doch tausend neue sind an ihre Stelle gerückt. Je mehr ich weiß, desto klarer wird mir, daß ich nichts weiß.

Was ich jetzt weiß, ist, wie es sich abgespielt hat, ungefähr. Laut Ellen.

Es hat mit einem Blitz angefangen. »So was denkt man sich nicht aus«, sagte ich zu Ellen. »Nein, so was denkt man sich nicht aus«, antwortete sie.

Mein Vater und Monika arbeiteten in der Wohnung an der Ceintuurbaan. Mein Vater hatte eine Wand stuckiert, während Monika die Decke im Schlafzimmer strich. Als sie fertig war, duschte sie, um sich die Farbe aus dem Haar zu waschen. Danach duschte auch mein Vater, während Monika Tee kochte und Brötchen belegte. Es war schon spät am Nachmittag, aber sie hatten noch nichts gegessen, so beschäftigt waren sie gewesen. Als sie an dem improvisierten Küchentisch saßen – eine Tür auf Holzböcken, drei Klappstühle von IKEA drumherum –, war es draußen plötzlich dunkel geworden. Kurz darauf prasselte ein kräftiger Sommerregen vom Himmel. Monika stellte sich ans offene Fenster. Wie oft habe ich sie das wohl tun sehen? Sie war wie ein Kind fasziniert von starkem Regen und Gewitter. Sie schaute mit großen Augen hinaus, ein Lächeln auf dem blassen Gesicht, das in dem eigentümlichen Licht, das zu Gewitterschauern gehört, noch blasser erschien. Ich stellte mich dann immer hinter sie – und mein Vater hat das offenbar auch getan –, ganz dicht hinter sie. Und dann ließ sie sich langsam zurücksinken. Dann lehnte sie sich an meine Brust. Dann piksten ihre roten Haare mich ins Gesicht. Und wenn ein Blitz die Wolken zerriß, und wenn der Donner die Fensterscheiben in ihren Rahmen erzittern ließ, dann legte sie den Kopf an meine Schulter und sah zu mir hoch. Und immer dachte ich dann: Sie hat die schönsten, sinnlichsten

Augen, die ich je gesehen habe. Ob mein Vater das auch gedacht hat?

»Wie Monika erzählte«, sagte Ellen, »schlug der Blitz plötzlich ganz in der Nähe ein. Sie erschrak und machte unwillkürlich einen Schritt zurück. Sie stieß gegen deinen Vater, und er schlang beschützend seine Arme um sie.« Hier stoppte Ellen.

»Und dann?« fragte ich.

»Willst du es wirklich wissen?«

»Ja, ich will es wirklich wissen.« Auch wenn ich natürlich lieber nichts gewußt hätte.

»Monika sagte, daß es schon seit Tagen zwischen deinem Vater und ihr geknistert hätte. Daß sie ein Verlangen verspürt habe, das sie nicht verspüren wollte, das sie sich versagte, das aber immer stärker geworden sei. In dem Moment, wo er die Arme um sie legte, war es, als würde ein Loch in den Deich geschlagen, hinter dem sie ihre Gefühle verborgen hatte. So umschrieb sie es.«

Und wieder schwieg Ellen. Und wieder bat ich sie fortzufahren. Alles zu erzählen, was sie wisse. Weil auch ich es wissen mußte, obwohl ich es nicht wollte.

»Monika hat sich umgedreht und deinen Vater geküßt. Er hat noch gesagt, daß sie das nicht tun solle. Aber sie dann auch geküßt. Und ... na ja. Dann haben sie es getan.«

»Wie, gleich vom Küssen zum Vögeln?«

»Na ja, nicht gleich. Aber doch ... schnell.«

»Aber ... aber wo denn? Es war ... es war nichts in der Wohnung, um es sich ein bißchen ... bequem zu machen, will ich mal sagen.«

»Nein.«

»Auf dem Fußboden?«

»Nein.«

»Im Stehen?!«

»...«

»Himmel, nein! Mein Vater?« Ich glaube, ich habe gelacht. Ganz kurz nur. Wir liefen am Ufer des IJ entlang, nicht weit von unserem Haus entfernt. Ein Kormoran flog vorüber, und ich erinnere mich noch, wie seine schwarze Silhouette sich langsam in den Tränen auflöste, die mir in die Augen stiegen. Ich setzte mich auf die Erde, auf den kalten, feuchten Asphalt. Und ich dachte: Ich stehe nie mehr auf. Ich kann nicht mehr. Es ist schön gewesen. Es ist vorbei. Doch Ellen hockte sich neben mich und umarmte mich und streichelte mich und zog mich an sich. So haben wir da gesessen, während es dämmerte und die Amseln zu singen begannen und die Kühle mir langsam in die Glieder kroch. Und wenn Ellen mir nicht aufgeholfen hätte, wenn Ellen nicht gesagt hätte, daß wir zurück nach Hause müßten, zu Bo, ins Heute, dann säße ich dort noch immer. Dann wäre ich dort an einem gebrochenen Herzen gestorben, wie der tragische Held in einem Roman aus dem 19. Jahrhundert.

Das hätte ich gewollt, aber Ellen wollte es nicht.

Auch dies schrieb der Evangelist Philippus: »Die Unwissenheit leistet Sklavendienste. Die Erkenntnis ist Freiheit. Wenn wir die Wahrheit erkennen, werden wir die Früchte der Wahrheit in uns finden.« Diese Passage hat meine Mutter nicht angestrichen. Und Monika auch nicht.

»Hatte sie einen Orgasmus?«

»Armin!«

»Ich muß das wissen. Du weißt es, da bin ich ganz sicher. Und ich kann den Gedanken nicht ertragen, daß du mehr weißt als ich.«

»Ja.«

»Hat sie es bereut?«

»Ja. Nein. Als sie merkte, daß sie schwanger ist, schon. Und sie fühlte sich dem Kind gegenüber schuldig, schon bevor es geboren wurde.«

»Warum hat sie es dir erzählt?«

»Weil sie mit jemandem darüber sprechen mußte. Weil sie glaubte, verrückt zu werden.«

»Warum hat sie mir keinen Brief hinterlassen?«
»Sie hat dir doch mich hinterlassen.«
»War sie verliebt in meinen Vater?«
»Nein.«
»War er verliebt in sie?«
»Das glaube ich nicht.«
»War es schön für sie?«
»Armin!«
»...«
»Ich glaube ja.«
»Du glaubst ja?«
»Ja, es war schön für sie.«
»Großer Gott.«
»Hör bitte auf, Armin.«
»Fühlte sie sich nur Bo gegenüber schuldig? Oder auch mir gegenüber?«
»Auch dir gegenüber.«
»Hat sie das gesagt, oder sagst du das jetzt nur mir zuliebe?«
»Nein, natürlich nicht. Natürlich fühlte sie sich schuldig. Was denkst du denn?«
»Was ich denke? Das willst du nicht wissen, was ich denke. Das will ich nicht einmal selbst wissen.«
»Sie fühlte sich schrecklich schuldig.«
»Aber du sagtest doch gerade, daß sie es nicht bereut hat.«
»Nein. Reue ist etwas anderes. Reue empfindet man selbst. Schuld bekommt man von anderen.«
»Oh, so einfach ist das. Die Schuld hatte sie also von mir!«
»Du verstehst es nicht.«
»Nein, ich verstehe es nicht.«
Ich reagiere meine Wut an Ellen ab. Meine Fassungslosigkeit. Meinen Kummer. Meinen Frust.
Als ob sie es provoziert hätte. Ja, sie hat es provoziert! Sie hat mich angelogen! Ich wußte, daß sie mehr weiß, ich wußte es, aber sie hat es immer geleugnet. Jetzt muß sie für ihre Lügen büßen.

Was für ein Unsinn! Was für ein herzloser Unsinn. Als ob sie eine Wahl gehabt hätte. Als ob ich an ihrer Stelle anders gehandelt hätte. Hätte ich an ihrer Stelle denn anders gehandelt? Hätte ich an Monikas Stelle anders gehandelt?

Wie warm war Ellens Bett in jener kalten Winternacht, als Monika zu Hause lag, schwanger von einem Mann, mit dem sie es ein Mal, mit dem nackten Hintern an der Wand, getrieben hatte?

Ein Mal.

»Wußtest du es damals schon?«

»Wußte ich was wann schon?«

»Als wir es taten, jenes eine Mal, wußtest du damals schon von Monika und meinem Vater?«

»Nein.« Sie ist eine Weile still. Dann sagt sie: »Ich habe sie am nächsten Tag angerufen. Zweifellos aus einem Schuldgefühl heraus. Ich fragte, wie es ihr geht. Nicht so gut, sagte sie. Ich fragte, ob sie wolle, daß ich vorbeikomme. Sie wollte. Komm morgen, sagte sie. Du warst im Verlag an diesem Tag. Da hat sie es mir erzählt. Ich hätte ihr sagen können, daß sie sich nicht so schuldig zu fühlen brauchte. Daß sie nicht die einzige sei. Daß wir alle mal etwas tun, was wir lieber nicht hätten tun sollen, es aber dennoch nicht bereuen. Das hätte ich ihr alles sagen können. Aber ich habe es nicht getan. Ich habe mich nicht getraut.«

Ich sehe sie an. Sie schlägt die Augen nieder. Ich bin nicht mehr wütend. Ich bin gar nichts mehr. Kein Vater. Kein Sohn. Kein Geliebter. Kein Freund. Nichts. Ich habe aufgehört zu existieren. Ich muß mich selbst neu erfinden.

Ist es das, was der Evangelist meint mit der Wahrheit, die frei macht?

DREIUNDVIERZIG

Bo schläft mit geschlossenen Augen. Ich kann es selbst kaum glauben, aber es ist wahr. Ich sitze bei ihm auf der Bettkante und lausche seinen Atemzügen. Die Pause zwischen Ausatmen und Einatmen, das ist der allerschönste Moment. Weil das Leben dann für einen Augenblick stillsteht.

Ist es das, was ich will? Das Leben anhalten? Ja. Das will ich.

Statistisch gesehen ist es wahrscheinlich, daß Bo und ich in einem Viertel unserer Gene übereinstimmen, auch wenn es sein kann, daß diese Prozentzahl etwas höher liegt oder eben viel niedriger – das ist die Crux bei Durchschnittswerten: man weiß nie, was man als Individuum davon hat. Daß Bos Kieferlinie meiner gleicht, ist also vermutlich kein Zufall. Daß seine Füße unterschiedlich groß sind, genau wie meine, wahrscheinlich auch nicht. Den Soziobiologen zufolge werde ich ihn, da ich nun um unsere Blutsverwandtschaft weiß, wieder mehr lieben können. Sei es auch nur halb so sehr wie früher, als ich noch dachte, daß er mein Kind sei, denn bei Vater und Sohn sind durchschnittlich die Hälfte der Gene identisch – also doppelt so viele wie bei Halbbrüdern.

Diese dramatische Erkenntnis über den Zusammenhang zwischen Blutsverwandtschaft und Liebe verdanken wir einem gewissen William Hamilton, der 1964 im *Journal of Theoretical Biology* einen Artikel mit dem Titel *The evolution of social behavior* publizierte. Dieser Artikel wird von vielen als der wichtigste Durchbruch in der Evolutionstheorie seit den Entdeckungen von Gregor Mendel betrachtet. Vor Hamilton konnte mit Hilfe von Darwins Theorie nur Egoismus erklärt werden – soziales Verhalten fiel aus der Theorie heraus und war demzufolge ein wenig populäres Forschungsgebiet für Biologen. Das Problem war nur: man konnte nicht leugnen, daß es soziales Verhalten gibt, sowohl bei Tieren als auch bei Menschen. Hamilton lieferte als erster eine evolutionstheoretische Erklärung dafür.

Seine Erkenntnis läßt sich wie folgt zusammenfassen: Soziales Verhalten kann für die Evolution von Vorteil sein, wenn es nahen Blutsverwandten zugute kommt. Die Anzahl der Gene, die die Blutsverwandten gemein haben, ist dabei letztlich der bestimmende Faktor. Je enger die Verwandtschaft, desto eher ist soziales Verhalten unter genetischem Aspekt vorteilhafter als Egoismus.

»Es gibt nur ein Problem bei Hamiltons Theorie.« Natürlich war es Dees, der das zur Sprache brachte. »Sie beißt sich nämlich selbst in den Schwanz. Sie beweist, was bewiesen werden sollte aufgrund der Annahme, daß die Evolutionstheorie stimmt, und der Feststellung, daß es so etwas wie soziales Verhalten gibt.«

Aber diesmal fand ich, daß er sich nicht so leicht aus der Affäre ziehen konnte. »Man kann«, sagte ich, »aufgrund von Hamiltons Theorie eine Hypothese aufstellen. Zum Beispiel, daß Menschen oder Tiere egoistischer werden, je weniger die anderen Individuen in einem Experiment mit ihnen verwandt sind. Im großen und ganzen scheint diese Hypothese durch Versuche bestätigt zu werden.«

»Das mag schon sein«, wandte Dees ein, »aber das beweist nicht mehr, als daß das Hemd tatsächlich näher als der Rock ist – und das ist doch, gelinde gesagt, kein wissenschaftlicher Durchbruch. Wenn Hamilton recht hat, müßte es einen direkten Zusammenhang zwischen einem bestimmten Gen, oder höchstens ein paar Genen, und dem gezeigten sozialen Verhalten geben. Mehr noch: Wir müssen dann annehmen, daß irgendwo in unseren Genen Informationen gespeichert sind, die uns in die Lage versetzen – *unbewußt!* –, zwischen Verwandten ersten, dritten oder vierten Grades zu unterscheiden. Dann kannst du genausogut an Gott oder an grüne Marsmännchen glauben.«

Ich mußte zugeben, daß ich dem keine vernünftigen Argumente mehr entgegenzusetzen hatte. Aber das Problem bei Dees' Kritik an der Evolutionstheorie ist, daß er zwar die Antworten der Darwinisten auf die Fragen des Lebens verwirft, doch keine anderen Antworten anzubieten hat.

Also sitze ich hier bei meinem schlafenden Halbbruder, der mir ähnlich sieht und auch wieder nicht. Das Kuckucksei, das mein eigener Vater mir ins Nest gelegt hat. Seit Bo die Liebe des Mädchens-mit-der-Mütze erfahren hat, hat er nachts keine Angst mehr. Liebe heilt. Aber kann die Liebe jemals wiedergutmachen, was zwischen ihm und mir kaputtgegangen ist? Werde ich ihn je wieder lieben können, wie ich es all die Jahre getan habe? Und er mich? Die einzige ehrliche Antwort auf diese Fragen lautet: Ich weiß es bei Gott nicht – und bei Darwin ebensowenig.

VIERUNDVIERZIG

Die Idee stammte von Bo. Sie war profan, schockierend und absurd, aber ich wußte sofort, als er das vorschlug, daß es in die Tat umgesetzt werden mußte.

Es waren vier Monate vergangen seit jenem verrückten Tag, an dem er entdeckt hatte, daß sein Vater sein Bruder ist und sein Opa sein Vater. Man merkte ihm deutlich an, daß es die schwersten Monate seines Lebens gewesen waren – daran konnten selbst die Ansichtskarten von dem Mädchen-mit-der-Mütze nichts ändern. Er sah den ganzen Sommer über aus, als sei es Winter. Er hatte ständig Ringe unter den Augen und war noch schweigsamer als gewöhnlich. Manchmal saßen wir stundenlang zusammen im Wohnzimmer, ohne ein Wort zu wechseln. Ellen ließ uns gewähren, wie nur sie es konnte. Sie war da, auch wenn sie nicht da war. Und sie stand uns nie im Weg, nicht einmal, wenn sie zwischen uns stand – oder eigentlich: gerade dann nicht.

In den ersten Wochen nach jener absurden Entdeckung in meinem Elternhaus war ich so wütend gewesen, daß ich am Ende jedes Tages am ganzen Körper Muskelkater hatte. Regelmäßig stand ich mitten in der Nacht auf und stellte mich eine Stunde unter die Dusche, in der Hoffnung, danach schlafen zu können. Manchmal half es. Oft nicht. Eines machte ich anders als in all den Jahren zuvor: ich trank nicht mehr. An sehr schlechten Tagen hämmerte ich minutenlang mit dem Kopf gegen die Wand. Ich bekam tagelang keinen Bissen herunter.

Jeden Tag sagte Ellen zu mir: »Ich liebe dich.«

Und manchmal sagte ich: »Ich dich auch.«

Und langsam wuchs die Erkenntnis, daß sich zwar alles verändert hatte, daß aber zugleich alles beim alten geblieben war.

An einem Freitagnachmittag im August fragte Bo: »Wollen wir morgen angeln gehen?«

Und natürlich sagte ich ja.

Er hatte gerade vorsichtig den ersten Blei des Tages vom Haken befreit und ins Wasser zurückgleiten lassen, als er mit seinem Vorschlag kam.

»Ich möchte, daß wir Opas Asche über Monikas Grab streuen. Und daß wir danach wieder weiter leben.«

Am nächsten Tag standen wir an Monikas Grab – Ellen, Bo und ich. Es war noch früh. Der einzige andere Besucher war eine Singdrossel, die auf einem frisch ausgehobenen Grab eifrig nach Würmern pickte. Bo holte die Urne hervor und schraubte den Deckel ab. Aus dem Text auf Monikas Grabstein sprach noch unvermindert die Wut und Verzweiflung von damals: »Monika Paradies. Schön. Jung. Mutter. Tot.« Ich habe mich manchmal dafür geschämt, daß mir nichts Würdigeres eingefallen war. Doch nun schien es mir auf einmal wieder die perfekte Formulierung dessen zu sein, was ich von ihr wußte. Einst meine große Liebe. Jetzt vier Worte in Granit gemeißelt.

Bo hielt die Urne so hoch er konnte. Dann drehte er sie um. Der feine Staub wehte im Sommerwind über den Friedhof. Am Fuße von Monikas Grab bildete sich ein kleiner weißer Hügel.

Die Zitate aus dem Philippus-Evangelium entnahmen wir dem Band:

Das Philippus-Evangelium, Akademie Verlag, Berlin 1997